Diogenes Taschenbuch 24507

detebe

DONNA LEON, geboren 1942 in New Jersey, arbeitete als Reiseleiterin in Rom und als Werbetexterin in London sowie als Lehrerin an amerikanischen Schulen in der Schweiz, im Iran, in China und Saudi-Arabien. Die *Brunetti*-Romane machten sie weltberühmt. Donna Leon lebte viele Jahre in Italien und wohnt heute in der Schweiz. In Venedig ist sie nach wie vor häufig zu Gast.

Donna Leon

Heimliche Versuchung

Commissario Brunettis siebenundzwanzigster Fall

ROMAN

Aus dem Amerikanischen von Werner Schmitz

Diogenes

Titel des Originals:
›The Temptation of Forgiveness‹
Die deutsche Erstausgabe
erschien 2018 im Diogenes Verlag
Das Motto aus: Georg Friedrich Händel,
Esther, 2. Akt, 3. Szene
Covermotiv: Foto von Damaisin1979

Veröffentlicht als Diogenes Taschenbuch, 2019

www.diogenes.ch
700 / 19 / 852 / 1
ISBN 978 3 257 24507 3

Für Ann Hallenberg

The law condemns, but love will spare.

Das Gesetz verurteilt,
die Liebe verschont.

GEORG FRIEDRICH HÄNDEL,
ESTHER

1

Da er eine Verabredung mit seinem Vorgesetzten hatte, war Brunetti pünktlich von zu Hause aufgebrochen, saß nun im Heck des Vaporetto Nummer eins und blätterte müßig im *Gazzettino.*

Sie fuhren gerade, wie er auch ohne hinzusehen wusste, von der Station Salute nach Vallaresso hinüber, da schaltete der Motor plötzlich in den Rückwärtsgang. Brunettis venezianischer Orientierungssinn sagte ihm, dass sie noch weit vom linken Kanalufer entfernt waren, das Geräusch kam also zu früh: Musste der Kapitän einem Hindernis ausweichen?

Brunetti ließ die Zeitung sinken, richtete den Blick nach vorn und sah – nichts. Eine Nebelbank versperrte ihm die Sicht. Er traute seinen Augen kaum, war der Himmel doch ganz klar gewesen, als er vor zwanzig Minuten aus dem Haus kam. Während ihn die jüngste Verzögerung beim Bau des MOSE-Hochwasserschutzprojekts beschäftigte – geplant und unterschlagen wurde nun schon dreißig Jahre –, war vor dem Vaporetto ein dicker grauer Vorhang heruntergegangen.

Es war November, seit einer Woche kühl und mit Nebel daher durchaus zu rechnen. Brunetti sah zu seinem Nachbarn hinüber, aber der war so sehr in sein Smartphone vertieft, dass er nicht einmal mitbekommen hätte, wenn Engel vom Himmel herabgestiegen und in geschlossener Formation neben dem Boot hergeflogen wären.

Wenige Meter vor der grauen Wand kam das Boot zum Stehen, der Motor tuckerte im Leerlauf. Eine Frau hinter dem Commissario flüsterte »*Oddio*«, nicht ängstlich, nur überrascht. Das Hotel Europa und der Palazzo Treves waren noch zu erkennen, von Ca' Giustinian fehlte jede Spur hinter dem dichten Nebel auf dem Canal Grande.

Der Mann neben ihm blickte von seinem Handy auf, dann stur geradeaus, dann wieder auf das Display. Brunetti faltete die Zeitung zusammen und schaute zum Bug. Durch die hintere Tür und die Fenster sah er Boote entgegenkommen, andere fuhren Richtung Rialto-Brücke. An der Accademia legte eine Nummer zwei ab, hielt auf ihr Vaporetto zu, stoppte aber noch rechtzeitig.

Darauf umkurvte ein Taxi hupend die stehende Nummer zwei, um geradewegs auf ihr Vaporetto zuzurasen. Der Bootsführer sprach mit der Blondine hinter sich, als sich der Mund der Frau zu einem Schrei öffnete. Schnell schaute der Fahrer nach vorn, riss geistesgegenwärtig das Steuer herum und jagte vor Brunettis Vaporetto mitten hinein in die Nebelwand.

Brunetti zwängte sich an seinem Nebenmann vorbei und eilte an Deck, um zu hören, ob es weiter vorne krachte, doch nur das leiser werdende Geräusch des Taxis verebbte in der Ferne. Ihr eigener Motor wurde lauter, und das Boot setzte sich langsam in Bewegung. Brunetti konnte nicht erkennen, ob das Radar auf dem Dach der Kajüte sich drehte, aber ohne Radar würden sie sich jetzt doch wohl nicht auch nur einen Zentimeter in diesen Nebel hineinwagen?

Plötzlich, wie von Zauberhand, schwang der graue Vorhang beiseite, und sie glitten ins helle Sonnenlicht. Der

Matrose lehnte vollkommen entspannt am Fenster der Führerkabine, der Kapitän blickte gelassen geradeaus, und die versammelten Palazzi glitten still vorüber, während das Vaporetto auf die Haltestelle Vallaresso zuhielt.

Hinter Brunetti ging die Tür auf, und die Passagiere drängten zum Ausgang. Das Boot legte an, der Matrose schob das eiserne Geländer zur Seite, Leute stiegen aus und ein, der Durchlass schloss sich wieder, und sie legten wieder ab. Auch Richtung Accademia vom Nebel keine Spur. Boote fuhren hin und her: Vor ihnen lag das *bacino,* zur Linken standen die Basilica, die Marciana und der Dogenpalast unverrückbar an ihren Plätzen, und die Morgensonne vertrieb die letzten Schatten der Nacht.

Brunetti schaute in die Kabine und fragte sich, ob es für das, was er gesehen hatte, Augenzeugen gab, wusste aber nicht mehr, wer von den Anwesenden schon an Bord gewesen war. Er hätte sie gerne ausgefragt, konnte sich jedoch vorstellen, was für ein Gesicht sie machen würden, und ließ es lieber sein.

Mit der Hand strich er über das Geländer, doch das war genauso trocken wie das Deck. In seinem dunkelblauen Anzug wärmte ihm die Sonne die rechte Schulter, ja sie brannte geradezu; die Luft war frisch und trocken, der Himmel wolkenlos.

Bei San Zaccaria stieg er aus; die Zeitung ließ er ebenso zurück wie die Hoffnung, einen Zeugen jenes Nebelspuks zu finden. Er ging langsam die *riva* entlang, verscheuchte den Spuk aus seinen Gedanken und konzentrierte sich auf das, was ihn in der Questura erwartete.

Gestern Nachmittag hatte ihn sein Vorgesetzter, Vice-

Questore Giuseppe Patta, für heute früh zu einer Unterredung bestellt. Genaueres stand nicht in der Mail, das war normal; nicht normal war Pattas höfliche Ausdrucksweise.

Im Grunde benahm sich Vice-Questore Patta wie der typische Karrierist in Staatsdiensten. Er gab sich geschäftiger, als er war; er beanspruchte jedes Lob für sich, und er besaß einen schwarzen Gürtel in der Kunst, Schuld oder die Verantwortung für Misserfolge auf andere Schultern abzuwälzen. Einzig, dass er jahrzehntelang am selben Ort geblieben war, mochte verwundern. Die meisten Männer seines Rangs bewegten sich bei ihrem Aufstieg im Zickzack von einer Provinz und einer Stadt zur nächsten, bis sie am Ende nach Rom befördert wurden, wo sie wie Klumpen in der Dickmilch hockten und allen unter sich Licht und Luft und jede Chance auf Gedeihen wegnahmen.

Patta war wie ein kambrischer Trilobit in der Questura von Venedig versteinert und längst zu einem lebenden Fossil geworden. Neben ihm, in derselben Gesteinsschicht, ruhte sein Assistent, Tenente Scarpa, der ebenfalls aus Palermo stammte und in diesen neuen Jagdgründen heimisch geworden war. Commissari kamen und gingen, drei verschiedene Questori hatten während Pattas Zeit in Venedig das Zepter geschwungen, sogar die Computer waren zweimal durch neue ersetzt worden. Patta aber blieb – eine Napfschnecke, die sich an ihren Felsen so festgesaugt hatte, dass die Fluten ihr nichts anhaben konnten –, den treuen Tenente immer an seiner Seite.

Und doch hatten weder Patta noch Scarpa sich je für Venedig erwärmt. Wenn jemand sagte, die Serenissima sei schön – oder sich gar zu der Bemerkung verstieg, es sei die schönste Stadt der Welt –, tauschten Scarpa und Patta vielsagende Blicke. Ja, schienen sie zu denken, aber haben Sie schon einmal Palermo gesehen?

Pattas Sekretärin, Signorina Elettra Zorzi, begrüßte Brunetti im Vorzimmer. »Ah, Commissario«, sagte sie. »Eben hat der Vice-Questore angerufen und mich gebeten, Ihnen auszurichten, dass er sich um ein paar Minuten verspäten wird.«

Hätte sich Vlad der Pfähler für die Stumpfheit seiner Pflöcke entschuldigt, wäre dies kaum verblüffender gewesen. »Stimmt was nicht mit ihm?«, fragte Brunetti unwillkürlich.

Signorina Elettra neigte grübelnd den Kopf zur Seite, ein Lächeln erschien auf ihren Lippen und verschwand wieder. »Er hat in letzter Zeit viel mit seiner Frau telefoniert«, sagte sie. »Schwer zu beurteilen: Er antwortet ihr immer nur sehr einsilbig.« Irgendwie war es Signorina Elettra gelungen, eine Art Abhörgerät im Büro ihres Vorgesetzten zu installieren, aber Brunetti tat lieber so, als wisse er nichts davon.

»Wenn er mit Scarpa redet, stellen die beiden sich immer ans Fenster.« Dann wusste Patta also von der Wanze auf seinem Schreibtisch? Oder zog sich der Vice-Questore zu geflüsterten Unterredungen mit seinem Assistenten aus gesundem Misstrauen ans Fenster zurück? Oder gefiel ihnen einfach nur die Aussicht?

»Was hat er bloß?«, fragte Brunetti. Ihre Bluse war so dunkel wie Rote Bete, mit weißen Knöpfen vorne und an den Ärmeln, und umschmeichelte ihre Schultern wie Seide.

Signorina Elettra legte die gespreizten Finger beider Hände vor sich hin. »Ich habe keine Ahnung.« Brunetti spürte ihre Ratlosigkeit. Doch wer, wenn nicht sie, konnte wissen, was mit Patta los war? Ohne aufzublicken, fuhr sie fort: »Er wirkt nicht gereizt, wenn er mit seiner Frau spricht. Er hört ihr zu und sagt, sie soll tun, was sie für richtig hält.«

»Und bei Scarpa?«

»Bei ihm schon.« Und nach kurzem Nachdenken: »Offenbar gefällt ihm nicht, was Scarpa ihm zu melden hat. Er fällt ihm ins Wort. Einmal hat er ihn regelrecht angefahren, er soll ihn endlich in Ruhe lassen«, erzählte sie und vergaß dabei ganz, wie unwahrscheinlich es war, dass sie dergleichen durch die geschlossene Tür hören konnte.

»Ärger im Paradies«, meinte Brunetti trocken.

»Sieht ganz so aus. Möchten Sie in seinem Büro auf ihn warten, oder soll ich Sie anrufen, wenn er kommt?«

»Ich warte oben.« Er konnte sich eine letzte Bemerkung nicht verkneifen: »Der Vice-Questore soll schließlich nicht auf die Idee kommen, ich könnte seinen Schreibtisch durchwühlen.«

»Was Sie nicht sagen«, ertönte eine tiefe Stimme auf der Schwelle.

»Ah, Tenente«, säuselte Brunetti und drehte sich lächelnd zu dem Mann am Türpfosten um. »Wieder einmal sprechen wir wie mit einer Zunge, wenn es um das Wohl des Vice-Questore geht.«

»Soll das ironisch sein? Oder eher sarkastisch, Commissario?«, fragte Scarpa. »Diejenigen unter uns, die nicht studiert haben, kennen den Unterschied nicht so genau.«

Brunetti machte ein nachdenkliches Gesicht: »In diesem Fall, würde ich sagen, ist es lediglich eine Hyperbel, Tenente, wobei die offenkundige Übertreibung dazu dient, die gesamte Aussage als falsch und unglaubwürdig zu entlarven.« Und da Scarpa nichts entgegnete: »Es handelt sich um ein rhetorisches Stilmittel, das eine komische Wirkung erzielen soll.« Scarpa schwieg weiterhin, und Brunetti fuhr lächelnd fort: »In der Philosophie – mit der wir uns an der Universität beschäftigt haben – spricht man von einem ›argumentum ad absurdum‹.« Die Bemerkung, dass dieser Kunstgriff sich im Umgang mit dem Vice-Questore geradezu aufdrängte, verkniff er sich lieber.

»Das soll also komisch sein?«, fragte Scarpa schließlich.

»Ganz recht, Tenente. Die Vorstellung, ich könnte das Vertrauen des Vice-Questore missbrauchen, ist derart absurd, dass der leiseste Gedanke daran nur Heiterkeit hervorrufen kann.« Brunetti grinste so breit, als habe sein Arzt ihn gebeten, ihm die Vorderzähne zu zeigen.

Scarpa stieß sich mit der linken Schulter vom Türpfosten ab und richtete sich zu seiner ganzen Größe auf. Sein laxes Getue war schlagartig vergessen. Wie bei jenen Schlangen, die Brunetti einmal im Fernsehen gesehen hatte: Solange man sie nicht behelligte, lagen sie eingerollt da, wie tot; doch beim geringsten Anlass schnellten sie hoch wie eine Peitsche und vergrößerten so ihren Aktionsradius für Angriff oder Verteidigung.

Noch breiter lächelnd als zuvor, wandte Brunetti sich an Signorina Elettra: »Ich bin in meinem Büro. Rufen Sie mich doch bitte an, wenn der Vice-Questore eintrifft.«

»Selbstverständlich, Signor Commissario«, sagte Signorina Elettra und dann, an Scarpa gewandt: »Was kann ich für Sie tun, Tenente?«

Brunetti ging zur Tür. Scarpa, der ihm im Weg stand, rührte sich nicht. Die Zeit blieb stehen. Signorina Elettra senkte den Blick.

Schließlich ging der Tenente auf Signorina Elettras Schreibtisch zu, und Brunetti verließ das Büro.

2

Auf seinem Schreibtisch fand Brunetti, was er lieber nicht gefunden hätte: eine Akte, die seit ihrem ersten Auftauchen in der Questura immer weiter angeschwollen war. Das letzte Mal hatte er sie vor etwa zwei Monaten gesehen, als sie eine Woche in seinem Eingangskorb gelegen hatte und einfach nicht von selbst verschwinden wollte – wie ein ungebetener Gast, der zu viel trinkt, beim Essen schweigt und immer noch da ist, wenn alle anderen Gäste längst gegangen sind. Brunetti hatte die Akte nicht angefordert, sie betraf ihn nicht weiter, und jetzt fiel ihm nichts ein, wie er sie loswerden könnte.

Die dunkelgrüne Mappe versammelte Gesetzesverstöße im Zusammenhang mit Autos: Raserei, Fahrerflucht, Beschädigung von Radarfallen, Alkohol im Straßenverkehr, Telefonieren oder, viel gefährlicher, Simsen am Steuer. Mit Vergehen dieser Art hatte die Questura in einer Stadt ohne Autos eher selten zu tun.

Die Mappe enthielt jedoch auch Fälle, in denen es um illegale Beschaffung von Dokumenten ging: Fahrzeugbriefe, Versicherungsnachweise, Führerscheine, Fahrprüfungsergebnisse. Selbst wenn für diese Dokumente die Zentrale in Mestre zuständig war, wurde jeder Versuch, sie illegal zu erwerben, wie überhaupt jede Straftat, die in den eng verbundenen Kommunen begangen wurde, auch der Polizei in Venedig gemeldet.

Zurzeit füllte ein Vorfall auf dem Festland die Spalten

der Presse. Schon seit dem ersten Bericht, den er darüber gelesen hatte, konnte Brunetti die unerschöpfliche Kreativität seiner Mitmenschen nur bewundern. Aufgeflogen war das Ganze im Krankenhaus von Mestre, wo sich innerhalb von zwei Tagen fünf Männer in der Notaufnahme meldeten, alle mit winzigen Funkempfängern in den Ohren, die ihnen so tief eingepflanzt worden waren, dass sie sie selbst nicht mehr herausbekamen. Die Ärzte entdeckten dann bei allen außerdem am Bauch befestigte Sender und an der Brust Minikameras, deren Objektive durch die Knopflöcher spähten.

Da vier dieser Männer Pakistani waren und nur ein paar Brocken Italienisch sprachen, wurde zunächst ein Dolmetscher und schließlich die Polizei hinzugezogen. Wie sich herausstellte, waren sie alle bei derselben Fahrschule in Mestre mehrmals durch die mündliche Prüfung gefallen, weil sie die Bedeutung einiger Straßenschilder nicht kannten. Daher, so fand die Polizei bald heraus, hatten Mitarbeiter der Fahrschule ihnen die Sender und Empfänger verpasst. Während der Prüfung übertrugen die Knopflochkameras die abgefragten Verkehrszeichen an außerhalb sitzende Helfer, die den Kandidaten wiederum die Lösungen zuflüsterten. Und schon hatten sie ihren Führerschein.

Der Service kostete zwei- bis dreitausend Euro und verhalf, bis man dahinterkam, Hunderten unqualifizierter Fahrer ans Steuer nicht nur von Autos, sondern auch von Lastwagen und Sattelzügen.

Da es weit und breit niemanden gab, der die Akte nicht bereits abgehakt hatte, behielt Brunetti die Mappe einfach auf seinem Schreibtisch – vielleicht würde sich ja von der Standspur aus eine Ausfahrt auftun?

Oder sollte die Akte Brunetti nur daran erinnern, wie clever die Menschen waren, zumindest wenn es darum ging, an Geld zu kommen?

Sein Telefon klingelte. »Der Vice-Questore ist eingetroffen, Commissario«, erklärte Signorina Elettra mit der Stimme, die sie benutzte, wenn Patta in der Nähe war.

»Ich komme sofort«, antwortete Brunetti und machte sich auf den Weg.

Patta, herbstlich gebräunt, stand vor Signorina Elettras Schreibtisch und besprach mit ihr die Termine für den Nachmittag. Heute trug er einen dunkelgrauen Anzug, den Brunetti noch nicht kannte. Während er wartete, besah er sich den Anzug genauer. Wie vorteilhaft das Jackett mit der aufspringenden Falte für Pattas massige Schultern war. Sein Blick wanderte zu den Knopflöchern an den Ärmeln. Ja, sie waren zweifelsohne handgenäht.

Auch Pattas schwarze Schuhe waren offensichtlich maßgefertigt, die winzigen Zierlöcher an den Schuhspitzen unterstrichen die Weichheit des Leders. Und dann noch die feinen Quasten. Brunetti wagte sich kaum einzugestehen, wie sehr er ihn um diese Schuhe beneidete.

»Ah, guten Morgen, Commissario«, sagte Patta liebenswürdig. »Kommen Sie doch bitte in mein Büro.« Pattas Aussprache passte sich stets der Stellung seiner Gesprächspartner an, wie Brunetti im Lauf der Jahre herausgefunden hatte. Mit dem Questore sprach Patta in lupenreinem Italienisch, toskanischer als jeder Toskaner. Ebenso mit Signorina Elettra. Ein weniger bedeutendes Gegenüber bekam seinen palermitanischen Akzent hingegen deutlich zu spüren. Seltsame Buchstaben schlichen sich ein; weibliche Substantive endeten plötzlich auf »i«, »ll« wurde zu »dd«, aus der »Madonna« wurde eine »Maronna«, und »bello« wurde zu »beddu«. Gelegentlich tauchte am Wortanfang ein »i« unter, nur um beim Anblick einer Person von höherem Rang wieder an seinen Platz zu hechten. Durch das reine Italienisch, mit dem Patta ihn begrüßt hatte, fühlte Brunetti sich ein paar Sprossen nach oben befördert – freilich nur vorübergehend, wie ihn sein gesunder Menschenverstand warnte.

Patta schritt voran und überließ es Brunetti, die Tür hinter ihnen zu schließen. Der Vice-Questore ging auf seinen Schreibtisch zu, drehte jedoch wieder ab und nahm auf einem der Stühle vor dem Schreibtisch Platz; Brunetti durfte sich neben ihn setzen.

»Ich möchte offen mit Ihnen sprechen, Commissario«, begann Patta. Brunetti fragte tunlichst nicht, wie er denn sonst mit ihm sprach, nickte nur und machte ein freundlich interessiertes Gesicht. Immerhin hielt Patta sich nicht mit Vorgeplänkel auf.

»Es geht um eine undichte Stelle«, sagte Patta.

»Undichte Stelle?«, fragte Brunetti und schaute lieber nicht zur Decke hinauf.

»In der Questura«, fuhr Patta fort.

Ah, das war es also, aber was genau?, fragte sich Brunetti. Weder im *Gazzettino* noch in *La Nuova di Venezia* war in letzter Zeit etwas Unliebsames erschienen. Folglich hatte er keine Ahnung, was aus der Questura nach außen gedrungen sein könnte.

Unsicher, wie er auf Pattas Bemerkung reagieren sollte, konzentrierte Brunetti sich erneut auf die handgenähten Knopflöcher seines Vorgesetzten. Wenn man Augen für Schönheit hat, ist sie immer ein Trost.

»Was ist, Commissario?«, fragte Patta, jetzt wieder in gewohnt schroffem Ton.

Unumwunden antwortete Brunetti: »Die Knopflöcher an Ihrem Jackett, Signore.«

Alarmiert winkelte Patta den Arm an und fixierte die Manschette, als fürchte er, Brunetti wolle ihm die Knöpfe stehlen. Schließlich fragte er: »Ja?«

Brunetti strahlte. »Ich bewundere sie, Vice-Questore.«

»Die Knopflöcher?«

»Ja.«

»Sie erkennen den Unterschied?«

»Der springt doch ins Auge«, sagte Brunetti. »Handarbeit solcher Qualität ist die reine Augenweide. Ähnlich wie die Crema auf dem Kaffee: Man schenkt ihr weiter keine Beachtung, doch wenn, dann mundet der Kaffee desto besser.«

Pattas Züge entspannten sich. Brunetti hatte das eigenartige Gefühl, der Vice-Questore sei erleichtert, in feindlicher Umgebung plötzlich einen Freund entdeckt zu haben.

»Ich habe in Mogliano einen Schneider entdeckt«, vertraute Patta ihm an. »Wenn Sie möchten, gebe ich Ihnen die Adresse.«

»Das ist sehr freundlich von Ihnen.«

Patta zupfte seine Manschetten zurecht und lehnte sich zurück.

Es war das erste persönliche Gespräch, merkte Brunetti, das sie je miteinander geführt hatten – zwei Männer, die sich von gleich zu gleich unterhielten: über Knopflöcher!

»Die undichte Stelle, Signore: Könnten Sie mir Genaueres dazu sagen?«

»Ich wollte Sie sprechen, Brunetti, weil Sie mit den Leuten hier Kontakt haben«, sagte Patta. Und schon war er wieder der Alte, der das Innenleben der Questura wie einen Geheimkult behandelte.

Brunetti machte eine vage Handbewegung, die das dunkle Geheimnis ebenso gut abtun wie aus der wüsten Tiefe hervorholen mochte.

»Die Leute nehmen Ihnen gegenüber kein Blatt vor den Mund«, sagte Patta – eine Behauptung, die Brunetti erleichtert aufatmen ließ: Die alten Fronten waren wiederhergestellt. Er dämpfte seine aufkeimende Sympathie für Patta und rief sich zur Vernunft.

»Was glauben Sie denn, worüber die Leute reden, Vice-Questore?«

Patta räusperte sich kaum vernehmlich. »Mir sind Gerüchte zu Ohren gekommen, manche hier äußerten Unmut über Tenente Scarpa«, sagte er und schaffte es gerade noch, nicht entrüstet zu klingen. Ruhiger, als hielte er das für weniger wichtig, fügte er hinzu: »Und außerdem ist offenbar der Name einer zur Vernehmung vorgeladenen Person an die Öffentlichkeit gedrungen.«

Was Scarpa anbelangte, ermahnte sich Brunetti zur Vorsicht. Er verachtete den Tenente, misstraute ihm und gab sich kaum Mühe, dies zu verbergen, doch Patta schien dafür so blind zu sein wie für manches andere in der Questura.

Am besten Überraschung zeigen – Empörung wäre zu viel. Vielleicht eine Prise Neugier? Doch was hatte es mit der undichten Stelle auf sich?

»Können Sie mir sagen, woher Sie diese Informationen haben, Signore?«

»Beides wurde mir vom Tenente selbst berichtet«, antwortete Patta.

»Hat der Tenente seine Quelle genannt?«

Patta meinte zögernd: »Er sagt, er habe es von einem seiner Informanten.«

Brunetti ließ sich mit der Antwort viel Zeit, betastete mit der Linken nachdenklich seine Unterlippe und bemerkte schließlich: »Ich finde es merkwürdig, dass ein Informant etwas über die Questura erfahren haben soll, wovon hier niemand etwas weiß.« Dann schlug er vor: »Sie könnten Signorina Elettra fragen.«

»Ich wollte zuerst mit Ihnen sprechen«, sagte Patta schnell.

Brunetti nickte verständnisvoll: Wozu Signorina Elettra unnötig beunruhigen? »Kann man diesem Informanten Glauben schenken?«, fragte er.

»Woher soll ich das wissen?«, fuhr Patta auf. »Ich gebe mich nicht mit Informanten ab.«

Brunettis Überlebensinstinkt mahnte ihn zur Zurückhaltung. Er hob beschwichtigend die Hand und nickte zustimmend. »Jemand könnte dieses Gerücht erfunden haben, um Unfrieden zwischen dem Tenente und seinen Kollegen zu stiften. Schließlich hat der Tenente einen gewissen Ruf bei seinen Mitarbeitern.« Während Patta sich über den genauen Sinn dieser Bemerkung den Kopf zerbrach, fügte

Brunetti hinzu: »Ich würde das mit größter Vorsicht behandeln, Signore. Wenn Sie mich fragen.«

War Patta bei diesen Worten leicht zusammengezuckt? Brunetti wartete höflich, ob noch etwas kam, dann erhob er sich. »Wenn weiter nichts ist, Vice-Questore, gehe ich jetzt in mein Büro.«

3

Brunetti schloss die Tür hinter sich und sah erwartungsvoll zu Signorina Elettra, von der er sich genauere Auskünfte erhoffte. Zu seiner Überraschung stand Vianello neben ihr vor dem Computer. »Ah, verstehe«, sagte der Ispettore ehrfürchtig. »So einfach ist das.« Er nickte anerkennend und trat einen Schritt beiseite. »Ich habe es zweimal versucht, doch darauf wäre ich nie gekommen.«

Signorina Elettra drehte sich zu Brunetti um und hob fragend die Brauen. Der schüttelte lächelnd den Kopf. »Was es nicht alles gibt.« Als er ihrer Aufmerksamkeit sicher war, fuhr er fort: »Dottor Patta hegt den Verdacht, in der Questura sei eine undichte Stelle.« Er ließ Vianello dabei nicht aus den Augen. Doch der reagierte nicht. »Vielleicht hat der Vice-Questore zu viele Agentenfilme gesehen. Oder der Tenente. Der hat es ihm nämlich geflüstert.«

Signorina Elettra, die sich wieder ihrem Computer zugewandt hatte, rief den *Gazzettino* auf, warf Brunetti nur einen kurzen Blick zu und vertiefte sich in die Titelseite. Brunetti fragte sich, warum sie so unbeteiligt tat: Für Klatsch und Tratsch war sie doch sonst immer zu haben. Oder verging ihr das, sowie Scarpa im Spiel war?

Vianello stöhnte genervt auf. »Als ob es ein Geheimnis wäre, was wir hier machen.«

Den Blick unverwandt auf den Bildschirm gerichtet, fragte Signorina Elettra beiläufig: »Hat er gesagt, was hier durchgesickert sein soll?«

Brunetti sah zu Pattas Tür und machte eine abwiegelnde Handbewegung. »Nur die Andeutung, Tenente Scarpa sei wohl nicht der Beliebteste hier.« Auf die undichte Stelle ging er nicht näher ein.

Beim Stichwort Scarpa drehte sich Signorina Elettra zu Brunetti um. »Eine abwegige Vorstellung«, bemerkte sie mit einem Lächeln.

»Genau das habe ich dem Vice-Questore gesagt«, bekräftigte Brunetti.

»Haben wir nichts Besseres zu tun, müssen wir uns wirklich mit dem Tenente und seinen Phantomleaks abgeben?«, fragte Vianello.

Brunetti wollte schon gehen, aber seine Neugier hielt ihn zurück. »Was habt ihr da am Computer gemacht, als ich reinkam?«, fragte er.

Vianello und Signorina Elettra tauschten einen Blick, und der Ispettore sagte: »Nur zu. Erzählen Sie es ihm. Ich verkrafte das. Ich bin ein Mann.«

»Es ging um eine Hausaufgabe seines Sohns«, sagte Signorina Elettra.

»Luca macht einen Fortgeschrittenenkurs in Computertechnik«, erklärte Vianello. »Der Lehrer hat ihnen eine Aufgabe gestellt, und Luca kam damit nicht zurecht, also wollte ich es heute mal selbst versuchen, weil wir hier doch viel bessere Programme haben. Ich dachte, vielleicht komme ich auf die Lösung.«

»Und?«, fragte Brunetti, obwohl er die Antwort ahnte.

»Ich habe es nicht geschafft«, sagte Vianello achselzuckend.

Signorina Elettra schaltete sich ein. »Auch ich habe lange

geknobelt. Hat Luca es denn inzwischen herausbekommen?«

»Ich habe ihn beim Frühstück danach gefragt. Er sagt, nachts ist ihm eine Erleuchtung gekommen, und da ist er aufgestanden und hat so lange probiert, bis er es raus hatte.« Vianello seufzte lächelnd.

»Hat er dieselbe Lösung wie wir?«, fragte Signorina Elettra. Brunetti rechnete ihr die Freundlichkeit dieses »wir« hoch an.

»Weiß ich nicht«, sagte Vianello. »Er hatte es eilig. Er versprach, es mir beim Abendessen zu erzählen.«

Sie wurden in ihrem Gespräch von Alvise unterbrochen, der auf der Schwelle erschien: »Oh, da sind Sie ja, Commissario.« Er salutierte eilig, fuhr sich mit der Hand ans Herz und lehnte sich keuchend an den Türpfosten, als sei er die Treppe hinaufgerannt. Alvise war der Kleinste in der Questura: Ob die Stufen für ihn höher waren?

»Unten ist eine Frau, die Sie sprechen will, Commissario«, brachte er mühsam heraus.

»Wäre es nicht einfacher gewesen, mich anzurufen, Alvise?«, meinte Brunetti.

Alvises Miene erstarrte, er ließ die Hand vom Herzen sinken und hörte auf zu keuchen. Da stand er im Rampenlicht der praktischen Vernunft und brauchte einige Sekunden, ehe er stammeln konnte: »Selbstverständlich, Dottore. Aber die Signora sollte sehen, dass ich weiß, es handelt sich um etwas Wichtiges.«

»Dann gehen Sie, und bringen Sie die Frau bitte in mein Büro«, war alles, was Brunetti zu erwidern vermochte. Alvise, der nun wieder keuchte und nur noch ein Nicken zustande brachte, stolperte rückwärts auf den Flur hinaus und verschwand.

Die drei schwiegen, bis Alvises Schritte verklungen waren. »Warum sind Sie immer so geduldig mit ihm, Signore?«, fragte Signorina Elettra.

Brunetti sah erstaunt auf: Er hatte noch nie darüber nachgedacht. »Weil er es braucht«, sagte er schließlich.

»Ah«, machte Signorina Elettra vielsagend.

»Ich bin in meinem Büro«, fügte der Commissario noch hinzu.

Oben angekommen, stand er eine Weile am Fenster und betrachtete das Weinlaub an der Villa auf der anderen Seite des Kanals. Ab und zu rissen Windstöße ein paar Blätter los, die von den Fluten davongetragen wurden. Ach, wie die Dichter doch dieses Bild der Vergänglichkeit liebten.

Er hörte Schritte, drehte sich um und sah Alvise in der Tür, gefolgt von einer Frau, die mindestens zehn Zentimeter größer war. »Commissario«, sagte der kleine Polizist, salutierte zackig und trat zur Seite, »das ist Signora Crosera. Sie möchte mit Ihnen sprechen.«

Die Frau war keine Unbekannte, auch wenn Brunetti sich nicht gleich erinnern konnte, wo er sie schon einmal gesehen hatte. Dann fiel es ihm ein: Sie lehrte an der Universität, zwar nicht an derselben Fakultät wie Paola, aber die beiden kannten sich, und Paola hielt große Stücke auf sie. Vor Jahren hatte sie ihn ihr vorgestellt, und dann waren sie sich – in Venedig nicht ungewöhnlich – immer wieder mal in der Stadt begegnet; die Professoressa oft in Begleitung eines großen Mannes, dessen Haar zwar grau, aber –

anders als auf Brunettis sich lichtendem Hinterkopf – beneidenswert dicht und kräftig war.

»Ah, Professoressa Crosera«, sagte Brunetti, während er ihr die Hand gab und hoffte, er höre sich an, als habe er sie sofort erkannt. Fast so groß wie er, hatte die Signora schulterlanges, dunkelbraunes Haar und ebenso dunkle Augen. Ihre Lippen waren voll: Sie versuchte zu lächeln, schaffte es aber nur, die Mundwinkel ein wenig nach oben zu ziehen.

»Kommen Sie herein, nehmen Sie Platz.« Er wartete, bis sie sich gesetzt hatte, und postierte sich dann hinter seinem Schreibtisch, um klarzumachen, dass sie nicht mit dem Mann einer Kollegin plauderte, sondern ihn als Polizisten aufgesucht hatte.

Ihr Blick huschte im Zimmer umher, während sie, die Knie zusammengepresst, auf der Stuhlkante Platz nahm. Sie trug schwarze Hosen und eine dunkelgrüne Jacke und schien in letzter Zeit nicht viel geschlafen zu haben. Ihre Handtasche stellte sie neben dem Stuhl ab, und als sie sich wieder aufrichtete, hatte sie sich etwas gefasst.

»Wie kann ich Ihnen helfen, Professoressa?«, fragte Brunetti ruhig, als sei es das Normalste der Welt, dass eine Universitätsprofessorin nervös vor einem *commissario di polizia* auf dem Stuhl herumrutschte.

Als klar war, dass Brunetti nichts weiter sagen würde, erklärte sie: »Ich dachte, es wäre einfacher, mit jemandem zu sprechen, den ich kenne«, korrigierte sich aber sogleich: »Nicht dass ich Sie näher kenne, Commissario. Paola hat nie etwas erzählt, jedenfalls nichts über Ihren Beruf. Kein Wort über Ihre Arbeit. Sie könnten ebenso gut Notar oder Elektriker sein.«

Brunetti lächelte. »Wahrscheinlich möchte sie uns damit Zeit und Ärger ersparen.«

»Verzeihung?«, fragte Professoressa Crosera verwirrt.

»Wenn sie ihren Kollegen erzählen würde, dass ich Polizist bin, würden die uns womöglich Tag und Nacht die Tür einrennen, weil irgendein Nachbar ohne Genehmigung ein neues Badezimmer einbaut, oder nachts um drei anrufen, weil die Studenten in der Wohnung über ihnen eine wilde Party feiern«, scherzte er und lächelte erneut, worauf Professoressa Crosera sich ein wenig entspannte.

»O nein, um derlei geht es nicht.« Sie bückte sich und schob ihre Handtasche ein paar Zentimeter nach hinten. »Es ist etwas Ernstes.« Die Signora überkreuzte die Beine, stellte sie wieder nebeneinander und wandte den Blick ab. Im Licht vom Fenster her wirkte ihre Wange eingefallen. Professoressa Crosera legte die Hände zusammen und studierte sie eingehend. »Ich weiß, Sie und Paola haben Kinder«, sagte sie und blickte kurz auf.

»Ja, zwei.«

»Im Teenageralter?«

»So gerade noch«, meinte Brunetti leichthin.

Den Kopf wieder gesenkt, nickte die Signora nachdrücklich. »Wir auch. Zwei. Ein Junge und ein Mädchen.«

»Genau wie wir. Ein Junge und ein Mädchen«, erklärte Brunetti, obwohl sie das bestimmt schon wusste. »Und in ein paar Jahren sind sie erwachsen«, baute er ihr eine Brücke. »Eine ernüchternde Vorstellung.«

»Aber es sind doch wohlgeratene Kinder?«, fragte Professoressa Crosera. Brunetti hätte eher eine Bemerkung über ihre eigenen Kinder erwartet, aber manche Leute brauchten lange, bis sie sich in Gegenwart eines Polizisten entspannten, auch wenn sie aus freien Stücken gekommen waren. Sie wollten sich erst absichern, bevor sie es wagten, über das zu sprechen, was sie hergeführt hatte.

»Ich denke schon«, antwortete Brunetti. »Paola auch.« Er gab so etwas selten zu, um nur ja nichts zu beschreien. Eilig fügte er an: »Aber wir beide sind leider keine zuverlässigen Zeugen.« Noch war es zu früh, sie nach ihren Kindern zu fragen, auch wenn Professoressa Crosera vermutlich deswegen gekommen war.

»An welcher Fakultät lehren Sie, Professoressa?«, fragte Brunetti. Sie sollte wissen, dass Paola in jeder Hinsicht diskret gewesen war.

»Architektur. Momentan allerdings nur in Teilzeit, weil ich zusätzlich als Beraterin für urbanes Design arbeite. Hauptsächlich in der Türkei. Aber ich habe auch zwei Projekte in Rumänien und Ungarn. Ich bin viel auf Reisen.«

Beide verfielen in Schweigen. Brunetti wartete einfach ab – eine Taktik, die sich meist auszahlte. Schließlich hatten die Leute etwas auf dem Herzen. Wenn man sie nicht mit Fragen bedrängte, machten sie früher oder später von selbst den Mund auf.

Nach einer ganzen Weile bemerkte Professoressa Crosera: »Auch meine Kinder sind nicht missraten. Aber mein Sohn hat … hat sich verändert.« Sie beugte sich vor, und im ersten Augenblick dachte Brunetti, sie wolle nach ihrer Handtasche greifen und ihm ein Foto ihrer Tochter, die ihr keine Sorgen machte, zeigen, oder ihres Sohns. Doch sie setzte sich nur auf dem Stuhl zurecht und saß dann wieder still da.

»Ich mache mir Sorgen …«, begann sie, dann versagte ihr die Stimme. Sie schloss die Augen, schlug die Hände vor den Mund, und ihr Kopf ging auf und nieder.

Brunetti wandte sich taktvoll ab und sah aus dem Fenster. Es hatte zu regnen begonnen, ein unbeständiges Geniesel, das die Passanten ärgerte und den Bauern nichts nützte. Obwohl in der Stadt geboren, dachte Brunetti, egal zu welcher Jahreszeit, bei Regen als Erstes immer an die Bauern und hoffte, jener möge ihnen eine reiche Ernte einbringen. Wie oft hatte er sich seine Schuhe ruiniert, die Mäntel durchnässt – einmal sogar wurde eine Zimmerdecke bei ihm daheim beschädigt –, und doch war ihm der Regen stets willkommen, in seinen Augen war er ein Geschenk des Himmels.

Das Nieseln wurde stärker, und er fragte sich, ob Professoressa Crosera ihren Mantel beim Pförtner abgegeben hatte. Brunetti hatte für alle Fälle zwei Schirme in seinem *armadio* und könnte ihr einen ausleihen, wenn sie hier fertig waren. Aber wie sollten sie fertig werden, wenn sie nicht endlich zur Sache kam?

»Seinetwegen bin ich hier«, setzte Professoressa Crosera an. Als Brunetti sich umdrehte, hielt sie die Augen immer noch geschlossen, die Hände aber ruhten nun gefaltet in ihrem Schoß.

Es prasselte an die Fenster, und Brunetti wandte sich wieder der Betrachtung des Regens zu.

»Ich denke, ich kann jetzt sprechen.« Ihre Stimme klang gefasster. »Mein Sohn …« Sie sah zu Brunetti, der sich endlich zu ihr umdrehte. Ihre Blicke trafen sich. »… ist fünfzehn. Er geht aufs Albertini. Beide gehen da hin.« Dorthin hätte Brunetti seine Kinder ebenfalls geschickt, wäre es ihm nicht so wichtig gewesen, dass sie eine staatliche Einrichtung besuchten. In einem Palazzo unweit des Campo ss Giovanni e Paolo gelegen, genoss diese teure Privatschule, an der fast alle Fächer in Englisch unterrichtet wurden, verdientermaßen einen guten Ruf: Die meisten Absolventen besuchten anschließend die Universität, viele von ihnen erhielten Stipendien für ein Studium im Ausland.

»Eine sehr gute Schule«, bemerkte er.

Es dauerte, bis Professoressa Crosera sich zu einem bestätigenden Nicken durchringen konnte.

»Seit wann sind Ihre Kinder dort?«, fragte Brunetti, der sie nicht direkt auf den Sohn ansprechen wollte.

»Sandro seit zwei Jahren. Er ist im zweiten Jahr auf dem *liceo.*«

»Und Ihre Tochter?«, fragte Brunetti freundlich, als dränge diese Frage sich auf.

»Die ist im vierten Jahr.«

»Kommen die beiden gut zurecht?«, erkundigte sich Brunetti so neutral, wie er nur konnte.

»Aurelia schon«, antwortete sie, dankbar für die Anteilnahme. »Sandro …« Sie zögerte einen Moment, als müsse sie sich zwingen, es auszusprechen. »… nicht. Nicht mehr.«

»Lernt er nicht genug?«, fragte Brunetti aus purer Höflichkeit, während er schon überlegte, was für Probleme der Junge haben mochte.

»Er lernt überhaupt nicht«, gab sie zögernd zu. »Früher, ja. Als er anfing. Aber dieses Jahr …« Ihre Hände spannten sich um die starren Armlehnen des Stuhls. Sie starrte Brunettis Schreibtisch an, als türmten sich dort Zeugnisse mit schlechten Noten und Rügen wegen ungebührlichen Betragens.

»Hmmm«, brummte Brunetti besorgt, wie man es bei schlechten Nachrichten tut. Ihm lag nichts daran, sie mit geschickten Fragen zum Reden zu bringen, sie sollte von alleine auf ihr Problem zu sprechen kommen. Natürlich kamen ihm Drogen in den Sinn, die übelste Frucht im Füllhorn der elterlichen Sorgen.

In letzter Zeit verkrampften sich Brunettis Hüftmuskeln, wenn er eine Treppe hinunterging. Die Anstrengung fiel ihm erst auf, als er eines Tages nach der letzten Stufe, während sein Körper sich entspannte, unwillkürlich aufstöhnte. Nicht viel anders ging es ihm, wenn er von Teenagern hörte, die den Gefahren des modernen Lebens ausgesetzt waren: Alles zog sich in ihm zusammen, und er wehrte sich mit ganzer Kraft gegen den Alptraum, auch seine Kinder könnten vom Weg abkommen.

»Voriges Jahr war Sandro der Zweitbeste. Doch in diesem Schuljahr – das erst vor zwei Monaten begonnen hat – höre ich von den Lehrern nur Schlechtes über ihn. Für Noten ist es noch zu früh, aber er bringt keine Bücher mit nach Hause, und Hausaufgaben macht er auch nicht mehr.«

»Aha«, sagte Brunetti leise. Was für ein Gegensatz zu seinen eigenen Kindern, die sich ständig mit Freunden trafen, um gemeinsam zu lernen oder sich auf Prüfungen vorzubereiten, zufrieden mit der Schule und immer begierig darauf, Neues zu erfahren.

Professoressa Crosera legte das rechte Bein auf das linke, und dann das linke auf das rechte. »Mein Mann wollte nicht …«, begann sie, korrigierte sich aber sofort: »Ich hielt es für richtig, hierher zu kommen, um Genaueres in Erfahrung zu bringen.«

Eigentlich hätte Brunetti vielmehr von ihr Informationen erwartet, doch er schwieg. Viele Leute fühlten sich als Verräter, wenn sie zur Polizei gingen. Würde es ihm selbst etwa leichtfallen, einem Fremden von den Privatangelegenheiten seiner Kinder zu erzählen? Dass Professoressa Crosera sich an die Polizei gewandt hatte – nicht an einen Arzt, das Jugendamt oder einen Priester –, ließ tief blicken. »Was möchten Sie wissen, Professoressa?«

»Ich weiß, es ist strafbar, Drogen zu verkaufen.« Ihre Stimme klang gepresst. »Aber ist es auch strafbar, Drogen zu nehmen?«

Das also plagte sie. Brunetti war froh, ihr sagen zu können: »Nein. Der Konsum nicht. Aber der Handel damit schon, insbesondere wenn man sie vor einer Schule an Minderjährige abgibt.«

Ihre Miene entspannte sich. »Ich wollte mich vergewissern«, sagte sie schließlich. Nachdenklich fuhr sie fort: »Wenn man sie also nur konsumiert, ist das harmlos, bekommt man keine Schwierigkeiten?« Sie merkte selbst, wie absurd diese Bemerkung war, ihre Miene umwölkte sich, und hastig fügte sie hinzu: »Mit der Polizei, meine ich.«

»Solange man nicht damit handelt, nein.«

»Finden Sie diese Gesetzeslage gut?«, brach es aus Professoressa Crosera heraus.

Brunetti fühlte sich weder verpflichtet noch dazu aufgelegt, eine Debatte über Gerechtigkeit und den Sinn von Gesetzen zu führen. »Was wir von den Vorschriften halten, ist nicht entscheidend«, erklärte er.

»Was denn dann?«

»Dass unschuldige Menschen geschützt werden. Dafür sind die Gesetze da«, behauptete er. Im tiefsten Innern glaubte Brunetti nicht daran: Gesetze, erlassen von Leuten, die an der Macht waren, dienten diesen dazu, an der Macht zu bleiben. Wenn sie nebenher auch noch Unschuldige schützten, schön und gut, aber das war nur ein willkommener Nebeneffekt.

»So habe ich das noch nie gesehen«, sagte Professoressa Crosera.

Brunetti, dem es nicht anders ging, zuckte die Achseln. »Ich nehme an, kaum jemand denkt über den Sinn von Gesetzen nach.«

»Leute bestrafen. Ich dachte immer, dafür sind Gesetze da.« Sie überlegte kurz und meinte lächelnd: »Ich glaube, Ihre Interpretation ist mir lieber, Commissario.«

Brunetti nickte nur und schwieg. Dann konnte er seine Ungeduld nicht länger unterdrücken: »Wir sprachen von Ihrem Sohn, Professoressa.«

4

Seine Schroffheit erschreckte Professoressa Crosera. »Ja, ja. Natürlich.« Den Blick auf den Schreibtisch gesenkt, erklärte sie schließlich: »Ich glaube, er nimmt Drogen.« Dann verfiel sie in Schweigen, als sei damit alles gesagt und sie könne jetzt gehen.

Brunetti würde etwas Druck machen müssen. »Glauben Sie das, oder wissen Sie es?«

»Ich weiß es«, gestand sie, korrigierte sich aber sofort: »Das heißt, ich glaube es zu wissen. Die Kinder in der Schule reden über Sandro. Ein Klassenkamerad hat zu Aurelia gesagt, Sandro werde noch großen Ärger kriegen, wenn er so weitermacht.«

»Großen Ärger?«, fragte Brunetti. Und als sie nickte: »Hat der Junge gesagt, dass es um Drogen geht?«

Sie sah ihn überrascht an. »Was soll es denn sonst sein? Er hat es von seiner Schwester, die in Sandros Klasse ist.« Und dann mit Nachdruck: »Es kann nur um Drogen gehen.«

»Wann war das?«

»Er hat vor einer Woche mit Aurelia gesprochen. Sie hat es mir vor zwei Tagen erzählt.«

»Warum hat Ihre Tochter so lange gewartet?«

»Sie sagt, sie wollte sich erst selbst ein Bild machen, bevor sie es weitersagt.«

»Und hat sie das getan?«

Professoressa Crosera warf ihm einen scharfen Blick zu

und verteidigte ihre Tochter: »Sie hat versucht, mit Sandro zu reden, aber da ist er wütend geworden und hat gesagt, das gehe sie nichts an.«

Brunetti musste daran denken, wie seine eigenen Kinder miteinander umgingen. Seine Skepsis stand ihm offenbar ins Gesicht geschrieben, denn die Professoressa rechtfertigte sich: »Er war ihr gegenüber noch nie so heftig geworden.«

»Was ist Ihnen selbst noch aufgefallen, Professoressa? Wie hat er sich verändert?«, kam Brunetti auf das Thema zurück.

»Er ist launisch und reagiert gereizt, wenn ich ihn nach der Schule frage. Manchmal kommt er zum Abendessen nicht nach Hause, oder er ruft an und sagt, er isst bei einem Freund.«

»Haben Sie das je überprüft?«, fragte Brunetti.

»Ich bin kein Polizist«, fauchte sie, merkte aber sofort, dass sie sich im Ton vergriffen hatte. »Entschuldigen Sie. Das hätte ich nicht sagen sollen.« Dabei ließ sie es bewenden, versuchte nicht sich herauszureden, was sie Brunetti sympathisch machte.

»Da habe ich schon viel Schlimmeres gehört«, meinte er nur. »Stört Ihr Mann sich auch am Verhalten Ihres Sohns?«

Sie nickte mehrmals, sah weg, sah ihn wieder an. »Wie gesagt, ich bin viel auf Reisen.«

Brunetti nickte, und sie fuhr fort: »Manchmal bin ich mehrere Tage unterwegs.«

»Und die Kinder? Wer kümmert sich um die?«, rutschte es Brunetti heraus.

»Die wohnen dann bei meiner Schwester.«

Brunetti wollte nicht so indiskret sein und fragen, wieso nicht ihr Mann für die Kinder da war.

Doch sie erriet seine Gedanken: »Mein Mann arbeitet in Verona und schafft es nicht immer auf den letzten Zug. Dann übernachtet er bei Freunden, aber oft kommt das nicht vor.«

In einem Verhör hätte Brunetti nachgehakt: »Freunde?« oder »Wie oft?« Stattdessen kam er nun doch auf den Mann mit dem kräftigen grauen Haar zu sprechen: »Was macht er beruflich?«

»Er ist Buchhalter.« Und nach einem prüfenden Blick auf Brunetti: »Er sagt, Sandro ist zu mager und lässt sich nichts sagen.«

Typisch Teenager, dachte Brunetti, schwieg aber.

»Von Drogen will mein Mann nichts wissen, er hält es für ausgeschlossen, dass Sandro welche nimmt.« Sie presste die Lippen zusammen und sah zu Boden.

Brunetti ließ auch dies unkommentiert. »Was ist Ihnen sonst noch aufgefallen, Professoressa?«

Sie drehte sich zum Fenster um und sah in den dichten Regen hinaus. Den rechten Ellbogen auf der Armlehne, legte sie die Hand an die Stirn und drückte ein paarmal so fest dagegen, dass die Haut sich furchte. »Er spricht kaum noch ein Wort. Als ob er einen Kopfhörer aufhätte, Stimmen hört, oder Musik. Was weiß ich. Wenn ich ihn etwas frage, muss ich es jedes Mal wiederholen, und dann antwortet er nur widerwillig.« Wieder an Brunetti gewandt, fügte sie hinzu: »Er schläft schlecht, glaube ich, und er verliert schnell die Beherrschung. Früher war er so ein angenehmes Kind.«

Sie mochte Paolas Kollegin oder Freundin sein, und wenn schon, Brunetti wollte nicht noch mehr Zeit mit einem Problem vergeuden, das beim Sozialamt besser aufgehoben war. Um nicht zu brüsk zu wirken, wiegelte er ab: »Wenn ich vor drei Jahren meinen Sohn beschrieben hätte, hätte ich, von den Schlafproblemen abgesehen, ungefähr dasselbe gesagt.«

Professoressa Crosera faltete die Hände im Schoß wie eine Schülerin, die zum Rektor bestellt worden ist und einen Verweis erhalten hat.

Brunetti ließ ein wenig Zeit verstreichen, und noch ein wenig, und sagte dann frei heraus: »Ich verstehe leider immer noch nicht, warum Sie hierhergekommen sind, Professoressa.«

Diesmal antwortete sie prompt: »Ich dachte, die Polizei würde etwas unternehmen.«

»Wie stellen Sie sich das vor? Was sollen wir denn tun?«

»Den Dealer finden, der ihm die Drogen verkauft. Und ihn verhaften.«

Wenn es doch nur so einfach wäre, dachte Brunetti. Verhaften, bis zum Prozess festhalten und dann ins Gefängnis werfen – ihn und alle, die mit ihm und für ihn arbeiten, all die kleinen Dealer, die sich in den Parks zu den Schulkindern auf die Bank setzen oder sie anderswo abpassen, in der Disco oder im Kino oder – Überraschung! – einfach vor der Schule.

Ein Jammer, dass es so nicht lief. Die Wirklichkeit sah anders aus. Sie wurden festgenommen, zur Questura gebracht und verhört, vielleicht verwarnt, auch wenn jeder wusste, dass es sinnlos war, und schließlich wurde ein schriftliches Protokoll angefertigt. Ausländern wurde gesagt, sie müssten das Land binnen achtundvierzig Stunden verlassen; dann konnten sie gehen. Italiener wurden mit dem Bescheid nach Hause geschickt, man werde Ermittlungen gegen sie einleiten.

»Warum unternehmen Sie nichts dagegen?«, fragte sie in Brunettis Schweigen hinein.

Er griff nach einem Stift und seinem Notizbuch, schrieb ihren Namen auf, die Namen ihrer Kinder und den der Schule und ließ ein wenig Platz, um später den Namen ihres Mannes nachzutragen. Am liebsten hätte er ihr die kleine Liste hingeschoben und gefragt, ob sie dort irgendeinen Anhaltspunkt sehe, wen er verhaften solle – und weswegen genau? Stattdessen sagte er mit gezücktem Stift: »Wenn wir mit dem Freund Ihrer Tochter sprechen, muss entweder ein Anwalt oder zumindest ein Elternteil dabei sein. Möchten Sie mir seinen Namen nennen?«

Zum ersten Mal, seit sie den Raum betreten hatte, vielleicht zum ersten Mal, seit ihr Sohn sich so verändert hatte, sah Professoressa Crosera sich mit den rechtlichen Konsequenzen ihrer Situation konfrontiert. Wenn sich ein Strudel bildet, kann man auch auf ruhiger See davon erfasst und verschlungen werden.

»Nein«, sagte sie mit Nachdruck. »Das kann ich ihm nicht antun.« Wie sehr sie damit die Polizei behinderte, entging ihr offenbar.

Brunetti legte den Stift hin und faltete die Hände. »Könnten Sie mir vielleicht sagen, wo Ihr Sohn die Drogen kauft, die er Ihrer Meinung nach nimmt, oder was für Drogen das sind?«

Die Frage überforderte sie; sie wich Brunettis Blick aus und betrachtete ihre Knie.

Brunetti verabscheute, was Drogen den Menschen antaten, verabscheute ihre zersetzende Wirkung selbst auf charakterfeste Menschen, lebte jedoch mit drei Leuten zusammen, die der Überzeugung waren, dass sie allesamt legalisiert gehörten. Einfache Antworten, warum wollten die Leute immer einfache Antworten?

Drogen veränderten alles. Frauen hatten ihm im Verhör ihren Körper dargeboten; Männer hatten ihm ihre Frauen aufgedrängt, sogar ihre Töchter, wenn er sie bloß nicht festnahm und irgendwo einsperrte, wo sie nicht an Drogen herankamen. Einmal hatte er eine Frau gesehen, die in ihrem Brautkleid an einer Überdosis gestorben war. Ein andermal war er zu einer Wohnung gerufen worden, in der ein dreijähriger Junge verhungert war, während seine Eltern von dem Geld, das sie allen vier Großeltern des Kleinen gestohlen hatten, eine Woche lang eine Heroinparty feierten.

»Nein«, hörte er sie sagen und dann resigniert fortfahren: »Wenn ich ihn danach frage, würde er lügen.« Anscheinend glaubte sie, das vor sich selbst und vor Brunetti rechtfertigen zu müssen: »Ich weiß nicht, warum ich mir da so sicher bin, aber so ist es.« Sie legte eine Hand an die Stirn. Brunetti sah wieder zum Fenster hinaus, als sie mit heiserer Stimme fast unhörbar bemerkte: »Er ist mein Kleiner, und ich weiß nicht, was ich tun soll.«

Brunetti konnte den Anblick der Tränen, die zwischen ihren Fingern hindurch auf die Wolljacke rannen, nicht ertragen, sprang auf, ging zum Fenster und vertiefte sich in die Fassade der Kirche gegenüber. San Lorenzo: ein Märtyrer.

Brunettis Vater war an Krebs gestorben – ein langer, schrecklicher Tod in einem Krankenhaus, das von Leuten betrieben wurde, für die menschliches Leiden der beste Weg zur Erlösung war und die sich daher geweigert hatten, ihm in den letzten Tagen seines Lebens Schmerzmittel zu geben. Drei Tage vor dem Tod seines Vaters hatte der jüngere Sohn, damals schon Commissario di Polizia, aus dem Raum, in dem die Polizei beschlagnahmte Drogen und Waffen aufbewahrte, drei Schachteln mit Morphiumampullen gestohlen und dann seinem sterbenden Vater alle acht Stunden eine verabreicht. Nachdem sein Vater friedlich in seinen Armen gestorben war, war Brunetti nach Hause gegangen und hatte die restlichen Ampullen über der Küchenspüle aufgebrochen und ausgeschüttet. Er glaubte an sehr wenig, aber er wusste, Leiden war immer falsch.

»Können Sie irgendetwas tun?« Ihre Stimme klang wieder fest.

Brunetti kehrte an seinen Schreibtisch zurück. »Ich kann versuchen herauszufinden, ob an seiner Schule mit Drogen gehandelt wird und wer sie verkauft«, sagte Brunetti. An irgendwelche Gerüchte über das Albertini konnte er sich nicht erinnern, aber immerhin wäre das ein Anfang.

Professoressa Crosera rutschte unruhig auf ihrem Stuhl herum, gerade so, als wollte sie sich davonstehlen, kaum dass jemand anders die Sache in die Hand genommen hatte. Doch nein, da tat er ihr unrecht.

»Könnten Sie mir Ihre Telefonnummer geben?«, fragte Brunetti.

Er notierte die Nummer und schrieb nur »Albertini« dazu, für den Fall, dass neugierige Augen sein Notizbuch fanden.

Viel mehr konnte er nicht für sie tun, wusste auch nichts mehr zu sagen. Und sie selbst war offenbar weder willens noch in der Lage, ihm weitere Auskünfte zu geben.

Brunetti erhob sich und dankte ihr für ihren Besuch. Überrumpelt von seinem kaum verhohlenen Rauswurf ließ sie sich von ihm zur Tür begleiten. Um seine Schroffheit wiedergutzumachen, versprach Brunetti lächelnd, er werde sich ins Zeug legen, verschwieg jedoch, wie wenig er sich davon erwartete. Nachdem sie gegangen war, stand er lange in Gedanken versunken am Fenster; die Sorgen dieser Frau ließen ihn nicht los. Zum Glück hatte es wenigstens zu regnen aufgehört.

5

Nach dem Mittagessen bat Brunetti Vianello zu sich ins Büro. Er konnte es kaum erwarten, ihm von seinem Gespräch mit Professoressa Crosera zu berichten.

Als er fertig war, fragte Vianello: »Die Kinder gehen aufs Albertini?«

»Macht das irgendeinen Unterschied?«

Der Ispettore schlug die Beine übereinander und wippte mit dem Fuß. »Vor fünf Jahren hätte es vielleicht noch einen Unterschied gemacht, aber heutzutage sind Drogen überall zu haben.« Er stellte die Füße wieder nebeneinander. Wie grau er geworden ist, wie schmal im Gesicht, dachte Brunetti. »Früher waren Drogen an Privatschulen nicht so verbreitet; aber das hat sich geändert. Jedenfalls habe ich das gehört.«

»Von wem?«, fragte Brunetti und erkannte seinen Fehler zu spät. Alle in der Questura behielten die Namen ihrer Informanten für sich.

Vianello ließ sich nichts anmerken: »Von einem, der sich auskennt. Er sagt, mittlerweile haben praktisch alle Schulen dieses Problem.«

Das wusste Brunetti natürlich selbst, so, wie er wusste, dass im Winter die Luft in der Stadt weit über die Grenzwerte hinaus, die irgendeine europäische Wissenschaftlerkommission zum Schutz der Gesundheit ausgegeben hatte, mit Schadstoffen belastet war. Aber solange er es nicht roch, es ihm nicht in der Lunge stach, verdrängte er den

Gedanken daran; um der Luft zu entgehen, müsste er die Stadt verlassen, und das kam nicht in Frage. Mit Drogen war es nicht viel anders. Solange nicht die eigenen Kinder betroffen waren …

»Gott sei Dank sind wir ein paar Jahrzehnte früher geboren«, sagte er. Vianello sah ihn verblüfft an.

»Wie meinst du das?«

»In unserer Jugend waren nicht so viele Drogen im Umlauf. Jedenfalls schienen sie nicht so … normal zu sein wie heute. Manche meiner Freunde haben sie ausprobiert, aber ich kann mich an keinen erinnern, bei dem sie zur Sucht geworden wären.« Vianello nickte zustimmend, und Brunetti fuhr fort: »Außerdem hatten wir gar nicht das Geld dafür.«

»Ich habe einmal Haschisch ausprobiert«, bekannte Vianello mit gesenktem Blick.

»Das hast du mir nie erzählt.«

Brunettis Tonfall brachte Vianello zum Lachen. »Sollen wir denn gar keine Geheimnisse mehr voreinander haben?«

»Erzähl doch mal.«

»Ich war bei einem Freund auf einer Party, da hat man mir Kräutertee eingeschenkt«, erklärte Vianello.

Die unpersönliche Formulierung ließ Brunetti aufhorchen. »Du hast es nicht geraucht?«

»Nein. Wenn das zu Hause mein Vater gerochen hätte …«

»Dann?«, hakte Brunetti nach. Vianello sprach so selten von seinem Vater.

»Keine Ahnung. Wahrscheinlich hätte er mir eine ordentliche Tracht Prügel angedroht.«

»Nur angedroht?«, fragte Brunetti.

»Ja«, antwortete Vianello, ohne zu zögern, und wechselte abrupt das Thema. »Was hat Professoressa Crosera mit ihrem Besuch bezweckt?«

Auch wenn Brunetti lieber den Rest von Vianellos Geschichte gehört hätte, antwortete er schließlich: »Sie macht sich Hoffnung, dass wir das Problem beseitigen. Wir sollen einfach die Leute verhaften, die ihrem Sohn Drogen verkaufen.«

Vianello hob die Brauen.

»Konkrete Informationen hat sie mir keine geliefert«, stellte Brunetti klar. »Nicht einmal den Namen des Jungen, der den Verdacht geäußert hat.« Hörbar gereizt fügte er hinzu: »Wofür hält sie uns eigentlich?«

»Das ist wie dieses griechische Ding, das du mal erwähnt hast«, bemerkte Vianello zu Brunettis Verblüffung. »Das mit dem lateinischen Namen.«

»Du meinst *Deus ex machina?*«, grinste Brunetti, als ihm ein Licht aufging. »Das wäre in der Tat hilfreich: Ein Gott steigt herab, schnappt sich das Problem und entschwebt damit.«

Er ließ dem Gott ein wenig Zeit, zum Fenster hinaus zu entschwinden, und kam auf den Boden der Tatsachen zurück. »Solange sie uns nicht hilft und mit ihrem Sohn redet, können wir nicht viel tun.«

»Will heißen?«, fragte Vianello.

Da Brunetti schwieg, stand Vianello auf. »Lass uns einen Kaffee trinken.«

Erwähnenswert war im Lauf dieses Tages nur noch ein Anruf von einem Informanten Brunettis, der ihm riet, er solle sich am nächsten Morgen mal auf dem Fischmarkt umsehen – nicht dem am Rialto, sondern dem Großmarkt auf Tronchetto. Brunetti dankte für den Tipp und versicherte, er werde ihn an die zuständigen Kollegen und die Spezialeinheit der Carabinieri für Lebensmittelkontrollen weiterleiten.

»Sagen Sie denen, die sollen sich die Muscheln ansehen. Und auch den Thunfisch. Der hat keine Papiere«, riet ihm der Anrufer, ließ ein gutgelauntes »tststs« ertönen und legte auf.

Brunetti kannte diesen Mann nur telefonisch. Vor sechs oder sieben Jahren hatte er Brunetti einmal angerufen und ihm Informationen angeboten. Brunettis Frage, wie der andere an seine Nummer gekommen sei, blieb unbeantwortet, doch führte der Anruf zur Verhaftung von zwei Männern, die drei Tage zuvor ein Juweliergeschäft ausgeraubt hatten. Einige Monate später erhielt Brunetti wieder einen Tipp. Als er durch die Blume fragte, wie er sich revanchieren könne, erntete er nur Gelächter. »Ich will nur meinen Spaß«, lautete die Antwort.

Von da an betrachtete Brunetti die Informationen als das, was sie waren: ein Geschenk. Der Mann rief drei- oder viermal im Jahr an, stets mit sachdienlichen Hinweisen, jedes Mal zu einer anderen Art von Verbrechen. Gefälschter Parmaschinken aus Ungarn; zwei Tonnen Schmuggelzigaretten, angeliefert am Strand von Grado; Diebstahl eines Röntgengeräts aus einer Zahnarztpraxis in Mirano; zwei rumänische Trickbetrüger, die alte Frauen mit gefälschten Stromrechnungen hereingelegt hatten. Offenbar war der Anrufer früher selbst an Straftaten wie denen, die er meldete, beteiligt gewesen und hatte sich aus Gründen, über die Brunetti nur spekulieren konnte, mit seinen früheren Kollegen überworfen. Nur so ließen sich sein Insiderwissen und sein ungerührter Ton erklären. Vielleicht befand sich der Mann auf einem Rachefeldzug – Streit unter Ganoven –, oder aber er wollte sich als Krimineller die Konkurrenz vom Hals schaffen. Jedenfalls war der Tippgeber dank all dieser Anrufe Brunetti regelrecht ans Herz gewachsen; der Commissario konnte nur hoffen, dass der Mann sich über die Risiken seines Tuns im Klaren war.

Brunetti leitete den Hinweis zum Fischmarkt weiter und fand, dass er damit genug für heute getan hatte. Ohne irgendwem Bescheid zu sagen, verließ er die Questura, hielt sich rechts, ging hinter der ersten Brücke links, immer der Nase nach, immer weiter vom Stadtzentrum weg. Am *bacino* angelangt, bog er links ab, drang ins Gassengewirr von Castello ein und wusste immer noch nicht, wohin er eigentlich wollte.

Als er die Via Garibaldi erreichte, staunte er über die Menschenmassen. War der November über Nacht zum Touristenmonat geworden? Nach hundert Metern stellte er beruhigt fest, dass fast alle Passanten Venezianer waren. Nicht nur wegen ihres Dialekts: Ihre Kleidung verriet sie und die lässige Ungezwungenheit, mit der sie sich bewegten – keiner fahndete angestrengt nach Fotomotiven oder Boutiquen mit echtem venezianischen Kunsthandwerk. Er verlangsamte seine Schritte, betrat eine Bar, wollte eigentlich nur einen Kaffee, doch als er auf dem Tresen eine Schale mit Brezeln entdeckte, entschied er sich lieber für ein Glas Wein. Nebenbei überflog er die Schlagzeilen des

Gazzettino und wunderte sich, wie vertraut ihm das alles vorkam, bis er aufs Datum schaute und merkte, dass es die Ausgabe vom Vortag war. Er faltete die Zeitung zusammen und fragte sich, wie es möglich war, dass Tag für Tag mindestens acht Seiten lang reißerisch über tiefe Zerwürfnisse in der Parteienlandschaft und neue Koalitionen berichtet wurde, die die Verhältnisse angeblich auf den Kopf stellten, während sich in Wirklichkeit aber auch gar nichts von der Stelle rührte.

Brunetti fischte einen Euro aus der Tasche und legte ihn auf den Tresen. »Wie kann es sein, dass wir seit über fünf Jahren keine gewählte Regierung haben?«, murmelte er. Nicht dass er die Frage ernst meinte, er versuchte nur, seine Ratlosigkeit in Worte zu fassen.

Der Barmann warf die Münze in die Kasse und bongte den Betrag. Er schob die Quittung neben das leere Glas und sagte: »Solange es im Fernsehen Fußball gibt, kümmert es keinen, ob wir die Regierung wählen oder ob irgendein Greis von Politiker eine ernennt.«

Brunetti, der keine Antwort erwartet hatte, dachte darüber nach. *»Ciò«*, meinte er schließlich; Veneziano schien ihm die beste, wenn nicht einzige Sprache, in der er seine Zustimmung ausdrücken konnte. Er trat aus der Bar auf die Via Garibaldi hinaus und verschwand im Labyrinth der *calli.*

Bis nach San Pietro in Castello trugen ihn seine Füße, wo er eine Kerze für das Seelenheil seiner Mutter anzündete, was seiner eigenen Seele mindestens ebenso guttat wie das Glas Wein in der Bar.

Erst nach sieben kam er nach Hause und ging geradewegs in die Küche, um zu erkunden, was der Gewürznelkenduft, der ihn empfangen hatte, bedeutete. *Spezzatino di manzo* mit exotischen Gewürzen, nahm er an. Und dazu *Cavolini di bruxelles alla besciamella?*

»Wenn ich verspreche, meinen Teller leer zu essen, brennst du dann mit mir für eine Woche nach Tahiti durch?«, fragte er, nahm Paola in die Arme und knabberte an ihrem Nacken.

»Aber nur unter der Bedingung, dass du dich das nächste Mal rasierst, bevor du meinen Nacken küsst«, sagte sie, wand sich los und betastete die Stelle. »Obwohl das Risiko, dass du etwas übriglässt, ohnedies gleich null ist«, ergänzte sie mit einem Lächeln, das ihren Worten die Spitze nahm.

Gestern hatte er die *Orestie* beendet, die er seit langem nicht mehr gelesen hatte; jetzt ging er in Paolas Arbeitszimmer und durchsuchte die Regale mit seinen Büchern nach neuer Lektüre. Er beschloss, beim Drama zu bleiben, und ließ seinen Blick über die Buchrücken schweifen. Während er Professoressa Croseras heillose Angst um ihren Sohn immer mehr nachempfand, fiel ihm auf, wie sehr schon die alten Griechen um ihre Kinder gebangt hatten; die meisten Schauspiele schienen sich um das Unheil zu drehen, das Kinder über ihre Eltern brachten. Beziehungsweise, musste er sich eingestehen, Eltern über ihre Kinder.

Die Stücke von Euripides erinnerten ihn an eine Aufführung von *Medea,* die er in London gesehen hatte; Paola hatte ihn dort hingeschleppt, vor über zwanzig Jahren. Sein Blick ruhte auf den Buchrücken, seine Gedanken jedoch waren bei der Schlussszene: Medea auf einem Podest, ihre Kinder an sich gedrückt. Statt nun die beiden hinter die Kulissen zu tragen, um dort ihr schreckliches Werk zu vollenden, zückte Medea ein Messer und erstach sie vor aller Augen. Brunetti schauderte es immer noch, als habe sie ihm selbst das Messer in den Bauch gerammt.

Als Polizist war Brunetti einmal Zeuge eines kaltblütigen Mordes geworden. Weitere Menschen waren in seiner Gegenwart zu Tode gekommen. Die Griechen hatten recht. Derlei sollte man nicht auf der Bühne zeigen; es entsetzte nur und diente nicht der Erbauung. Nein, nicht *Medea.* Stattdessen nahm er die Dramen von Sophokles aus dem Regal.

Wie er so mit seinen Kindern bei Tisch saß, war Brunetti heilfroh, dass er sich gegen *Medea* entschieden hatte. So froh, dass er Raffi unwillkürlich eine Hand auf den Arm legte. Als sein Sohn überrascht aufblickte, betastete Brunetti eilig den Ärmel von Raffis Pullover: »Den kenne ich noch gar nicht.«

»*Mamma* hat ihn mir letzten Winter aus Rom mitgebracht. Gefällt er dir?«

Brunetti nutzte die Gelegenheit, die Hand wieder wegzuziehen. Er lehnte sich zurück und musterte den Pullover: »Sehr schön.« Und zu Paola: »Eine gute Wahl.« Dann bat er um einen Nachschlag.

Ich werde sie nicht nach Drogen fragen. Ich werde sie nicht nach Drogen fragen. Mit diesem Mantra im Kopf aß Brunetti sein Rinderragout und nahm einen Nachschlag. Chiara fragte Raffi, ob er einen Blick auf ihre Aufgaben in Physik werfen könne. »Ich verstehe nicht, warum ich mich damit beschäftigen soll«, sagte sie. »Sobald ich das Schuljahr hinter mir habe, werde ich das nie mehr brauchen.«

»Soll das Studium der Naturgesetze nicht das logische Denken fördern?«, fragte Brunetti.

»Hattest du Physik in der Schule?«, fragte Chiara.

»Selbstverständlich.«

»Und hast du ...«, fing sie an, stellte die Frage dann aber anders: »Erinnerst du dich noch an irgendetwas?«

Paola verschaffte ihrem Mann einen kurzen Aufschub, indem sie ihm eilig zwei Röschen Rosenkohl auf den Teller löffelte.

Brunetti entschied sich für die Wahrheit: »Ich erinnere mich an einiges, vor allem aber daran, wie viel Spaß es mir gemacht hat, Phänomene, die ich nie verstanden hatte, aus einem anderen Blickwinkel zu betrachten. Ich sah die Welt mit neuen Augen und fand es irgendwie tröstlich, dass alles Geschehen im Universum, selbst im größten Maßstab, einer Ordnung unterworfen ist und Regeln folgt.«

»Wenn es stimmt, was unser Lehrer erzählt, dann gilt inzwischen nicht mehr viel von dem, was du damals gelernt hast, und ich bekomme also neue, ganz andere Naturgesetze beigebracht. Wer garantiert mir, dass man meinen Kindern nicht einmal dasselbe sagt und sie wieder was anderes lernen müssen?«

»Es gibt fundamentale Regeln«, schaltete Raffi sich ein, »die ändern sich nicht. Das Universum ist kein wildes Durcheinander, das tut, was es will, und unergründlich ist.«

»Naturgesetze sind auch der beste Beweis, dass die Götter nicht beliebig dazwischenfunken können«, nutzte Paola die Gelegenheit, Religion in jeder Form eins auszuwischen.

»Aber es geht um ein ganzes Jahr meines Lebens!«, jammerte Chiara, als liege sie gefesselt am Boden und drohe ausgepeitscht zu werden.

»Möchtest du lieber stricken und Socken stopfen lernen, so wie ich früher?«, fragte ihre Mutter.

Vor Brunettis innerem Auge erschien ein Bild: Paola beim Sockenstopfen. Unwillkürlich prustete er los. Er hielt die Hand vor den Mund, aber das half nichts; ja der Anblick ihrer verblüfften Miene reizte ihn nur noch mehr zum Lachen; also hielt er sich den Mund noch fester zu und kniff die Augen zusammen, bis ihm die Tränen kamen und er zur Serviette greifen musste.

Niemand sprach ein Wort; die Kinder sahen auf ihre Teller, während Paola das gesenkte Haupt ihres Mannes musterte. Brunetti tupfte sich die Tränen ab, legte die Serviette in den Schoß und blickte auf.

»Ich hätte nicht übel Lust, dich ohne Nachtisch auf dein Zimmer zu schicken, Guido«, sagte Paola liebenswürdig. »Zwar habe ich tatsächlich nie gelernt, Socken zu stopfen, aber nur, weil ich gar nicht erst am Handarbeitsunterricht teilgenommen habe.« Und damit sie vor den Kindern nicht als Lügnerin dastand, erklärte sie: »Die Socken dienen nur als Symbol, stellvertretend für alles, womit ich mich in der Schulzeit beschäftigen musste und was mir als reine Zeitverschwendung erschien. Ich hoffe, ihr erkennt den Kunstgriff als das, was er ist.« Sie beendete ihre Erklärung mit einer huldvollen Handbewegung in Richtung der Kinder. Beide nickten. Paola lächelte, und die Welt war wieder im Lot.

6

Als hätten die abreisenden Touristen die Kriminalität mit nach Hause genommen, ging es während der nächsten Woche in der Questura recht ruhig zu. Brunetti kontaktierte einen Freund bei den Carabinieri, um etwas über die Drogensituation an den Schulen zu erfahren, und erhielt die Auskunft, eine Spezialeinheit in Treviso habe bereits Ermittlungen aufgenommen. Beruhigten Gewissens forschte Brunetti nicht weiter nach. Er wandte sich den Akten zu, die sich auf seinem Schreibtisch angesammelt hatten, studierte die Lebensläufe von fünf künftigen Kollegen, die im Februar turnusmäßig in die Questura wechseln sollten. Er nutzte die Zeit auch, um seine jährliche Schießübung hinter sich zu bringen. In Mestre durfte er neue Modelle ausprobieren, nachdem es Signorina Elettra irgendwie gelungen war, Mittel für die Ausstattung der Commissari und höheren Ränge mit moderneren Pistolen aufzutreiben. Brunetti testete drei, dann seine eigene Dienstwaffe und stellte fest, dass eine der neuen handlicher und kleiner war und ihn weniger stören würde, wenn er denn einmal nicht vergaß, sie einzustecken. Der Diensthabende, ein großer kräftiger Mann, stand kurz vor seiner Pensionierung. Er sagte Brunetti, die von ihm gewählte Pistole werde im Mai geliefert, vielleicht auch erst nach dem Sommer.

Brunetti händigte ihm die Pistole wieder aus, verstaute seine eigene im Halfter und diesen in seiner Aktentasche.

»Soll ich Sie anrufen?«, fragte er, klappte die Tasche zu und erhob sich.

»Nein, Commissario. Ich werde Signorina Elettra Bescheid geben, wenn die Lieferung eintrifft. Dann können Sie kommen und testen, ob Ihnen das neue Modell immer noch lieber ist.«

»Also bis zum nächsten Mal«, sagte Brunetti; dann fiel ihm noch ein: »Was geschieht eigentlich mit unseren alten Waffen?«

»Sie meinen die, die wir ersetzen, Signore?«

»Ja.«

»Die kommen in die Gießerei und werden eingeschmolzen.«

Brunetti nickte zufrieden. »Besser, als sie irgendwo herumliegen zu lassen.«

»Sie sagen es, Signore. Schusswaffen bringen nur Unglück.«

Brunetti gab ihm die Hand. »Das werde ich mir merken«, sagte er lachend. Brunetti hasste Waffen, trug seine höchst ungern und hatte in all den Jahren kein einziges Mal auf jemanden gezielt. Die meiste Zeit lag seine Pistole in einer verschlossenen Metallbox in seinem Unterwäschefach. Und die Patronen lagerten in einer ähnlichen Schatulle hinter den Putzmitteln in der Besenkammer.

Alles ging seinen gewohnten Gang – bis Brunetti in der Nacht von seinem Handy aus traumlosem Tiefschlaf aufgeschreckt wurde. Als er endlich antwortete, schien es schon eine Ewigkeit geklingelt zu haben.

»Sì?«, sagte er verschlafen, auf das Schlimmste gefasst.

»Guido?«, fragte eine Frauenstimme.

Es war Claudia Griffoni, seine Kollegin und Freundin, wie er mit leichter Verzögerung erkannte. »Ja, Claudia, was gibt's?«

»Ich bin im Krankenhaus«, sagte sie. »Wie es aussieht, wurde ein Mann überfallen.«

»Wo?«, fragte er, tappte in den Flur hinaus, griff nach der Schlafzimmertür und zog sie hinter sich zu.

»In der Nähe von San Stae.«

»Schlimm?«

»Offenbar schon.«

»Was ist passiert?«

»Vor einer Stunde rief jemand die Sanitäter, am Fuß einer Brücke liege ein Mann, vermutlich gestürzt. Auf dem Pflaster sei eine große Blutlache.«

»Und weiter?«, fragte Brunetti. Schließlich hatte sie ihn angerufen.

»In der Notaufnahme entdeckte man an der Innenseite seines linken Handgelenks Spuren, die von Fingernägeln stammen könnten. Als ob ihn jemand gepackt hätte.« Sie ließ Brunetti nicht zu Wort kommen. »Am Boden, wo er mit dem Kopf aufgeschlagen ist, war viel Blut. Der Mann hat eine Kopfwunde. Er wird beim Sturz mit dem Schädel auf das Eisengeländer geprallt sein, meint der Arzt. Wie schwerwiegend die Verletzung ist, kann er noch nicht sagen.« Sie holte Luft. »Man hat die Questura verständigt. Ich habe heute Bereitschaftsdienst.«

»Ist die Brücke abgesperrt?«

»Ja. Zwei *vigili urbani* waren in Rialto auf Streife; die sind jetzt dort und stellen sicher, dass niemand die Absperrung umgeht. Die Spurensicherung ist schon auf dem Weg.«

»Zeugen?«, fragte er.

Sie hüstelte.

»Soll ich kommen?«

»Hierher oder dorthin?«

»Sag mir, welche Brücke es ist, dann sehe ich mich zuerst dort um und komme anschließend ins Krankenhaus.«

»Moment. Ich hab's aufgeschrieben.« Er hörte es rascheln. »Ponte del Forner«, las sie. »Das ist …«

»Ich weiß, wo«, unterbrach er sie.

»Soll ich dir ein Boot schicken?«

»Danke, Claudia, nein. Ich bin zu Fuß in einer Viertelstunde dort. Das ist schneller.«

»Gut. Wir sehen uns dann später.«

Brunetti schaltete das Handy aus, drückte vorsichtig die Klinke und tastete sich zum Bett vor. Von Paolas blondem Schopf war nur der obere Teil auf dem Kopfkissen zu sehen, ihr Haar schimmerte golden im Licht des Vollmonds. Er knipste seine Nachttischlampe an – die Uhr daneben zeigte kurz vor zwei –, ging zum *armadio* und zog sich an. Den Schlafanzug legte er aufs Bett, dann setzte er sich und schlüpfte in seine Schuhe.

Er machte die Lampe aus, wartete, bis seine Augen sich an das Mondlicht gewöhnt hatten, ging um das Bett herum und legte Paola eine Hand auf die Schulter. »Paola. Paola.«

Sie stöhnte leise auf, drehte sich zu ihm um und gab ein fragendes Seufzen von sich.

»Ich muss gehen.«

Er hörte ein Brummen.

»Ich ruf dich an.«

Noch ein Brummen.

Er hätte ihr gern gesagt, er liebe sie, wollte aber nicht riskieren, als einzige Antwort ein Brummen zu hören.

Er ging in den Flur, zog seinen Mantel an und öffnete leise die Wohnungstür.

Caigo hing in der Luft, jener typisch venezianische feuchte Nebeldunst, der die Lungen füllt, die Sicht trübt und das Pflaster mit einem zähen, schlüpfrigen Film überzieht. Auf dem Weg zum Rialto erfreute Brunetti die Vorstellung, durch eine verlassene Stadt zu gehen, die im Nebel zu versinken schien. Einmal blieb er stehen und horchte, aber nirgendwo waren Schritte zu hören. Er ging weiter, Richtung Campo Sant' Aponal, näherte sich dem Schauplatz von Gewalt, Schmerz und Leid, doch noch empfand er keine Trauer, nur eine tiefe Ruhe: Er fühlte sich in frühere Zeiten versetzt, als Venedig ein verschlafenes Provinznest gewesen war, in dem nur wenig passierte und die Gassen oft menschenleer dalagen.

Auf dem Campo lief ein Mann mit zwischen die Schultern gezogenem Kopf an ihm vorbei. Vor der Kirche hörte er ein Pärchen näher kommen. Hand in Hand schlendernd, sahen sie sich verzückt nach allen Seiten um. Jetzt hörte Brunetti auch die Tritte ihrer Wanderstiefel, und als sie auf gleicher Höhe mit ihm waren, sah er ihre schweren Rucksäcke. Sie nahmen ihn nicht wahr, und das war auch gut so, dachte er.

Er überquerte den Campo und wandte sich Richtung San Cassiano. Der Nebel verschluckte auf seinem Weg viele Orientierungspunkte, doch Brunetti konnte sich auf seine Füße verlassen, die jede kleine Brücke und auch die schmalsten *calli* kannten. Er ließ San Cassiano rechts liegen, und weiter ging es über eine Brücke, dann nach rechts, nach links und über noch eine Brücke, und plötzlich sah er fünfzig Meter vor sich eine Taschenlampe aufblitzen.

»Sie da, die Brücke ist gesperrt«, rief eine Stimme. »Gehen Sie zur Calle della Regina zurück.« Der Mann sprach Veneziano, als ob nur ein Einheimischer so spät nachts in diesem Teil der Stadt herumspazieren würde.

»Ich bin's, Brunetti«, sagte der Commissario und ging weiter.

»Ah, guten Morgen, Commissario«, erwiderte der Mann, und der Strahl der Taschenlampe schwenkte kurz hoch, als er salutierte. Aus unerfindlichen Gründen schien der Nebel um die Brücke herum nicht so dicht. Der Polizist musste das ebenfalls bemerkt haben, denn er machte die Taschenlampe aus und steckte sie sich in den Gürtel.

Es war einer von den *vigili urbani*, keiner von Brunettis Leuten. Brunetti hörte Geräusche und Stimmen hinter dem Mann. »Ist das die Spurensicherung?«, fragte er.

»Ja, Commissario.« Auf der anderen Seite der Brücke lichtete sich der Nebel; Brunetti sah Scheinwerfer leuchten.

Er ging zur Brücke, der andere schloss sich ihm an. Vor der untersten Stufe blieb er stehen und rief: »Ich bin's, Brunetti. Kann ich raufkommen?«

»Ja, Commissario«, rief jemand zurück. Oben angekommen, betrachtete Brunetti das massive Eisengeländer. Der *vigile* machte kehrt und ging auf seinen Posten am Eingang der *calle* zurück.

Am anderen Ende sah Brunetti zwei Techniker in weißen Schutzanzügen bei der Arbeit: Sorgfältig suchten sie den Boden nach allem ab, was dem Opfer oder einem mutmaßlichen Angreifer gehört haben könnte. Ambrosio, einer von Boccheses Leuten, groß und selbst in seinem bauschigen weißen Overall noch erschreckend dünn, kam die Stufen hoch und gesellte sich zu Brunetti. »Wir sehen gerade nach, ob bei seinem Sturz irgendetwas zu Boden gefallen ist.«

»Der Arzt hat zu Griffoni gesagt, jemand könnte ihn die Treppe hinuntergezerrt haben«, sagte Brunetti.

»Verstehe, Signore«, meinte Ambrosio in jenem unbeteiligten Tonfall, mit dem Techniker auf die Vermutungen ihrer Kollegen reagieren. »Sie hat uns schon angerufen. Wir suchen nach Hinweisen, ob sonst noch jemand hier war.« Ambrosio wies auf seine Kollegen.

»Gibt es Zeugen?«, fragte Brunetti.

Ambrosio zuckte die Achseln. »Seit wir hier sind, haben ein paar Leute aus den Fenstern geschaut und gefragt, was los ist, aber keiner von ihnen will etwas gehört oder gesehen haben.«

Zeugenbefragung gehörte auch gar nicht zu den Aufgaben der Spurensicherung. »Morgen werden sich unsere Leute hier in der Nachbarschaft umhören«, sagte Brunetti. *Il Gazzettino* und *La Nuova di Venezia* würden mit Sicherheit über den Vorfall berichten, und vielleicht könnte die jeweilige Redaktion ihre Leser bitten, sich bei der Questura zu melden, falls sie irgendetwas Ungewöhnliches in der Nähe von San Stae bemerkt hatten. Solche Aufrufe führten selten zum Erfolg, aber ein Versuch konnte nicht schaden.

Brunetti rief den Männern am Fuß der Brücke zu: »Kann ich runterkommen?«

»Ja, Commissario. Wir sind hier fertig.«

»Und, was gefunden?«, fragte er im Hinuntergehen.

»Das Übliche, was überall herumliegt: Zigarettenstummel, einen Vaporettofahrschein, Bonbonpapier.«

»Vergiss die Hundescheiße nicht«, sagte der andere, stand auf, stemmte die Hände in die Hüften und bog sich nach hinten, um seinen Rücken wieder gerade zu bekommen. Dann zu Brunetti: »Das ist das Schlimmste an diesem Job. Es liegt nicht mehr so viel davon rum wie früher, aber immer noch genug. Mehr als genug.«

Brunetti ging darüber hinweg und fragte Ambrosio: »Hier also lag er?«

Ambrosio nickte und zeigte auf einen großen roten Fleck am Fuß der Treppe. »Wir haben auch Blut am Geländer gefunden, Commissario«, sagte er und wies auf die Stelle. »Für mich jedenfalls sieht es so aus, als sei er da mit dem Kopf aufgeschlagen, dann an der Mauer entlanggeschrammt und blutend da unten liegen geblieben, bis jemand ihn entdeckt und Hilfe geholt hat.«

Brunetti studierte die roten Spuren am Geländer und an der Innenseite der Brückenmauer; die Erklärung des Technikers leuchtete ein.

»Haben Sie noch viel zu tun?«, fragte er die beiden.

Der Größere, der noch mit Suchen beschäftigt gewesen war, antwortete: »Nein, Commissario, wir haben jetzt alles eingesammelt. Fingerabdrücke vom Geländer und Blutproben von allen drei Stellen haben wir bereits. Wir müssen nur noch einpacken und saubermachen.«

»Saubermachen? Wie das?« Kaum war ihm die Frage herausgerutscht, wünschte Brunetti, er hätte sie nie gestellt.

»Wir haben einen Eimer im Boot, mit einem Seil dran. Damit schöpfen wir Wasser aus dem Kanal und spülen das Blut weg«, erklärte der Techniker so beiläufig, als würde er einen Weg beschreiben. »Danach fahren wir in die Questura zurück. Wenn Sie fünf Minuten warten, können wir Sie mitnehmen.«

»Nein, danke«, antwortete Brunetti. »Ich muss zum Krankenhaus.«

»Wir können Sie unterwegs dort absetzen. Kein Problem.«

Umso besser. Brunetti fiel die Kaffeemaschine im Personalraum der Notaufnahme ein. Er war schon so oft dort gewesen, dass die Mitarbeiter ihn als einen der ihren betrachteten und nichts dagegen hatten, wenn er sich einen Kaffee nahm, egal um welche Uhrzeit.

»Gerne«, sagte er und ging zu dem in der Nähe vertäuten Polizeiboot.

Kurz nach drei, zu früher, unheilschwangerer Stunde, hielt das Boot vor dem Krankenhaus. Brunetti dankte dem Bootsführer und stieg aus. In der Notaufnahme saßen acht Leute und warteten, dass sie an die Reihe kämen. Der Mann am Empfang erkannte Brunetti und winkte ihn durch.

Brunetti fragte ihn nach dem Patienten, der mit einer Kopfverletzung eingeliefert worden war. Der sei wahrscheinlich noch in der Radiologie, zurzeit gebe es keine freien Betten mehr, erhielt er zur Antwort. Am besten gehe er sich erst einmal einen Kaffee holen; dort werde er vermutlich auch seine Kollegin finden, die sei vor wenigen Minuten aus der Radiologie gekommen.

Aus alter Gewohnheit klopfte Brunetti an der Tür des Personalraums an. Er hörte einen Stuhl scharren, Schritte, dann öffnete Griffoni ihm lächelnd. Drei Uhr morgens, abgekämpft und müde, ungeschminkt, in verwaschenen schwarzen Jeans, braunen Schuhen, ausgeleierten Socken und einem grauen Herrenpullover, der mindestens drei Nummern zu groß war, sah sie immer noch aus wie ein Fotomodell. »Ich habe mir einen Kaffee genommen«, begrüßte sie ihn, »der rettet mir gerade das Leben.« Sie ging zum Tisch, trank ihre Tasse aus und stellte sie in die Spüle. »Die Maschine ist noch an. Möchtest du einen?«

Brunetti sah keinen Grund, warum er sich den Kaffee nicht selbst machen sollte, und wollte das auch schon sagen, als sie hinzufügte: »Denk bloß nicht, das ist mal wieder typisch Frau. Du siehst einfach noch müder aus, als ich mich fühle, Guido.«

»Also gut«, sagte Brunetti. »Gerne.« Er nahm sich einen Stuhl und wartete schweigend, bis sie ihm den Kaffee brachte und sagte, Zucker sei schon drin. »Danke, Claudia. Ich war lange draußen unterwegs. Hatte nicht geahnt, wie kalt es ist.«

»Und feucht. Vergiss den Nebel nicht«, sagte sie, mimte ein Frösteln und setzte sich ihm gegenüber. »Haben die was gefunden?«

»Den üblichen Müll am Boden«, sagte er und kostete einen Schluck.

»Furchtbar, oder?«, fragte sie, als sie seine Miene sah. »In Neapel würde man erschossen, wenn man so was serviert.«

Brunetti trank aus und brachte Tasse und Untertasse zur Spüle. »Ich fand ihn gar nicht so schlecht, aber andererseits, wenn ich Alkoholiker wäre, würde ich wahrscheinlich zur Not auch Aftershave trinken.«

»Das hast du gerade getan«, antwortete sie.

Er lehnte sich grinsend an die Spüle. »Und jetzt erzähl.«

»Er ist um die fünfzig und hat eine schwere Kopfverletzung. Genaues weiß der Arzt nicht, er ist kein Neurologe. Das Opfer hat Schürf- und Platzwunden am Kopf und im Gesicht, vermutlich von dem Sturz, dazu kommen die Kerben am Handgelenk.« Sie atmete tief durch und fuhr fort: »Nachdem ich dich angerufen hatte, kam der Arzt wieder und meinte, die schlimmste Verletzung sei die an der Schläfe. Er sagt, der Schädel« – sie suchte nach dem richtigen Wort – »sei irgendwie eingedrückt.«

Das Wort ließ Brunetti zusammenzucken.

»Er vermutet, das ist beim Aufprall auf das Geländer passiert.«

»Wie heißt der Mann?«, fragte Brunetti und ging zum Tisch zurück.

»Das weiß ich nicht. Er hatte Hausschlüssel in der Tasche, aber keinen Ausweis. Und er trug keinen Mantel.«

»Dann wohnt er offenbar in der Gegend«, sagte Brunetti. »Kann ich ihn sehen?«

Sie schüttelte den Kopf. »Die Schwestern haben mir gesagt, frühestens um fünf. Die Station ist unterbesetzt, außer Ärzten und Patienten wollen sie dort jetzt niemanden haben.«

»Hast du versucht …?«

Sie fiel ihm ins Wort. »Ich habe alles versucht, bis auf

Drohungen, aber die meinen es ernst. Diejenige, mit der ich gesprochen habe, war nicht einmal unfreundlich. Sie sagte, nur jetzt hätten sie Zeit, Patientendaten in den Computer einzugeben, und da würden Fremde nur stören.« Sie hob beschwichtigend die Hand und sah auf die Uhr. »Lass mal, Guido. Es ist bloß noch etwas mehr als eine Stunde«, sagte sie aufmunternd, doch ihre Stimme klang einfach nur müde.

Er nickte, kaum aber hatte er beschlossen, sich zu gedulden, verließ ihn all seine Kraft und all sein Mut, und er begann vor Erschöpfung zu zittern. Er ging um den Stuhl herum, auf dessen Lehne er sich gestützt hatte, und setzte sich.

Seine Ellbogen auf dem Tisch, schlug er die Hände vors Gesicht und rieb sich die Augen. Plötzlich hatte er nur noch den Wunsch, Gesicht und Hände mit heißem Wasser zu waschen.

Griffoni stand auf und sagte, sie verschwinde mal eben, aber er reagierte nicht, ja er machte nicht einmal die Augen auf. Er hörte die Tür ins Schloss fallen, legte die Arme auf den Tisch und ließ den Kopf darauf sinken.

Plötzlich sagte Claudia seinen Namen, und er spürte ihre Hand auf seiner Schulter. »Guido, es ist nach fünf. Wir können jetzt zu ihm.«

Schweigend, müde – die Wirkung des Kaffees war längst verflogen – folgte er Griffoni in die Radiologie. Als sie eintraten, nickte die Empfangsschwester Griffoni zu und sagte: »Er ist noch nicht bei Bewusstsein.«

»Können wir ihn sehen?«, fragte Griffoni.

Die Schwester sah fragend zu Brunetti.

»Ich bin auch von der Polizei«, sagte er.

Sie nickte.

Griffoni ging an ihr vorbei den Gang hinunter. Fast am Ende des Flurs war seitlich ein Krankenbett abgestellt, die Gestalt darauf mit einem Laken zugedeckt. Unter den Laken hervor schlängelten sich Kabel an einer Metallstange nach oben und verschwanden in einer Art Sicherungskasten.

Griffoni wies mit dem Kinn Richtung Bett und ging voraus. Brunetti folgte ihr und sah, als er dort anlangte, auf den Patienten hinunter.

Es war niemand anderer als der Mann mit dem kräftigen Haarschopf, den er hin und wieder in Professoressa Croseras Begleitung gesehen hatte.

7

»Was hast du?«, fragte Griffoni.

»Ich kenne ihn«, antwortete Brunetti. »Vor einer Woche war seine Frau bei mir.«

»Weswegen?«

»Es ging um ihren Sohn. Sie befürchtet, dass der Junge Drogen nimmt.«

»Und? Tut er das?«, flüsterte Griffoni. Sie ging ein paar Schritte zurück, als solle der Mann im Bett nicht mitbekommen, was sie über seinen Sohn sprachen. Brunetti kam ihr nach.

»Mag sein. Sie konnte mir nur sagen, dass der Junge sich merkwürdig verhält; macht keine Hausaufgaben, hört nicht zu, wenn man mit ihm spricht.«

Griffoni fragte ernst: »Das ist alles?«

»Mehr oder weniger«, antwortete Brunetti achselzuckend und dachte an Professoressa Croseras Schilderung und seine Bedenken, etwas in dieser Sache zu unternehmen.

»Was hast du ihr gesagt?«

»Ich habe ihr klarzumachen versucht, dass wir nicht viel tun können. Sie wollte mir nichts Konkretes sagen; und das von ihr beschriebene Verhalten lässt nicht zwingend auf Drogen schließen.«

Griffoni schaute ihn fragend an.

»Ein fünfzehnjähriger Junge«, sagte Brunetti, »launisch und wortkarg?«

Griffoni nickte nachdenklich. »Schon ungewöhnlich.

Die meisten Eltern wollen, wenn dieses Thema aufkommt, nur hören, das sei vollkommen ausgeschlossen, ihr Kind würde niemals …« Sie machte eine ausladende Handbewegung, die alles einschloss, was Eltern ihren Kindern niemals zutrauten.

Brunetti besah sich den Mann näher; er lag auf dem Rücken, den Kopf leicht zur Seite geneigt, als ob sie sehen sollten, wie schief sein Turban war, der ihm auf einer Seite über Stirn und Ohr reichte und auf der anderen das Ohr frei ließ. Unmöglich zu sagen, was sich darunter verbarg. Eine genähte Platzwunde? Eine Scharte, desinfiziert und steril abgedeckt? Eine Einbeulung? Sein Gesicht war voller Kratzer und Schürfwunden und rund um die Augen leicht geschwollen. Er schien friedlich zu schlafen.

»Ich sage denen jetzt, wer er ist. Und dann«, Brunetti blätterte in seinem Notizbuch, bis er den Eintrag »Albertini« gefunden hatte, »rufe ich seine Frau an.« Er sah auf die Uhr: 5 Uhr 37, eine Zeit, wo das Klingeln des Telefons nur Schmerz und Kummer verhieß.

Griffoni nickte und verzog sich auf einen Stuhl am Fußende des Betts, um nicht im Weg zu stehen.

Brunetti ging zum Schwesternzimmer und sprach mit der Diensthabenden. »Ich glaube, ich weiß, wer das ist.«

Die Schwester lächelte. »Ihr Polizisten seid schnell.«

Zu müde zum Scherzen, quittierte Brunetti das Kompliment mit einem Nicken. »Ich habe die Telefonnummer seiner Frau und werde ihr Bescheid sagen, dass er hier ist.« Angesichts der verblüfften Miene der Schwester erklärte er: »Ich kenne seine Frau, ihm selbst aber bin ich nie vorgestellt worden; deshalb weiß ich seinen Namen nicht.«

Er holte sein *telefonino* hervor, vergewisserte sich noch einmal mit einem Blick in sein Notizbuch und wählte Professoressa Croseras Nummer. Nichts tat sich. »Kein Empfang«, erklärte er der Schwester und ging zu Griffoni zurück. »Sehen wir nach, ob Rosa Salva schon auf hat«, schlug er vor. »Dann kann ich vom Campo aus anrufen.«

Als sie auf den Campo ss Giovanni e Paolo gelangten, der noch ruhig und leer dalag, sagte Brunetti: »Ich frage mich, ob das etwas mit seinem Sohn zu tun hat.« Mitten auf dem Campo blieb er stehen: Warum hatte er Professoressa Crosera nicht gründlicher ausgefragt? Er sah zur Statue Colleonis auf und beneidete den Mann um die souveräne Entschlossenheit, die ihm ins Gesicht geschrieben stand: *Er* hätte die Professoressa mit Sicherheit zum Reden gebracht.

Brunetti drückte auf die Wahlwiederholung, bekam aber immer noch keine Verbindung. Bei Rosa Salva ließ sich erst jemand blicken, nachdem er mehrmals mit der flachen Hand gegen die Glastür geschlagen hatte. Der Barmann erkannte Brunetti, ließ ihn und Griffoni ein und sperrte hinter ihnen wieder zu.

Drinnen war es warm, und es duftete herrlich nach frischem Gebäck. Eine junge Frau in weißer Bäckerjacke und -mütze trug aus dem Nebenraum ein Tablett voller Brioches herein und schob es in die Glasvitrine auf dem Tresen. Brunetti bat um zwei Tassen Kaffee.

Den Duft in der Nase, dankte Brunetti dem Himmel für Kaffee und Brioche, für Zucker und Butter und Aprikosenmarmelade und noch vieles andere, was angeblich nicht gut für ihn war. Vor Jahren hatte Paola ihn mit der Bemerkung schockiert, sie würde ihr Wahlrecht jederzeit gegen eine

Waschmaschine eintauschen; jetzt, so früh am Tag, war er versucht, das seine für Kaffee und Brioches herzugeben. Irgendwo im Alten Testament tauscht jemand sein Erstgeburtsrecht gegen ein »Linsengericht«. Die Stelle hatte Brunetti immer verwirrt, Kaffee und Brioches hätte er eher nachempfinden können.

Auf das Gebäck weisend, fragte er Griffoni: »Wenn der Teufel dich auffordern würde, ihm deine Seele für Kaffee und ein Brioche zu verkaufen – würdest du in den Handel einschlagen?«

Der Kaffee kam, dazu ein Teller mit zwei Brioches. Griffoni nahm eine mit ihrer Serviette, trank einen Schluck Kaffee und begann zu essen. »Als Erstes würde ich versuchen, ihn mit drei Euro abzufinden«, begann sie und nahm noch einen Bissen, noch einen Schluck. »Aber wenn er nicht darauf einginge, würde ich wohl einwilligen.«

»Ich auch«, sagte Brunetti mit vollem Mund, zufrieden, dass ihm das Schicksal eine gleichgesinnte Kollegin beschert hatte. Er trank seinen Kaffee aus und sagte, er wolle noch einmal versuchen anzurufen. Griffoni nahm einen Schein aus ihrem Portemonnaie, legte ihn auf den Tresen und bat um einen zweiten Kaffee. Brunetti winkte dankend und ging hinaus.

Schon setzte die Wirkung von Zucker und Koffein ein. Er nahm sein Handy aus der Tasche und wählte Professoressa Croseras Nummer. Nach nur einem Klingeln meldete sich eine weibliche Stimme und fragte in einem Ton, der besorgt oder verärgert sein konnte: »Tullio, bist du das?«

»Professoressa Crosera?«, fragte Brunetti.

Alarmiert fragte sie zurück: »Wer spricht da?«

»Commissario Guido Brunetti, Signora«, begann er. »Ich rufe vom Krankenhaus aus an. Ihr Mann ist hier.«

»Im Krankenhaus?«, fragte sie.

»Ja«, sagte er ruhig. »Er ist hier, in der Radiologie.«

»Was ist passiert?« Brunetti hörte sie mehrmals tief durchatmen.

»Wie es aussieht, ist er auf einer Brücke gestürzt und hat sich den Kopf angeschlagen. Deswegen ist er hier. Man hat ihn geröntgt und überlegt jetzt die nächsten Schritte.« Brunetti wusste nicht, ob das stimmte, aber vielleicht beruhigte sie der Gedanke, dass man im Krankenhaus alles unter Kontrolle hatte.

»Wie geht es ihm?«

»Wie gesagt, noch gibt es keine genaue Diagnose«, erklärte Brunetti. Was der Notarzt gesagt hatte, verschwieg er lieber.

»Haben Sie mit ihm gesprochen?«, fragte sie zu seiner Überraschung.

»Nein. Er ist noch nicht wieder bei Bewusstsein.«

»Ich komme.« Schon hatte sie aufgelegt. Brunetti wählte Vianellos Nummer.

Der Ispettore war schon wach. Brunetti berichtete knapp: »Ich bin im Krankenhaus. Der Ehemann der Frau, die neulich mit mir über ihren Sohn gesprochen hat – Crosera –, ist diese Nacht auf einer Brücke zu Fall gekommen, möglicherweise hat jemand nachgeholfen. Er ist in der Radiologie. Ich warte dort so lange, bis der Neurologe ihn sich angesehen hat.«

»Was kann ich tun?«, fragte Vianello, ohne um weitere Informationen zu bitten.

»Du kannst *Il Gazzettino* und *La Nuova* anrufen. Sag ihnen, dass am Fuß des Ponte del Forner, bei Ca' Pesaro, ein Mann aufgefunden wurde – keinen Namen. Sie möchten einen Aufruf an ihre Leser abdrucken: Wer immer gegen Mitternacht in der Nähe war und irgendetwas gehört oder gesehen hat, möge uns anrufen.«

»Noch etwas?«

»Du könntest Signorina Elettra bitten, Erkundigungen über Crosera und ihren Mann einzuziehen, falls sie seinen Namen herausfindet.«

»Das Übliche?«, fragte Vianello.

»Ja. Irgendwelche merkwürdigen Freunde, überhaupt alles Merkwürdige. Und überprüf du den Sohn – Alessandro –, ob er mal Ärger mit uns gehabt hat.«

»Wie alt ist er?«

»Fünfzehn.«

»Dann wäre seine Akte unter Verschluss, weil er noch minderjährig ist.«

»Lorenzo«, sagte Brunetti, als würde er ein Kind tadeln, »dann lass es Signorina Elettra machen.«

»Gut.« Brunetti glaubte förmlich zu hören, wie sein Freund sich das alles zusammensetzte. Schließlich meinte der Ispettore: »Seine Frau erzählt dir, dass ihr Sohn Drogen nimmt, dann stürzt ihr Mann auf einer Brücke, und schon willst du, dass wir Ermittlungen über ihn und seine Frau anstellen?«

»Du hast den Sohn vergessen, Lorenzo«, sagte Brunetti, so liebenswürdig er nur konnte.

»Und über den Sohn.«

»Wenn er nicht einfach nur ausgerutscht und hingefallen

ist, dann muss der Täter ein Motiv gehabt haben. Danach müssen wir suchen.«

»Aber sicher doch, Guido«, sagte Vianello so schroff, dass man meinen konnte, er habe noch keinen Kaffee getrunken. »Und wenn er einfach nur bestohlen worden ist?« Doch seine Stimme klang nicht überzeugt.

»Wo denkst du hin, Lorenzo? Ein Straßenräuber in Venedig, im November, nach Mitternacht?«

»Schon gut, Guido. Ich kümmere mich drum, wir sehen uns dann, wenn du in die Questura kommst.«

»Danke, Lorenzo.«

»Was hast du jetzt vor?«

»Ich warte in der Radiologie auf seine Frau.«

»Gut«, sagte Vianello und legte auf.

Allmählich wurde es heller, der Nebel hatte sich verzogen. Ob sich die Sonne heute endlich wieder blicken ließ?

Während Brunetti mit Vianello sprach, hatte Griffoni auf dem Campo gewartet, den Blick gen Osten. Das hinter der Kirche ss Giovanni e Paolo aufsteigende Licht beleuchtete ihr Gesicht. Brunetti mit seiner Schwäche für weibliche Schönheit genoss diesen Anblick, sah aber auch die dunklen Ringe unter ihren Augen. »Wann bist du zu Bett gegangen?«, fragte er, als sei dies die normalste Frage der Welt.

»Um Mitternacht, glaube ich«, sagte sie. Sie drehte sich von dem Licht weg, und die Augenringe waren nicht mehr zu sehen.

»Der Anruf kam um eins?«, fragte er hartnäckig weiter.

»So ungefähr. Aber mir geht's gut.«

»Leg dich doch zu Hause für ein paar Stunden hin.« Er ließ keine Widerrede zu. »Das dauert noch mit den Untersuchungen.« Als sie immer noch nicht überzeugt schien, fügte er hinzu: »Außerdem wirst du hier ohnehin keine große Hilfe sein.«

»In meinem Zustand, meinst du?«

»Wenn der dich dazu gebracht hat, braune Schuhe zu einer schwarzen Hose anzuziehen, dann ja.«

Sie starrte auf ihre Füße, als hätte ihr jemand gesagt, ihre Schuhe stünden in Flammen. »*Oddio,* wie ist das möglich?«

»Geh nach Hause, Claudia«, sagte er ernst. »Wir sehen uns später.«

8

Auf der Station erkundigte sich Brunetti, ob inzwischen ein Arzt nach dem Patienten gesehen habe. Die Antwort lautete nein. Er nahm auf dem Stuhl am Fußende des Bettes Platz und legte sich den gefalteten Mantel über die Knie. Durch die Fenster gegenüber konnte er zu dem anderen Flügel des ehemaligen Klosters sehen, das nun als Krankenhaus diente. Halb verborgen hinter einer riesigen Palme im Innenhof war dort ein ähnlicher Gang wie dieser hier. Bestimmt wurde auch jener von Schmerz und Kummer regiert. Ob die Leute dort drüben sich ebenfalls damit trösteten, ihr Leid sei weniger schlimm, weil es gegenüber womöglich noch viel schlimmer war? Und wie überhaupt misst man Leid, wie misst man Schmerz?

Er wandte sich ab und warf einen prüfenden Blick durch den Gang. Außer ihm und dem regungslosen Mann war niemand da. Brunetti stand auf und stellte sich neben das Bett. Der Mann lag still, die Hände auf dem Laken; klare Flüssigkeit tropfte langsam in eine Nadel, die in seinem rechten Handrücken stak. Der Commissario ging ein wenig in die Knie, stützte eine Hand auf das Bett und beugte sich über den Mann. Knapp unter dem linken Ärmel des Krankenhauskittels erkannte er tatsächlich drei kleine, halbrunde Einkerbungen an der Innenseite des Handgelenks. Das Bett stand so dicht an der Wand, dass Brunetti nicht herumgehen und nachsehen konnte, ob das andere Handgelenk ähnliche Spuren aufwies.

Er nahm wieder Platz, stellte die Füße auf die Querstange unten am Bett und betrachtete das Kruzifix an der Wand. Glaubten die Menschen immer noch an Seinen Beistand? Vielleicht half ein Aufenthalt im Krankenhaus ihrem Glauben ja nach und ließ sie sich wieder Hilfe von Ihm erhoffen. Von Mann zu Mann bat Brunetti sein Gegenüber am Kreuz, er möge doch so freundlich sein und dem Mann im Bett helfen. Der Ärmste liege da so hilflos, verletzt und geschunden, womöglich verzweifelt, und all das offenbar ohne eigenes Verschulden. Doch konnte man nicht ungefähr dasselbe von jenem sagen, den er da um Hilfe bat? Ob Ihn das für Brunettis Fürbitte zugänglicher machte? Während Brunetti darüber nachdachte, kam jemand in sein Blickfeld. Eine Frau. Ihr plötzliches Erscheinen riss ihn aus seinen Träumereien; er legte seinen Mantel über die Stange am Fußende des Betts und erhob sich.

Professoressa Crosera nahm ihn gar nicht wahr. Sie hatte nur Augen für ihren Mann und stand da wie gelähmt. Schließlich berührte sie zart seinen Oberarm, zog die Hand zurück und gab ihm einen Kuss auf die Stirn. Der Mann rührte sich nicht.

Zögernd streichelte Professoressa Crosera seine Wange, seine Lippen, dann ballte sie die Hand zur Faust. Die Brust des Mannes hob und senkte sich regelmäßig, doch die Umgebungsgeräusche übertönten seinen schwachen Atem.

Brunetti verschränkte die Arme. Sie sah für den Bruchteil einer Sekunde nach der Bewegung, registrierte seine Anwesenheit, doch ihre Miene blieb vollkommen ausdruckslos. Sie drehte sich wieder zu ihrem Mann herum und sagte: »Erzählen Sie mir, was passiert ist.«

»Ihr Mann wurde heute Nacht am Fuß einer Brücke aufgefunden. Er könnte dort gestürzt sein, aber der Notarzt hat Spuren an ihm entdeckt, die den Verdacht zulassen, dass jemand ihn gestoßen haben könnte.«

»Haben könnte?«, wiederholte sie.

»Ja.«

»Sie wissen das nicht mit Bestimmtheit?«

»Bis jetzt haben wir keine Zeugen«, erklärte Brunetti.

Sie schien ihn nicht mehr zu hören. Er nahm den Stuhl und stellte ihn neben das Bett. »Bitte, Professoressa«, sagte er. »Setzen Sie sich doch.«

Sie sah ihn mit leerem Blick an, sank auf den Stuhl, sackte immer weiter in sich zusammen und drohte jeden Moment zu stürzen.

Instinktiv legte Brunetti ihr eine Hand auf die Schulter und stützte sie. Sie schloss kurz die Augen, und als sie sie wieder öffnete, wirkte sie so überrumpelt wie jemand, der im Bus eingeschlafen ist und von einem wildfremden Menschen geweckt wird.

»Alles in Ordnung mit Ihnen, Professoressa?«, fragte Brunetti und trat einen Schritt zurück. »Soll ich eine Schwester holen?«

Angesichts seiner aufrichtigen Anteilnahme beruhigte sie sich, schloss die Augen und schüttelte kaum merklich den Kopf. »Nein, nein. Ich brauche nur einen Moment.«

Von irgendwo näherten sich Schritte. Brunetti drehte sich danach um. Eine Schwester, die er noch nie gesehen hatte, eilte grußlos an ihnen vorbei und verschwand in einem Zimmer am Ende des Korridors. Von ferne näherte sich klappernd der Frühstückswagen.

Brunetti ließ der Professoressa Zeit, sich zu fassen. Sie war schmaler, als er sie in Erinnerung hatte: Beim Versuch, sie zu stützen, hatte er nur Haut und Knochen gefühlt. Ihm fiel auf, dass sie genauso erschöpft und müde aussah wie Griffoni vorhin, doch bei ihr dauerte dieser Zustand offenbar schon länger an. Sie trug keinen Lippenstift und hatte so trockene Lippen, dass er ihr am liebsten ein Glas Wasser geholt hätte.

Sie machte Anstalten, etwas zu sagen, musste husten und setzte noch einmal an. »Was haben die Ärzte bis jetzt getan?«, fragte sie und drehte sich nach dem Wagen um, der weiter hinten so heftig an die Wand stieß, dass Geschirr und Gläser klirrten. Der Krach ließ sie aufspringen und hastig nach ihrem Mann sehen, doch der rührte sich nicht.

»Als Erstes haben sie ihn geröntgt. Aber diese Nacht war kein Neurologe in Bereitschaft. Wie es weitergeht, weiß ich nicht.«

»Sie sagten, er ist gestürzt.«

»Ja. Ponte del Forner, das ist ...«

»Ich weiß, wo das ist«, fuhr sie auf. »Was ist mit ihm?«

Brunetti wandte den Blick von dem Mann, der stumm dort lag, während sie beide über ihn und das, was ihm zugestoßen sein mochte, sprachen, als sei er nicht da.

»Sie müssen entschuldigen, Professoressa, ich weiß nur, was der Arzt heute Nacht meiner Kollegin berichtet hat, nachdem Ihr Mann eingeliefert wurde.«

Nach langem Schweigen sagte sie: »Wir wohnen in der Nähe der Brücke.«

»Ach ja?« Brunetti sah keinen Grund, ihr zu verraten,

dass er bereits angefangen hatte, sich für ihr Leben zu interessieren. »Wussten Sie, dass Ihr Mann ausgegangen war?«

Die Antwort kam mit Verzögerung. »Nein.«

»Hat irgendetwas ihm Sorgen gemacht?«, fragte Brunetti.

»Sorgen?«, wiederholte sie, als sei das Wort ihr fremd, antwortete aber schließlich: »Nein – das heißt, nur unser Sohn.«

Brunetti nickte, als glaube er ihr.

»Hat jemand angerufen, oder hatten Sie Besuch?«, fragte er so beiläufig, als arbeite er nur der Form halber eine Liste ab und die Antworten seien gar nicht maßgeblich.

»Nein. Wer sollte uns um Mitternacht besuchen?«, fragte sie leicht entrüstet.

Ohne darauf einzugehen, dass sie die ungefähre Tatzeit erwähnt hatte, änderte Brunetti Taktik und Ton. »Haben Sie ihm erzählt, dass Sie letzte Woche bei mir waren?«

Diesmal brauchte sie für die Antwort noch länger. »Ja.« Ihm fiel auf, dass ihre Augen noch dunkler waren als ihre Haare, die Iris fast so schwarz wie die Pupillen.

»Was hat er dazu gesagt?«

»Als er hörte, wie wenig Sie tun können, meinte er, das hätte ich mir sparen können«, gab sie verlegen zu.

Der Frühstückswagen, geschoben von zwei weißgekleideten Schwestern, kam ratternd auf sie zu. Brunetti ging am Fußende des Betts in Deckung. Professoressa Crosera – ihm fiel ein, dass er sie noch immer nicht nach dem Namen ihres Mannes gefragt hatte – wich ans Kopfende aus. Nur so konnten sie einen Zusammenstoß mit dem Wagen vermeiden.

Brunetti wartete gespannt, wie die Schwestern auf die

störenden Besucher reagierten: Würden sie den Wagen demonstrativ gegen die Wand rammen, damit sie spürten, wie sehr sie im Weg waren, während hier gearbeitet werden sollte? Doch nein, kurz vor dem Bett bremsten sie ab, nahmen so leise wie möglich jede ein Metalltablett und verschwanden damit im ersten Zimmer am Ende des Korridors. Als sie wieder auftauchten, entschuldigten sie sich bei Professoressa Crosera, trugen wiederum zwei Tabletts ins nächste Zimmer. Und schon waren sie, nachdem alles ausgeteilt war und sie Brunetti und Professoressa Crosera gegrüßt hatten, wieder verschwunden.

Wie viel Anteil nahmen sie wohl am Schicksal der Besucher?, fragte sich Brunetti. Ob sie auch Dinge zu hören bekamen, die besser unausgesprochen geblieben wären? Es mitbekamen, wenn jemand in einem Ton mit einem Kranken sprach, der eigentlich nicht hierher gehörte?

»Wann kommt denn ein Arzt?«, fragte Professoressa Crosera, als ob Brunetti das wissen konnte. Sie strich mit einem Finger über die Lippen ihres Mannes. »Muss er nicht trinken?«

»Ich denke, dafür ist gesorgt.« Brunetti wies auf den Tropf neben dem Bett, aus dem die klare Flüssigkeit in den Handrücken des Bewusstlosen rann.

Hinter ihnen ertönten Schritte. Brunetti drehte sich um und sah die ältere der beiden Schwestern mit einem Tablett, auf dem zwei Plastikbecher und zwei in Folie eingeschweißte Brioches waren, auf sie zukommen. Da sie beide noch standen, stellte sie das Tablett auf dem Stuhl ab und sagte freundlich: »Sie sollten etwas essen. Das wird Ihnen helfen.«

Da verlor Professoressa Crosera die Fassung und schluchzte laut auf. Sie schlug eine Hand vor den Mund und lief ans Ende des Korridors. Brunetti und die Schwester hörten sie weinen und wandten sich taktvoll ab. »Danke, Signora«, sagte Brunetti. »Das ist sehr freundlich von Ihnen.«

Sie war kräftig gebaut, die Schwesterntracht wirkte wie eine Nummer zu klein für sie. Unter ihrer durchsichtigen Plastikhaube hatte sich eine graue Haarsträhne gelöst; ihre Hände waren rot und rauh. Sie lächelte. Der heilige Augustinus hat sich getäuscht, dachte Brunetti: Gnade muss man sich nicht durch Gebet verdienen; sie ist so natürlich und in so reichem Maße vorhanden wie das Licht der Sonne.

»Danke«, wiederholte er lächelnd.

»Ich muss dann wieder an die Arbeit«, sagte sie auf Veneziano und verschwand den Korridor hinunter. Brunetti nahm sich einen Kaffee und stellte sich damit ans Fenster. Die Professoressa kam ans Bett zurück, er hörte sie ein Zuckertütchen aufreißen. Unten auf dem Hof sah er einen Gärtner die große Palme wässern, in einer Hand den Schlauch, in der anderen eine Zigarette.

Brunetti stellte die leere Tasse aufs Tablett zurück. Die Brioche enthielt bestimmt mehr Chemie als Mehl; er aß sie dennoch tapfer auf. Zum Glück hatte die Schwester ihnen auch zwei Becher mit Wasser gebracht. Damit spülte er den Geschmack herunter. »Soll ich mal nachfragen, wie es hier weitergeht?«, schlug er vor.

»Ja, bitte«, sagte Professoressa Crosera.

Am Empfang war jetzt eine andere Schwester, eine Frau in den Fünfzigern mit akkurat geschnittenen, kräftigen grauen Haaren. Er zeigte ihr seinen Dienstausweis, vielleicht wäre sie zugänglicher, wenn sie sah, welchen Rang er bekleidete. Und so war es, denn nachdem sie einen Blick darauf geworfen hatte, fragte sie: »Wie kann ich Ihnen helfen, Commissario?«

»Ich bin wegen des Mannes hier, der heute Nacht mit einer Kopfverletzung eingeliefert wurde. Können Sie mir sagen, wann er von einem Neurologen untersucht werden soll?«

Sie sah auf die Uhr. »Dottor Stampini, der Chefneurologe, kommt immer um sieben, Signore. Die Röntgenbilder des Verletzten liegen bereits auf seinem Schreibtisch«, erklärte sie und fügte in geschäftlichem Ton hinzu: »Die Nachtschwester hat die Aufnahmen persönlich in Dottor Stampinis Büro gebracht. Ist das alles?«

»Danke, Signora«, sagte Brunetti. »Seine Frau ist hier. Ich sage ihr Bescheid.«

Fünfzehn Minuten später war Dottor Stampini bei ihnen, ein überraschend jugendlich wirkender Mann mit rotblonden Haaren, die ihm in die Stirn hingen; ab und zu warf er sie mit einer Kopfbewegung zurück, wie ein Pferd, das seine Mähne schüttelt. Er gab Professoressa Crosera und Brunetti die Hand und stellte sich vor, fragte aber nicht, wer sie waren, sondern bat nur, Platz zu machen, damit er seinen Patienten untersuchen könne.

Brunetti entfernte sich ein paar Meter; die Professoressa stellte sich an das nächste Fenster und sah in den Hof hinunter. Brunetti beobachtete den Arzt.

Dottor Stampini nahm eine kleine Taschenlampe aus

einer Tasche seiner weißen Jacke und beugte sich über den Patienten. Zog das rechte Lid hoch, leuchtete hinein, wiederholte die Prozedur am linken. Steckte die Lampe ein und schlug die Decke am unteren Ende bis zu den Knien des Patienten auf. Klopfte mit einem kleinen Metallhammer mehrmals erst auf das rechte und dann ebenso erfolglos auf das linke Knie.

Er schlug die Decke zurück und nahm das Krankenblatt vom Fußende des Betts. Nachdem er es überflogen hatte, hielt er ein Röntgenbild gegen das Licht. Er legte es zurück, nahm das Krankenblatt und verfasste eine längere Notiz, steckte es weg, griff noch einmal danach und fügte etwas hinzu.

Als er fertig war, kam er zu ihnen hinüber. »Sie sind seine Frau, Signora?«, fragte der Arzt.

»Ja. Was hat er?«

»Einen Augenblick«, sagte der Arzt. »Und wer sind Sie?«, fragte er Brunetti.

»Commissario Guido Brunetti. Polizia di Stato.«

Dottor Stampini war die Überraschung anzumerken. »Darf ich fragen, warum Sie hier sind, Commissario?«

»Wir wurden gerufen, weil der Arzt in der Notaufnahme Spuren an den Handgelenken gesehen hat.«

Dottor Stampini ging zu seinem Patienten zurück und untersuchte erst das linke, dann das rechte Handgelenk, wobei er darauf achtete, die Nadel im Handrücken nicht zu berühren. Dann trug er noch einmal etwas in das Krankenblatt ein.

»Was für Spuren?«, fragte Professoressa Crosera, während die beiden dem Arzt zusahen. »Woher stammen die?«

Brunetti glaubte Angst in ihrer Stimme zu vernehmen.

»Ich weiß es nicht. Haben Sie eine Idee?«

Sie sah ihn mit großen Augen an. In dem Moment kam der Arzt zurück, und sie schüttelte nur schweigend den Kopf.

Ohne Brunetti weiter zu beachten, wandte Dottor Stampini sich an Professoressa Crosera: »Ich werde ein CT in Auftrag geben. Wenn ich die Ergebnisse habe, kann ich mir ein genaueres Bild machen.«

»Können Sie mir denn gar nichts sagen, auch ohne das CT?«, fragte sie mühsam beherrscht.

Der Arzt zuckte mit den Schultern und warf die Haare aus der Stirn. »Nein, Signora. Es tut mir leid, aber ohne das CT ist keine exakte Diagnose möglich.«

»Heute Vormittag?«, fragte sie mit zittriger Stimme.

»Im Lauf des Tages.«

»Danke, Dottore«, sagte Brunetti, als habe der Arzt mit ihnen beiden gesprochen. »Sie haben die Spuren gesehen?«

Plötzlich ungeduldig, antwortete der Arzt: »Winzige Hautverletzungen. Das kann alles Mögliche sein.« Brunetti nickte, und der Arzt fuhr fort: »Wenn Sie keine weiteren Fragen haben – ich muss jetzt zur Visite.«

»Danke, Dottore«, sagte Brunetti. Und, als sei ihm das eben eingefallen, zu Professoressa Crosera gewandt: »Ich muss kurz nach draußen und in der Questura anrufen. Hier ist die Verbindung zu schlecht.«

Der Arzt nutzte die Gelegenheit und machte Anstalten, sich zu entfernen. Brunetti folgte ihm, das *telefonino* in der Hand.

Kaum waren sie im Treppenhaus, steckte Brunetti das Handy ein und rief: »Dottor Stampini?«

Stampini blieb stehen und drehte sich um. »Was ist?«, fragte er ungehalten.

»Wenn Sie einen Augenblick Zeit hätten, ich möchte gern kurz mit Ihnen sprechen«, gab Brunetti liebenswürdig zurück.

Beiden war bewusst, dass die Schwestern am Empfang sie hören konnten. »Also gut« sagte Stampini, »gehen wir in mein Büro.«

Er öffnete die zweite Tür im Gang. Das Büro sah aus wie die Büros aller anderen überlasteten Ärzte, die Brunetti kannte: Bücher und Akten auf dem Schreibtisch, offene Schubladen, randvoll mit Probeschachteln, Stapel von Fachzeitschriften auf den Heizkörpern, ein Sammelsurium von Kaffeetassen auf dem Fensterbrett.

Stampini fragte direkt hinter der Tür: »Worum geht es?«

Brunetti erklärte ohne Umschweife: »Seine Pupillen weiten sich nicht, sein Kniereflex ist gleich null. Das bedeutet doch etwas Ernstes, oder?«

Stampini reagierte ebenso direkt: »Sind Sie in Ihrer Freizeit Arzt, Commissario?«

»Nein, Dottore, das bin ich nicht, und glauben Sie mir, ich tue auch nicht so, als wäre ich einer. Aber ich habe in meinem Beruf viele Verletzte gesehen – leider allzu viele –, und wenn sie Symptome aufwiesen wie in diesem Fall ...« Er wartete, ob der Arzt etwas sagen wollte, und als nichts kam, ergänzte er: »Ich will Sie nicht mit Dingen langweilen, von denen Sie sehr viel mehr verstehen als ich, Dottore.«

Stampini ging auf Brunettis versöhnliche Bemerkung ein und fragte: »Was möchten Sie wissen?«

»Wenn ich davon ausgehe, dass die Spuren an seinen Handgelenken auf irgendeine Form von Gewalteinwirkung zurückzuführen sind, muss ich Ermittlungen einleiten und etwaige Zeugen des Sturzes zu finden versuchen.«

»Verstehe, verstehe«, sagte der Arzt. »Was ist denn passiert?«, fragte er, schon freundlicher gestimmt.

»Wir sind uns nicht sicher. Er wurde am Fuß einer Brücke aufgefunden. Offenbar ist er mit dem Kopf an das Eisengeländer und dann noch einmal aufs Pflaster geschlagen: An beiden Stellen war Blut.«

»Und die Spuren an den Handgelenken?«, fragte Dottor Stampini.

»Da geht es mir nicht anders als Ihnen, Dottore«, sagte Brunetti lächelnd. »Ich sehe die Verletzungen und versuche daraus Schlüsse zu ziehen. Eine Erklärung drängt sich auf: Jemand könnte ihn angegriffen und aus dem Gleichgewicht gebracht haben.«

»Wurde er beraubt?«, fragte der Arzt.

»Ein Portemonnaie hatte er nicht bei sich. Nur seine Hausschlüssel. Und er hatte keinen Mantel an. Er wohnt nicht weit von der Stelle, wo er gefunden wurde.«

»Laut Krankenblatt wurde er heute Nacht um drei geröntgt.«

Brunetti nickte. »Der Überfall muss gegen Mitternacht stattgefunden haben.«

Stampini schob die Hände in die Jackentaschen, sah zu Boden. Er wippte auf den Fußballen vor und zurück. Dann nahm er die Hände wieder heraus, strich sich mit der

Rechten die Haare aus der Stirn und meinte schließlich: »Er wird Ihnen nicht sagen können, was passiert ist. Nicht so bald. Vielleicht niemals mehr.«

»Die Röntgenbilder?«, fragte Brunetti.

Stampini nickte. »Offenbar ist es zu starken Blutungen gekommen. Das CT wird mir genauere Aufschlüsse geben, aber die Röntgenbilder verheißen nichts Gutes.«

»Nichts Gutes in welchem Sinne, Dottore? Besteht wenig Hoffnung, was seine vollständige geistige Genesung anbelangt?«, fragte Brunetti. »Oder betrifft es seinen körperlichen Zustand?«

Dottor Stampinis Miene blieb unergründlich. Er fuhr sich mit der rechten Hand über die Wange, wie um festzustellen, ob er sich am Morgen rasiert hatte.

Er ließ die Hand sinken. »Beides«, sagte er schließlich, glaubte dies aber in Anbetracht der komplizierten Frage von Brunetti verdeutlichen zu müssen und fügte hinzu: »Keines von beidem.«

»Das verstehe ich nicht«, gab Brunetti zu.

»Es sieht in keinerlei Beziehung gut aus«, sagte Dottor Stampini. »Aber sagen Sie das nicht seiner Frau.«

»Das wird nicht nötig sein, Dottore. Sie wird es noch früh genug selbst herausfinden.«

9

Dem war wenig hinzuzufügen. Brunetti schickte sich an, das Büro zu verlassen. Der Arzt räusperte sich. »Natürlich kann ich mich irren«, räumte er ein. »In seltenen Fällen wird das Blut resorbiert, und der Patient erholt sich vollständig.«

Brunetti hob eine Hand und ließ sie wieder sinken. Dann machte er sich auf den Weg zurück zu Professoressa Crosera und ihrem Mann.

Im Korridor standen zwei Pfleger bei dem Verletzten, einer am Kopfende und einer am Fußende des Betts; seine Frau hielt sich ein wenig abseits. Brunetti blieb erst einmal, wo er war, und wartete ab. Die Männer setzten sich in Bewegung und rollten das Bett an ihm vorbei zu den Aufzügen. Brunetti und Professoressa Crosera folgten ihnen schweigend. Stumm fuhren sie alle miteinander einen Stock tiefer.

Die Neurologie war im ersten Stock. Die Pfleger schoben das Bett zur Anmeldung, und einer der beiden gab der Schwester ein paar Bögen; sie warf einen Blick darauf, sagte etwas und drückte einen Knopf an der Wand. Die Tür vor ihnen schwang auf, und die Pfleger schoben das Bett hindurch. Professoressa Crosera und Brunetti wollten gerade hinterhergehen, da hob die Schwester eine Hand: »Sie können da nicht rein.«

»Ich bin seine Frau.«

Ganz und gar unbeeindruckt wiederholte die Schwester:

»Sie können da nicht rein.« Etwas freundlicher fügte sie hinzu: »Erst wenn er in einem richtigen Bett liegt.«

»Können wir uns irgendwo setzen?«, fragte Brunetti, der gerne zur Questura aufgebrochen wäre, es aber nicht übers Herz brachte, die Frau allein zu lassen, solange man ihren Mann nicht irgendwo untergebracht hatte.

Ohne jede Vorstellung, wie spät es war, sah er auf die Uhr. Es konnte ebenso gut sieben wie zwölf sein: Zahlen hatten nach der langen Warterei keine Bedeutung mehr. Wie sich herausstellte, war es kurz nach neun.

»Gegenüber den Aufzügen ist ein Wartezimmer«, sagte die Schwester und griff nach dem Telefonhörer.

Im Wartezimmer standen die üblichen Schalensitze aus Plastik, die in Fünferreihen angeordnet waren. In diesem grauenhaften rötlichen Orange – für Brunetti schon geradezu die Farbe von Schmerz und Leid. Er wartete, bis Professoressa Crosera gleich neben der Tür Platz genommen und ihre Tasche nicht unabsichtlich auf den Stuhl neben sich gestellt hatte, und nahm einen Sitz weiter Platz. »Darf ich Ihnen ein paar Fragen stellen, Professoressa?«

»Das haben Sie doch schon«, sagte sie, die Tür nicht aus den Augen lassend.

»Ich weiß, und ich behellige Sie damit auch nur sehr ungern. Aber wenn sich bestätigen sollte, dass Ihr Mann überfallen wurde, haben wir es mit einem Verbrechen zu tun, und es ist meine Aufgabe, den Täter ausfindig zu machen. Dafür aber muss ich wissen, ob Ihr Mann sich in letzter Zeit auffällig verhalten hat, ob er etwas Ungewöhnliches erlebt oder irgendetwas gesagt oder getan hat, was uns auf die Spur des Täters führen könnte.«

Sie hörte zu, blieb aber stumm.

»Gab es irgendwelche merkwürdigen Anrufe, Themen, denen er ausgewichen ist, Leute, mit denen er nicht reden wollte, vielleicht wegen der Schwierigkeiten mit Ihrem Sohn?«

Da sie weiterhin schwieg, fuhr Brunetti fort: »Sie sagten, Sie machen sich Sorgen wegen Ihres Sohns; ich nehme an, Ihr Mann war ebenfalls besorgt?«

»Wären Sie das nicht?«, fuhr sie auf.

»Jeder Vater wäre das, Signora«, antwortete Brunetti freundlich. »Und jede Mutter.« Er bemerkte, dass er sie unwillkürlich nicht mit ihrem Titel, sondern als Frau angesprochen hatte.

Sie wandte ihre Aufmerksamkeit wieder der offenen Tür zu.

»Wie gesagt, auch ich habe zwei Kinder im Teenageralter. Ich denke ständig an sie und was ihnen passieren könnte.«

Ohne ihn anzusehen, fragte Professoressa Crosera in höflichem Plauderton: »Bringt man Ihnen das auf der Polizeischule bei, Commissario? Wie man das Vertrauen von Leuten gewinnt, die man befragt?«

Die Frage kränkte ihn, beleidigte ihn aber nicht; er gestattete sich den Luxus, laut aufzulachen, was sie überrascht aufblicken ließ. »Nein, Signora«, sagte er, als er sich wieder beruhigt hatte. »Uns wurde beigebracht, zu den Männern, die wir befragen, eine Beziehung aufzubauen, indem wir uns mit ihnen über Fußball unterhalten. Als ich zur Polizei kam, hat niemand sich träumen lassen, dass wir auch Frauen würden befragen müssen. Unsere Lehrer gingen wohl davon aus, dass sie zu Hause sind und die Kinder hüten.« Dann wieder ernst, fuhr er fort: »Ich will die Person finden, die dem Vater Ihrer Kinder dies angetan hat, und dafür bitte ich um Ihre Hilfe.«

Sie drehte sich wieder zu ihm um. »Auch wenn das, was ich sage, meinen Sohn womöglich in Gefahr bringt?«

»Ihr Sohn ist zu jung, vonseiten der Justiz droht ihm keine Gefahr. Schlimmstenfalls schickt man ihn zu einem Sozialarbeiter oder Psychologen, aber nur, wenn der Richter ihn für so schwer gefährdet hält, dass er professionelle Hilfe benötigt.«

Sie wandte sich wieder der Tür zu. »Aber was, wenn das, was ich Ihnen erzähle, meinen Sohn in größere Gefahr bringt?«

Brunetti horchte auf. »Größere Gefahr«? Größer als die Gefahr, in die jemand seinen Vater gebracht hatte? Größer als die, in der der Sohn jetzt schon sein mochte, weil der Dealer womöglich Wind davon bekommen hatte, dass seine Mutter zur Polizei gegangen war? Ob etwa ihr Mann den Dealer zur Rede gestellt hatte und von ihm die Brücke hinuntergestoßen worden war?

»Haben Sie Angst vor der Person, die ihm die Drogen verkauft?«, fragte Brunetti.

Sie fuhr zu ihm herum. »Die Polizei kann ja offenbar nichts gegen ihn unternehmen, Commissario.« Brunetti wollte einwenden, jetzt übertreibe sie, aber sie ließ ihn nicht zu Wort kommen. »Egal, was Sie unternehmen, dieser Mensch kann tun und lassen, was er will.«

»Hat Ihr Mann mit ihm geredet?«, fragte Brunetti, der sich nicht auf eine Diskussion über die Möglichkeiten der Polizei einlassen wollte.

Die Frage brachte sie sichtlich in Verlegenheit.

»Das kann ich Ihnen nicht sagen«, antwortete sie schließlich. Und wieder blieben Brunetti mehrere Möglichkeiten, das zu interpretieren.

»Nichts, was wir unternehmen, wird Ihren Sohn in Gefahr bringen«, beteuerte er.

»Auch wenn dieser Verbrecher meinen Mann überfallen hat, und Sie verhaften ihn einen Tag später?«

»Nicht, wenn er wegen Drogenhandel verhaftet wird. Ich gehe davon aus, dass Ihr Sohn nicht der Einzige ist, dem er Drogen verkauft.«

Sie verschränkte die Finger. »Das muss ich mir erst überlegen«, sagte sie. »Und es mit meinem Mann besprechen.«

Brunetti ließ sich nichts anmerken. »Möglicherweise erinnert er sich nicht mehr an den Überfall«, sagte er; immerhin war das bei Schädelverletzungen nicht unwahrscheinlich.

»Nein«, sagte sie entschieden. »Ich will ihn fragen.«

Brunetti erkannte, weiteres Drängen war ebenso vergeblich wie ihre Hoffnung, sie könnte ihren Mann um Rat fragen. Er stand auf und bemerkte verlegen: »Entschuldigen Sie, aber ich weiß den Namen Ihres Mannes nicht.«

Sie sah ihn verwundert an und warf dann einen so sehnsuchtsvoll zärtlichen Blick zu der Tür, hinter der ihr Mann verschwunden war, dass Brunetti sich taktvoll abwandte.

»Wie eigenartig«, sagte sie gedehnt.

Brunetti drehte sich wieder zu ihr um. »Verzeihung?«, sagte er. »Ich kann Ihnen leider nicht folgen.«

Ein Lächeln erhellte ihr Gesicht, und sogleich wirkte sie um Jahre jünger. »Weil doch sonst immer die Frau das namenlose Anhängsel ihres Mannes ist.« Plötzlich wieder ernst, kniff sie die Lippen zusammen; Brunetti fürchtete schon, sie würde erneut in Tränen ausbrechen. Stattdessen atmete sie tief durch und sagte: »Tullio Gasparini.«

Er dankte ihr und kapitulierte nicht zum ersten Mal vor den Geheimnissen des Herzens.

10

Auf dem Weg zur Questura plante Brunetti das weitere Vorgehen. Als Erstes galt es den Dealer aufzuspüren, der Sandro Gasparini und anderen Schülern des Albertini Drogen verkaufte. Im Augenblick war dies der Hauptverdächtige für den Überfall. Um ihn zu finden, wäre es das Einfachste, mit dem Jungen zu reden, aber das erforderte das Einverständnis der Mutter, die vermutlich auf dem Beisein eines Anwalts bestehen würde. Und wenn sie ihre Zustimmung verweigerte, müsste man den Jungen beschatten, aber wo die Leute dafür hernehmen? Oder einen Richter, der das anordnete?

Was trieb einen Mann um Mitternacht aus dem Haus, ohne Mantel, nur mit den Hausschlüsseln? Konnte er gehen, ohne dass jemand es mitbekam? Brunetti blieb wie angewurzelt stehen: Wo war der Junge letzte Nacht und heute früh gewesen? Die Frage hatte er Professoressa Crosera leider nicht gestellt. Bei seinem Anruf war sie zu Hause gewesen: Wäre ihr Sohn verschwunden, hätte sie das einem Polizisten gegenüber garantiert als Erstes erwähnt. Bevor sie mitten in der Nacht zum Krankenhaus eilte, hatte sie doch bestimmt nach ihren Kindern gesehen, um ihnen Bescheid zu geben? Da mussten doch beide zu Hause gewesen sein?

Er nahm das neue Handy, das Signorina Elettra ihm besorgt hatte, ging nicht ohne Schwierigkeiten online und fand die Nummer des Albertini. Nach dem vierten Klingeln meldete sich eine Frauenstimme. »Guten Morgen. Liceo Albertini. Wie kann ich Ihnen helfen?«

»Guten Morgen, Signora. Commissario Guido Brunetti am Apparat. Ich rufe wegen eines Ihrer Schüler an.«

Nach einer langen Pause fragte sie: »Commissario der Polizei?«, als würde sie auch von anderen Arten von Kommissaren angerufen.

»Ja. Kann ich den Rektor sprechen?«

Es folgte ein ebenso langes Schweigen, ob sie verwirrt war oder Vorbehalte hatte, war nicht zu erkennen. »Einen Augenblick, bitte«, sagte sie schließlich. »Ich stelle Sie zu Signora Direttrice Rallo durch.«

Die Rektorin meldete sich nach dem zweiten Klingeln. »Bianca Rallo.«

»Hier spricht Commissario Guido Brunetti. Ich habe eine Frage zu einem Ihrer Schüler.«

»Nichts für ungut«, antwortete sie in höflichem Ton, »aber wer garantiert mir, dass Sie sind, für wen Sie sich ausgeben?« Es klang distanziert, förmlich, beinahe ironisch.

»Signora Direttrice«, gab Brunetti ebenso wohlerzogen zurück, »dürfte ich einen Vorschlag machen, wie sich Ihre Zweifel beheben ließen?«

»Selbstverständlich.«

»Lassen Sie mich meine Frage stellen, und dann rufen Sie in der Questura an und fragen nach Commissario Griffoni. Die Antwort geben Sie dann ihr.« Er ließ ihr Zeit, das zu verarbeiten, und fügte hinzu: »Ich brauche nur ein paar Minuten, um unten Bescheid zu sagen, dass man Sie sofort zu ihr durchstellen möchte.« Und, nach einer weiteren kleinen Pause: »Wäre Ihnen das recht, Signora Direttrice?«

»Das kommt auf Ihre Frage an«, antwortete sie ungerührt.

»Wir vermuten, dass der Vater von zweien Ihrer Schüler, Tullio Gasparini, letzte Nacht auf der Straße überfallen wurde. Ich möchte wissen, ob Sandro heute früh zur Schule gekommen ist.«

»Das ist alles?«

»Ja.«

Schweigen strömte aus dem *telefonino.* Brunetti betrachtete den Kanal, an dem er entlanglief, und bemerkte, wie hoch das Wasser stand.

»Na schön«, sagte sie. »Ich rufe dort in fünf Minuten an.«

Brunetti beendete das Gespräch, rief die Zentrale der Questura an und fragte, ob Griffoni schon im Haus sei. Als das bestätigt wurde, erklärte er, gleich werde eine Signora Rallo anrufen. Man solle Commissario Griffoni unverzüglich darüber informieren und den Anruf zu ihr durchstellen.

Er steckte sein Handy wieder ein und ging weiter.

Als er zehn Minuten später in der Questura eintraf, fragte er nach Vianello und erfuhr, der Ispettore sei zwar schon da gewesen, aber nach Marghera geschickt worden, um an der Befragung eines Verdächtigen in einem Fall von häuslicher Gewalt teilzunehmen; er sei voraussichtlich erst morgen wieder im Büro. Also machte sich Brunetti auf den Weg zu Griffonis Büro.

Sie hatte sich umgezogen: schwarze Bluse und schwarze Jacke; die verräterischen braunen Schuhe waren weg.

»Was ist passiert?«, fragte sie.

Brunetti antwortete mit einer Gegenfrage. »Hat sie angerufen?«

»Wer?«

»Die Rektorin des Albertini. Sie sollte dir sagen, ob der Sohn heute zur Schule gekommen ist.«

»Nein.«

Als Brunetti, der auf der Schwelle stehen geblieben war, nur nickte, sonst nichts, erhob sich Griffoni, beugte sich über ihren Schreibtisch und schob ihm ihren zweiten Stuhl hin. »Setz dich, Guido, um Himmels willen, und sag mir, was passiert ist.«

Er gehorchte und berichtete von seinem Gespräch mit Professoressa Crosera und allem, was sich sonst noch im Krankenhaus abgespielt hatte, nachdem Griffoni gegangen war. Ihr Büro war so klein, dass ihre Knie sich unter ihrem Schreibtisch fast berührten, obwohl er halb in der Tür saß. »Professoressa Crosera war völlig fassungslos. Als sie ihn sah, ist sie zusammengebrochen.«

»Echt oder gespielt?«, fragte Griffoni.

»Echt, glaube ich.«

»Wusste sie, dass er aus dem Haus gegangen war?«

»Sie sagt nein, aber ich glaube ihr nicht.«

Griffoni, mit Lügen nicht unvertraut, nickte nur. »Und der Sohn? War er da, als du sie angerufen hast?«

»Das weiß ich nicht.« Verlegen fügte Brunetti hinzu: »Ich habe vergessen, sie danach zu fragen.«

Griffoni lächelte. »Allmählich wird mir die Sache mit

dem Rückruf klar.« Sie überlegte kurz. »Das hat sie gut gemacht. Du hättest irgendwer sein können. Ein Kidnapper.«

»Claudia«, sagte Brunetti und klopfte ihr mit dem Zeigefinger auf den Handrücken. »Wir sind in Venedig. Nicht in …« Er stockte, dachte kurz nach und meinte dann: »Stell dir vor. Mir fällt keine einzige Stadt ein, wo es in den letzten Jahren einen Entführungsfall gegeben hat.«

Sie stutzte und pflichtete ihm schließlich überrascht bei: »Mir auch nicht. Ist offenbar aus der Mode gekommen.«

Brunetti mochte das nicht glauben: »Ich denke eher, dass die Leute es nicht mehr melden. Bezahlen einfach und hoffen, dass alles gutgeht.«

»Aber früher oder später würden wir doch davon erfahren?«, fragte sie.

»Mag sein«, räumte Brunetti ein. Und dann brach es plötzlich aus ihm hervor: »Ich hasse Entführungen. Mehr als jedes andere Verbrechen. Und ich hasse die Entführer.«

»Sind sie schlimmer für dich als Mörder?«, fragte sie.

»In gewisser Weise, ja.«

»Inwiefern?«

»Weil hier Leben zu barer Münze gemacht wird, weil Entführer ein Menschenleben dem Geld opfern.« Es gelang ihm nicht, seine Stimme ruhig zu halten.

»So außer dir habe ich dich noch nie erlebt«, meinte Griffoni.

»Weil es niederträchtiger ist als alles andere. Am liebsten würde ich alle Entführer für immer ins Gefängnis werfen. Und alle ihre Helfer. Jemand, der weiß, was vor sich geht, und es unterstützt – und wenn er nur die Briefmarke für den Erpresserbrief besorgt –, gehört für den Rest seines Lebens hinter Gitter.« Brunetti musste sich sehr zusammenreißen, um nicht noch mehr zu sagen.

»Du hattest mal so einen Fall?«, fragte Griffoni.

»Ja, einer meiner ersten, vor über zwanzig Jahren.«

»Schlimm?«

»Die Tochter einer Familie aus Neapel.«

»Wo wurde sie entführt?«

»Auf Sardinien. Wir wurden damals zu dritt nach Neapel beordert.«

»Habt ihr die Entführer geschnappt?«

»Ja«, sagte Brunetti schroff.

»Wie?«

Er winkte ab. »Die waren dumm.«

»Aber?«, bohrte sie, da in seiner Antwort etwas Unausgesprochenes mitschwang.

»Die Kleine hat nicht überlebt.«

»Haben die sie umgebracht, bevor das Lösegeld kam?«

»Manchmal wünschte ich beinahe, es wäre so gewesen«, sagte er. Griffoni drängte ihn nicht, Brunetti würde es ihr schon erzählen. »Die Entführer hatten sie lebendig in einem Sarg begraben. Nach ihrer Festnahme – es waren vier – verrieten sie der Polizei, wo. Bis man sie ausgegraben hatte, war die Kleine elendig zugrunde gegangen.«

Griffoni nickte.

»Können wir über was anderes reden, Claudia?«

Bevor sie antworten konnte, klingelte ihr Telefon.

»Griffoni«, sagte sie, hob eine Hand und nickte Brunetti zu. »Ja, das hat er mir gesagt, Signora.« Und dann: »Nein, wir sind beide Commissari, er ist nur schon länger hier als ich. Ja, das ist er, er stammt ursprünglich aus Castello, soweit ich weiß.«

Sie sah zu Brunetti, legte den Kopf nach hinten, schloss die Augen und machte mit der rechten Hand eine Bewegung, als wollte sie Wogen glätten. »Ja, er hat mir von dem Vorfall berichtet. Er war heute Morgen im Krankenhaus bei ihm.«

Griffoni legte sich eine Hand über die Augen, wie immer, wenn sie ungeduldig wurde. »Natürlich, ich verstehe, Signora Direttrice.« Dann fasste sie sich mit der Hand an den Kopf, als müsse sie den Deckel zuhalten, und hörte eine lange Weile, immer noch mit geschlossenen Augen, zu. Ab und an murmelte sie zustimmend.

Endlich ließ sie die Hand sinken und sagte: »Er ist da?« Sie schlug die Augen auf, warf Brunetti einen Blick zu und ließ ein neutrales »Hmmmm« vernehmen. »Ich danke Ihnen, Signora Direttrice«, sagte sie und schaltete auf jene absteigende Satzmelodie um, mit der man ein Gespräch beendet. »Mein Kollege wird bestimmt sehr erleichtert sein, das zu hören.«

Noch ein paar Schlussfloskeln, und sie legte auf. »Du hast es gehört, er ist da«, erklärte sie. »Die Schule nimmt immer sofort Kontakt zu den Eltern auf, wenn ein Schüler nicht zum Unterricht erscheint.« Und dann neugierig: »Was weißt du über den Jungen?«

»Nur, was ich dir erzählt habe: fünfzehn, zweites Jahr im *liceo.* Schwieriges Kind, schlecht in der Schule.«

»Und nimmt Drogen«, ergänzte Griffoni.

»Seine Mutter war jedenfalls so sehr davon überzeugt, dass sie zu mir gekommen ist.«

Griffoni erhob sich und lehnte sich in ihrem fensterlosen Büro mit verschränkten Armen an die Wand. »Denkst du, der Überfall könnte damit zu tun haben?«, fragte sie, und Brunetti stellte erleichtert fest, dass sie ebenfalls von einem gezielten Angriff ausging.

»Beides folgte zeitlich eng aufeinander«, sagte er. »Wir müssen herausfinden, ob das eine zum anderen führte.«

Griffoni dachte laut nach. »Wenn Gasparini wusste, wer der Dealer ist, aber nicht zur Polizei gehen wollte, hat er ihn womöglich zur Rede gestellt oder ihm irgendwie gedroht …«

Brunetti nickte. Das hatte er sich auch schon überlegt. »Einige von den Dealern an den Schulen kennen wir«, sagte er. »Mir sind mindestens zwei davon namentlich bekannt.«

Griffoni deutete mit einem Nicken an, dass sie selbst möglicherweise auch ein paar Namen kannte.

»Einer von ihnen schuldet mir einen Gefallen«, sagte Brunetti. »Zeit, den jetzt einzufordern.«

Griffoni rührte sich nicht. Sie sah gelassen zu Brunetti hinüber, als sei es das Normalste der Welt, dass jemand mitten in ihrer Tür saß, zwei Stuhlbeine auf dem Gang, während sie selbst mit dem Rücken zur Wand vor ihm stand.

Brunetti vernahm Schritte, drehte sich aber nicht danach um. Erst als wieder Stille herrschte, sagte er: »Ich werde ihn fragen, wer für das Albertini zuständig ist.« Er staunte selbst, wie beiläufig sich das anhörte: Als ob Dealer schon eine regelrechte Konzession hätten, Drogen an Schüler zu verkaufen.

»Wird er es dir verraten?«, fragte Griffoni.

Brunetti nickte. »Vor langer Zeit hat mein Bruder ihm

ein Empfehlungsschreiben gegeben: für seinen Sohn, der sich in England um einen Studienplatz in Medizin bewerben wollte.«

»Medizin?«

»Radiologie. Mein Bruder ist Cheftechniker am Krankenhaus in Mestre. Der Junge hat zwei Jahre bei ihm gearbeitet: Er sagte, einen besseren Assistenten habe er nie gehabt. Warum sollte er ihn nicht empfehlen?«

»Und?«, fragte Griffoni. »Wie ging es weiter?«

»Er ist jetzt Chefradiologe einer Klinik in Birmingham.«

»Und der Vater handelt mit Drogen?«, fragte Griffoni fassungslos.

»Und der Vater handelt mit Drogen.«

»Evviva l'Italia«, meinte Griffoni trocken.

11

Sie unterhielten sich noch ein Weilchen, dann stand Brunetti auf und stellte den Stuhl an seinen angestammten Platz an der Wand zurück, wo er zwar nicht mehr die Tür blockierte, wohl aber Griffoni nicht mehr von rechts an ihren Schreibtisch gelangen ließ.

»Und wenn der Informant dir den Namen nennt?«, fragte Griffoni.

»Rede ich mit demjenigen.«

»Möchtest du, dass ich mitkomme?«, fragte sie.

Eigentlich hatte er Vianello mitnehmen wollen, keine Frau. Griffoni war in der Rolle des guten Polizisten unschlagbar: Sie besaß die Gabe, Brunetti ohne ein Wort mit vorwurfsvollen Blicken zu widersprechen oder auch in einem Ton zu kontern, der einem mutmaßlichen Übeltäter das Gefühl gab, sie sei ganz auf dessen Seite; und nicht zuletzt konnte sie sich gegen Brunettis Schlussfolgerungen auf eine Weise verwahren, die dem Verdächtigen nahelegte, dass er sie vollkommen überzeugt hatte. Aber sie war eine Frau und der Drogenhändler voraussichtlich ein Mann. Ihn sollte sich ein Mann vornehmen.

»Danke für das Angebot, Claudia«, sagte er. »Es ist mir immer ein Vergnügen, mit einer Kollegin zu arbeiten, die so kaltblütig agieren kann wie du, aber in diesem Fall würde ich lieber allein gehen.«

Sie lächelte. »Kaltblütig zu sein ist ein Kompliment, das jede Frau sich gern gefallen lässt, Guido.«

Auf dem Weg in sein eigenes Büro wunderte er sich wieder einmal, dass Griffoni sich mit dieser Schuhschachtel von einem Büro begnügte, die Vice-Questore Patta ihr auf Tenente Scarpas Betreiben hin zugeteilt hatte. Zu Pattas Entlastung ging Brunetti einmal davon aus, dass der Vice-Questore Griffonis Büro noch nie mit eigenen Augen gesehen hatte und wohl auch einfach keinen Begriff von sechs Quadratmetern mit Schreibtisch und zwei Stühlen hatte. Brunetti ahnte, eines Tages würde Griffoni den Tenente dafür büßen lassen. Schließlich war sie Neapolitanerin. Es würde dauern, aber eines Tages wäre es so weit. Brunetti grinste bei dem Gedanken.

Er schloss die Tür, nahm sein *telefonino* und wählte aus dem Gedächtnis die Nummer – aufgeschrieben hatte er sie nie – seines Dealer-Freundes. Der meldete sich mit Namen.

»Guten Morgen, Manrico«, sagte Brunetti mit dem Wohlwollen, das er trotz allem für diesen Mann empfand, zumindest für Teile von ihm. Um seiner Schwäche nicht nachzugeben, kam er alsgleich in kühlem Ton unverblümt zur Sache: »Wie geht's Bruno?«

»Ah, Dottore«, sagte Manrico, der Brunettis Stimme auch nach so langer Zeit sofort erkannt hatte, »in meiner Familie spielt sich ein Drama ab.« Pathetische Worte, aber fröhlich vorgetragen.

»Hoffentlich ein freudiges Drama«, sagte Brunetti.

»Freudiger geht's nicht. Bruno heiratet demnächst. Im Juli.«

»Und der Vater der Braut ist Polizist?«, fragte Brunetti.

»Oh, noch viel schlimmer als das«, antwortete Manrico düster.

»Erzähl schon.«

»Sie ist Schottin.«

»Nein«, stöhnte Brunetti. »Und Protestantin?«

»Ach, wenn es das nur wäre, Commissario. Es kommt viel schlimmer.«

»Ach?«

»Sie ist Ärztin.«

»Ihr Sohn heiratet eine Akademikerin aus Schottland?« Brunetti brummte mitfühlend. »Ich kann Ihren Schmerz verstehen, Manrico.«

»Danke, Dottore, das dachte ich mir.« Doch dann war Schluss mit den Faxen, und er wurde plötzlich ernst. »Da Sie eben von Bruno angefangen haben, nehme ich an, Sie wollen mich daran erinnern, dass ich Ihnen einen Gefallen schulde.«

»Das habe ich noch nie getan, Manrico«, sagte Brunetti, als müsse er seinen guten Ruf verteidigen. »In den ganzen sechs Jahren nicht.«

»Sieben. Worum geht's?«

»Ich möchte wissen, wer für das Albertini zuständig ist.«

»Sie meinen jetzt aber nicht die Rektorin.« Von Geplänkel war nichts mehr zu spüren.

»Nein, die meine ich nicht.«

Schweigen. Brunetti umklammerte sein Handy fester und zwang sich zur Ruhe. Er ging zum Fenster und sah zur Anlegestelle hinunter, wo Foa die Reling des Polizeiboots polierte.

»Rufen Sie mit Ihrem Diensttelefon an?«, fragte Manrico.

»Ja.«

»Dann werden Sie leider warten müssen, bis Sie heute

Abend nach Hause kommen«, sagte der Dealer so barsch, dass Brunetti fürchtete, er werde ohne weitere Erklärung auflegen.

Doch Manrico schaltete gleich wieder auf seinen gewohnten aufgeräumten Tonfall um. »Noch etwas, Commissario.«

»Ja?«

»Die Hochzeit ist am fünfzehnten. Wenn ich Ihnen eine Einladung schicke … werden Sie kommen?« Sogar die Pause im Satz klang glücklich.

»Soll die hier stattfinden?«, fragte Brunetti in der Hoffnung, die Antwort wäre nein, weil er dann einen Grund hätte, die Einladung auszuschlagen.

»Nein. In der Kirche ihres Vaters.«

»Verstehe ich das richtig, Manrico? Steht es wirklich so schlecht?«

»Ja, Commissario, noch viel schlechter. Ihr Vater ist Bischof.«

Brunetti gratulierte noch einmal, wünschte Manrico viele Enkel und legte auf. Er konnte es kaum erwarten, Griffoni davon zu erzählen.

Vorher jedoch ging er zu Signorina Elettra. Sie stand gerade am Fenster. Nach Griffonis winzigem Verschlag erschien ihm Signorina Elettras Büro geradezu riesig, zumal es in einer Wand drei Fenster hatte. Viel Raum nahm ihr Schreibtisch mit dem Computer ein; außerdem gab es einen Tisch, auf dem Brunetti noch nie etwas anderes gesehen hatte als einen riesigen Blumenstrauß und die aktuelle Ausgabe von *Vogue*, beides auch heute vorhanden.

Signorina Elettra drehte sich zu ihm um. Das bisschen Licht, das an diesem Tag von draußen kam, beleuchtete sie von hinten, so dass er ihre Miene nicht sehen konnte, aber ihre Haltung – ihre Aura, wie er manchmal dachte – wirkte müde und niedergeschlagen. *»Bon dì«,* sagte Brunetti. »Ich wollte fragen, ob Sie schon Zeit hatten, sich mit Gasparini zu beschäftigen.«

Signorina Elettra nickte knapp, setzte sich an den Schreibtisch und holte mit ein paar Klicks eine Seite auf den Bildschirm. »Viel gibt es nicht über ihn«, erklärte sie. »Er ist Buchhalter bei einem Chemieunternehmen; arbeitet in Verona. Wohnhaft in Santa Croce, in der Nähe von San Stae; er steht im Telefonbuch. Er ist im Veneto nicht aktenkundig; und in den sozialen Medien fehlt jede Spur von ihm.« Sie sah zu Brunetti und fügte hinzu: »Schon seltsam, dass jemand gar nicht zu existieren scheint, wenn er nicht in den sozialen Medien präsent ist, oder?«

Brunetti kam dort auch nicht vor, genau wie Paola. »Mag sein«, sagte er.

»Über seine Frau konnte ich nichts ermitteln«, gestand Signorina Elettra.

»Professoressa Crosera. Ihren Vornamen weiß ich nicht«, sagte Brunetti automatisch. »Sie lehrt Architektur an der Universität und ist Beraterin für urbanes Design – was auch immer das sein mag – in der Türkei und anderswo.«

Signorina Elettra sah ihn mit großen Augen an, als könne sie nicht glauben, dass er etwas herausbekommen hatte, was sie nicht gefunden hatte. »Wo haben Sie das her?«

»Ich habe sie gefragt«, antwortete Brunetti lakonisch und erkundigte sich lächelnd: »Ist das gemogelt?«

»Kaum anzunehmen«, gab Signorina Elettra ehrlicherweise zu. »Aber es ist doch eine recht altmodische Methode, an Informationen zu kommen.«

»Das sagt eine, die ›Gasparini‹ im Telefonbuch nachgeschlagen hat?«, konterte Brunetti.

»Ja«, räumte sie ein. »Aber online.«

Enttäuscht fragte er: »Mehr haben Sie nicht?«

»Nein«, erklärte Signorina Elettra. »Fürs Erste ist das alles.«

»Könnten Sie, wenn Sie Zeit haben, auch mal nach seiner Frau sehen?«, fragte er, als erwarte er sich davon brauchbare Neuigkeiten, und fügte hinzu: »Ich habe Vianello gebeten, die Zeitungen anzurufen; die sollen mögliche Zeugen auffordern, sich bei uns zu melden. Vielleicht bringt das was.«

Ihre rechte Hand schwebte schon wieder über der Tastatur, dann aber zog sie sie noch einmal zurück und winkte ab. »Sie wissen doch, man will nichts mit uns zu tun haben.« Sie sah an ihm vorbei, als stünde hinter ihm etwas an die Wand geschrieben. »Nicht nur mit uns, überhaupt mit dem Staat.« Er dachte, sie sei fertig, aber sie sprach weiter, bedächtig, als müsse sie selbst erst einmal überlegen, ob sie verstand, was sie da sagen wollte. »Der Vertrag zwischen uns allen und dem Staat wurde gebrochen. Oder aufgelöst. Und niemand wagt das auszusprechen. Wir wissen, es gibt keinen Vertrag mehr, und die da oben wissen, dass wir es wissen. Denen ist egal, was wir wollen, die interessieren sich nicht mehr dafür, was aus uns wird.« Sie drehte sich achselzuckend zu ihm um und schloss lächelnd: »Und wir können nichts dagegen tun.«

Brunetti war erstaunt, aus ihrem Mund zu hören, was

ihm schon so oft durch den Kopf gegangen war. Ohne nachzudenken, sagte er: »So schlimm kann es unmöglich sein.«

Signorina Elettra ging nicht darauf ein, sondern wandte sich wieder dem Bildschirm zu; entweder war sie anderer Meinung oder hielt es für zwecklos, darüber zu debattieren. Noch auf dem Weg in sein Büro beschäftigte Brunetti der Gedanke, dass sowohl er als auch Signorina Elettra für diesen gefühllosen, gleichgültigen Staat arbeiteten.

Brunetti war seit zwei Uhr morgens auf den Beinen – Grund genug, es sich mittags im Al Covo gutgehen zu lassen. Auf dem Rückweg dankte er dem Himmel, dass das Restaurant nur zehn Minuten von der Questura entfernt war. Wie jedes Mal fühlte er sich nach einem Essen dort wie neugeboren.

Leider erwarteten den Neugeborenen die alten Probleme. Er versuchte Professoressa Crosera auf ihrem Handy zu erreichen, doch es meldete sich nur die Mailbox. Er rief im Krankenhaus an, erhielt aber keine Neuigkeiten. Er versuchte es stündlich bei ihr zu Hause, aber da meldete sich niemand. Um fünf gab er auf und beschloss, Feierabend zu machen, wollte aber auf dem Heimweg noch einmal im Krankenhaus vorbeischauen und sagte Griffoni Bescheid.

Da hätte er gleich hingehen sollen: Professoressa Crosera war bei ihrem Mann, doch als der Commissario das Krankenzimmer betrat und guten Abend sagte, legte sie einen Finger an die Lippen und wies auf den Kranken, der mittlerweile in einem richtigen Bett lag. Brunetti zeigte auf die Tür, aber sie schüttelte nur stumm den Kopf. Brunetti wusste natürlich, dass ihr Gespräch den Mann unmöglich stören konnte, doch stand es ihm nicht zu, ihr das zu sagen.

Er trat leise an das Bett heran. Die helle Flüssigkeit rann nach wie vor durch die Nadel in Gasparinis Handrücken.

Brunetti nickte der Frau zu, machte kehrt und ging zur Anmeldung, wo er nach Dottor Stampini fragte, in der Hoffnung, etwas über die Ergebnisse des CT zu erfahren. Man sagte ihm, der Arzt sei bereits gegangen. Der Commissario beschloss, das zu glauben, und machte sich ebenfalls auf den Heimweg.

12

Er betrat eine stille Wohnung, doch jahrelange Erfahrung verriet ihm, dass sie nicht leer war. Im Flur schwebte der Duft von Kiefernwäldern, also hatte Raffi wieder einmal Brunettis Shampoo benutzt, und im Wohnzimmer hing Chiaras roter Wollschal über der Sofalehne. Guido Brunetti, Superdetektiv, gratulierte er sich selbst, während er den Flur hinunter zu Paolas Arbeitszimmer ging.

Er steckte den Kopf zur Tür hinein und sah sie wie hingegossen auf dem Sofa liegen, ein Buch auf die Brust gestützt, Bleistift in der Hand.

»Schwer am Arbeiten, wie ich sehe«, sagte er, trat ein und gab ihr einen Kuss auf die Stirn.

»Genau wie du: so beschäftigt, dass du nicht mal anrufen und mir von dem Mann erzählen konntest, der da gefunden wurde«, schalt sie im Scherz.

Er setzte sich ans Ende des Sofas und nahm ihre Füße auf seinen Schoß. »Wie hast du davon erfahren?«

»Ich war neugierig, warum du so früh gehen musstest, also habe ich heute Nachmittag im *Gazzettino* online nachgesehen und diesen Artikel mit dem Zeugenaufruf gefunden.« Sie ließ das aufgeschlagene Buch auf ihre Brust sinken. »Das konnte nur eins bedeuten.« Und dann, leichthin: »Außerdem habe ich mich gefragt, ob du wohl Zeit zum Mittagessen gefunden hast und ob du warm genug angezogen warst – all die Gedanken, die einer Ehefrau so durch den Kopf gehen.«

Er nahm ihren linken Fuß und wackelte an den Zehen. »Ich wollte dich nicht wecken.«

»Ich weiß, das ist nicht einfach«, räumte sie mit einem Lächeln ein, klappte das Buch zu und legte es auf den Tisch. »Was ist denn passiert?«

»Du erinnerst dich an die Frau, von der ich dir erzählt habe? Die mich vor einer Woche aufgesucht hat, weil sie Angst um ihren Sohn hat, der Drogen nimmt?« Wer das war, hatte er ihr nicht gesagt, nur dass sie offenbar nicht den Mut aufgebracht hatte, sich der Polizei anzuvertrauen, und dass sie, ohne ihm irgendwelche genaueren Informationen zu geben, wieder gegangen war.

Paola nickte.

»Das war eine Kollegin von dir: Professoressa Crosera. Der Mann im Krankenhaus ist ihr Ehemann. Wie es aussieht, wurde er überfallen.«

Paola befreite ihre Füße, zog die Beine an und setzte sich auf. »Elisas Mann? Kaum zu glauben. Der ist doch bloß ein kleiner Buchhalter.«

Sie unterbrach sich, als werde ihr plötzlich bewusst, was sie da gesagt hatte. »Ich meine, ein ganz gewöhnlicher Mann: Wer sollte dem etwas antun wollen?«

Ein Grund, einem anderen etwas anzutun, findet sich immer, dachte Brunetti. »Wie es aussieht, wurde er am Arm gepackt und gestoßen. Was schreibt der *Gazzettino*?«

»Nur, dass ein Mann bewusstlos auf der Straße gefunden wurde«, antwortete Paola. »Kein Wort von einem Überfall, nur die Bitte an die Leser, sich bei der Polizei zu melden, falls jemand in der Nähe von Ca' Pesaro zufällig etwas bemerkt hat, das mit dem Vorfall zu tun haben könnte. Nicht einmal die Initialen des Mannes waren angegeben, wie sie es sonst tun, wenn sie keinen Namen nennen wollen.«

Brunetti kannte sich mit diesen Gepflogenheiten nicht aus und blieb daher stumm.

»Weiß Elisa Bescheid?«, fragte Paola.

»Ja. Ich habe ihn erkannt und sie heute früh angerufen. Sie ist immer noch bei ihm, nehme ich an.«

»Ach, die Arme«, sagte Paola. »Erst der Sohn, und jetzt das.«

»Hast du von dem Sohn gewusst?«, fragte Brunetti so beiläufig wie möglich.

Paola sah ihn scharf an. »Natürlich nicht. So etwas würde sie mir nie erzählen. Ich dachte nur, weil sie doch immerhin so besorgt war, dass sie mit dir darüber gesprochen hat. Und das heißt, sie weiß etwas.«

»Sie behauptet, sie weiß nichts«, sagte Brunetti.

»Natürlich streitet sie das ab. Vor der Polizei.« Paola hätte ebenso gut das Einmaleins aufsagen können, so sicher war sie ihrer Sache.

Brunetti ging darüber hinweg. »Sie sagte, sie wolle erst mit ihrem Mann reden, bevor sie mir irgendetwas erzählt.«

»Wann wird sie das können?«, fragte Paola.

Brunetti betrachtete ratlos seine Hände, dann wieder Paola. Wie sollte er es ihr beibringen? »Vielleicht niemals mehr«, meinte er schließlich. Und angesichts ihres Erschreckens fügte er noch abmildernd hinzu: »Das hat der Neurologe nach Auswertung der Röntgenbilder gesagt. Für eine endgültige Diagnose braucht er ein CT. Das wurde heute angefertigt.«

»Und das Ergebnis?«, fragte sie.

»Kenne ich noch nicht. Als ich vorhin noch einmal im Krankenhaus vorbeigegangen bin, war der Arzt schon weg. Ich kann ihn morgen anrufen.« Er ließ ihr Zeit, das zu verdauen, und fügte hinzu: »Er hat gesagt, es bestehe immer noch die Möglichkeit, dass er sich irrt.«

Paola nickte. Sie ließ den Kopf wieder aufs Kissen sinken, streckte die Beine aus und stupste ihn mit den Füßen. »Elisa tut mir leid«, sagte sie. Und dann: »Alle tun mir leid.«

Sie schloss die Augen, schlug sie auf, starrte an die Decke und machte sie wieder zu. Brunetti ließ seine rechte Hand still auf ihren Füßen ruhen, auch ihm fielen die Augen zu. Bald entglitt ihm die Wirklichkeit. Er blieb sitzen, war aber woanders, Leute gingen an ihm vorbei. In seiner Hand bewegte sich etwas, und er schreckte auf, plötzlich hellwach, aber unsicher, wo er sich befand.

»Was ist?«, fragte Paola.

»Nichts. Ich muss eingeschlafen sein. Das war ein langer Tag.« Er lehnte den Kopf zurück.

»Ich habe nachgedacht«, sagte Paola.

Brunetti horchte auf. »Immer gefährlich.«

Und wie aus einem Mund vollendeten sie das Familienmantra: »… besonders bei Frauen.«

Dann fragte er: »Nachgedacht, worüber?«

»Die rechtlichen Aspekte. Aber damit hast du dich bestimmt auch schon beschäftigt.«

»Lass hören«, sagte Brunetti, der sich noch keinerlei Gedanken um die rechtliche Seite von Gasparinis Lage gemacht hatte.

»Wenn er nicht stirbt, sondern bis an sein Lebensende so daliegt: Was kann man dem Angreifer vor Gericht zur

Last legen?« Sie kam seinem Einwand zuvor: »Ich weiß, ich weiß, erst einmal müsst ihr ihn finden. Aber wenn ihr ihn habt: Was genau für ein Verbrechen hat er begangen?«

Brunetti erwog, ob es sich um Körperverletzung handeln konnte. »Hängt davon ab, was sich auf der Brücke abgespielt hat.«

»Und wie soll *das* entschieden werden, wenn es keine Zeugen gibt?«, fragte sie skeptisch.

Brunetti nickte. »Du hast natürlich recht. Falls wir bei der DNA einen Treffer landen, kann der Verdächtige immer noch behaupten, dass Gasparini ihn angegriffen hat. Aber«, schloss er, »erst einmal müssen wir ihn finden.«

»Und dann müsste er erklären, warum er nicht zur Polizei gegangen ist«, ergänzte Paola. »Wenn er wusste, dass Gasparini verletzt war, hätte er das doch melden müssen?«

»Sicher, aber manche Leute tun das einfach nicht. Zumindest, solange es sich nicht um größere Verbrechen handelt. Selbst dann nicht, wenn sie selbst das Opfer sind. Was für eine absurde Vorstellung: Jemand schlägt einen anderen, und sei es in Notwehr, zusammen und kommt dann zu uns? Niemals.« Er ließ sich das durch den Kopf gehen und erklärte schließlich, als habe er eine große Entdeckung gemacht: »Niemand vertraut uns.«

»Dann bleiben also als einzige Hoffnung *Il Gazzettino* und *La Nuova*«, sagte Paola mit einem Anflug von Frömmigkeit in der Stimme.

Worauf Brunetti ernüchtert fragte: »Möchtest du ein Glas Wein?«

Zu dem Wein brachte er seine Ausgabe von Sophokles mit, entschied sich für *Antigone* und machte es sich zu

Paolas Füßen bequem, um bis zum Abendessen zu lesen. Er begann mit der Einführung, geschrieben von einem Psychologieprofessor an der Universität von Cagliari, der das Stück nach der Jung'schen Methode interpretierte: Antigone als Archetyp der Mutter und Kreon als Trickster, der die Ordnung durcheinanderbringt. Die dunkle Seite des Menschen, der Schatten, erfuhr Brunetti, kann äußerlich oder innerlich sein, ein Feind von außen oder in einem selbst. Brunetti mogelte und sah nach, wie viele Seiten die Einführung noch hatte. Vierzehn. Er legte das Buch umgedreht auf den Couchtisch, trank erst einmal einen Schluck Wein – ein sehr guter Collavini Ribolla Gialla, den er sich für ein besonderes Buch aufgespart hatte – und seufzte bei dem Gedanken, was das Leben doch für angenehme Seiten haben konnte.

Gestärkt nahm er das Buch wieder zur Hand, überblätterte den Rest der Einführung und begann mit der Lektüre des Stücks. Die Anfangsszene hatte er noch in Erinnerung: Antigone erzählt ihrer Schwester Ismene von König Kreons Anordnung, ihr Bruder Polyneikes dürfe nicht bestattet werden, weil er Verrat an Theben begangen habe. Der Leichnam liegt verwesend außerhalb der Stadtmauer, ein Opfer der Geier und Schakale.

Antigone hat beschlossen, den Bruder dennoch zu begraben, und bittet ihre Schwester um Hilfe. Die arme, zaghafte Ismene will jedoch nicht mitmachen. »Das Gesetz ist mächtig. Wir müssen uns dem Gesetz unterwerfen, sowohl hier als auch in schlimmeren Lagen.«

»Das sehe ich anders«, sagte Brunetti.

Paola stupste ihn mit dem Fuß. »Was?«

»Im Vorwort erklärt ein Anhänger von C.G.Jung, der dunkle Schatten eines Menschen könne äußerlich oder innerlich sein, und jetzt behauptet Ismene auch noch, wir müssten uns blind dem Gesetz unterwerfen.«

»Es bestehen doch hoffentlich noch andere Möglichkeiten«, meinte Paola, ohne von ihrem Buch aufzublicken.

»Sollte man meinen. Ismene behauptet sogar: ›Wir sind nur Frauen und können nicht gegen Männer kämpfen.‹«

Jetzt ließ Paola ihr Buch sinken und sah ihn an. »Davon war ich schon immer überzeugt«, sagte sie lächelnd, nahm das Buch wieder hoch, fügte aber, das Buch vor Augen, noch hinzu: »Wenn ich mich recht erinnere, relativiert Ismene das immerhin etwas, als sie sagt: ›Ich habe nicht die Kraft, Gesetze zu brechen, die dem Gemeinwohl dienen sollen.‹«

Brunetti tätschelte ihren Knöchel. »So waren halt die alten Griechen, meine Liebe.«

Sie unterließ es wohlweislich, dies einer Antwort zu würdigen.

Brunetti las weiter, und bald stieß er auf Antigones fatalen Satz: »Ich tue nur, was ich tun muss.«

Das hätten auch Professoressa Croseras Worte sein können. Auch sie folgte nur ihrem inneren Gebot; nur dem eigenen Gesetz gehorchend, nahm sie sich das Recht heraus, alles zu tun, um ihre Kinder zu schützen. Ließ sich von der Polizei zusichern, dass ihr Sohn nicht verhaftet werden konnte, und zum Teufel mit den Kindern anderer Leute.

Und dann formulierte Antigone ihre eigene Richtschnur: »Doch ich werde ihn begraben. Und wenn ich dafür sterben muss.« Brunetti ließ die Hände mitsamt dem Buch in den Schoß sinken und grübelte: Wie mag das sein, wenn einem ein Ritual so wichtig ist, dass man bereit ist, mit dem Tod dafür zu bezahlen? Brunetti glaubte sofort, dass er sein Leben für andere Menschen hingeben würde: seine Kinder, seine Frau. Aber für eine Gepflogenheit?

Seine Gedanken kehrten zu Gasparini zurück, auch er ein Vater. Wie weit mochte jener gegangen sein, um seinen Sohn zu schützen? Brunetti dachte lange darüber nach. War es denkbar, dass Gasparini ganz im Gegenteil selbst der Angreifer auf der Brücke gewesen war? Brunetti schalt sich selbst: Erst jetzt erwog er diese Möglichkeit, als ob Gasparini wegen seiner Verletzungen einen Opferbonus verdient hatte oder Brunetti sich irgendwie schäbig vorkommen musste, wenn er Gasparini verdächtigte, jetzt, wo er seine Frau persönlich kannte.

»Ach, übrigens«, riss Paola ihn aus seinen Gedanken. »Du hast einen Brief bekommen.«

»Wo hast du ihn hingetan?«

»Auf die Anrichte. Ich dachte, du würdest ihn dort von alleine sehen.«

»Nein, hab ich nicht«, sagte Brunetti und ging in die Küche. An der Pfeffermühle lehnte ein Umschlag mit seinem Namen in Blockbuchstaben, aber ohne Briefmarke. Er schlitzte ihn mit dem Daumen auf. Darin stand, ebenfalls in Blockschrift:

»Gianluca Fornari, Castello 2712.«

13

Am nächsten Morgen kam Brunetti um neun Uhr in der Questura an. Commissario Griffoni war noch nicht da, also legte er ihr einen Zettel auf den Schreibtisch, sie möge ihn baldmöglichst anrufen.

Im Treppenhaus begegnete er Alvise, von dem er erfuhr, Vianello sei kurz da gewesen, habe aber noch einmal nach Marghera fahren müssen, weil die Frau in dem Fall von häuslicher Gewalt sich entschlossen habe, über die Aktivitäten ihres Mannes in Venedig auszusagen.

Also musste Brunetti auch heute darauf verzichten, sich mit seinem bewährten Freund über den Fall Gasparini auszutauschen. Doch Alvise gegenüber, der sich nützlich zu machen versuchte, wollte er sich seine Enttäuschung nicht anmerken lassen. »Danke, dass Sie mir Bescheid gegeben haben«, sagte Brunetti freundlich.

»Er hat gewusst, dass Sie das sagen würden, Signore«, antwortete Alvise mit einem Lächeln, ganz der stolze Überbringer wichtiger Neuigkeiten. »Ich soll Ihnen ausrichten, er ist noch einmal dorthin, weil der Fall mit dem Einbruch bei Signor Bordoni zusammenhängt.«

»Danke, Alvise«, sagte Brunetti noch freundlicher; der Name kam ihm irgendwie bekannt vor. Auf der Treppe sprach er die Silben im Rhythmus seiner Schritte vor sich hin: Bor-do-ni, Bor-do-ni. Bei der dritten Wiederholung hatte er es: der Raubüberfall vor drei Jahren; damals hatten Diebe Vereisungsspray auf die Schlösser und Riegel der *porta blindata* zu Bordonis Wohnung gesprüht und dann die Tür aus ihren spröden Angeln gehoben und auf den Boden gelegt, was bei dem Gewicht der gepanzerten Tür auf die Beteiligung von mindestens zwei Personen hindeutete. Die Familie weilte zu der Zeit im Urlaub auf Sardinien, das Hausmädchen war wie jeden Dienstag – fiel Brunetti wieder ein – zu Besuch bei Freunden gewesen, mit denen sie *buraco* spielte.

Um elf Uhr nachts vom Kartenspielen zurück, sah sie die Tür vor der Wohnung liegen, rief sofort die Polizei und suchte bis zu deren Eintreffen Zuflucht bei den Nachbarn einen Stock tiefer.

Als die Beamten die Wohnung betraten, fanden sie dort alles unberührt vor: Nichts war beschädigt, nichts achtlos auf den Boden geworfen, die Beleuchtung noch so, wie das Mädchen sie angelassen hatte. Alles schien in Ordnung, und die Polizisten – Brunetti hatte ihren Bericht gelesen – fragten sich schon, ob jemand nur zum Jux die Tür aus den Angeln gehoben hatte – bis sie in Dottor Bordonis Arbeitszimmer kamen. Drei Gemälde – von dem Hausmädchen, das sie regelmäßig abgestaubt hatte, beschrieben als eine dicke nackte Frau, eine andere im schwarzen Kleid, über die ein schwarzer Diener einen roten Schirm hält, und eine dritte Frau, ziemlich jung, aber irgendwie nicht wie ein Mensch aussehend – waren verschwunden. Erst als die Familie am Tag darauf zurückkehrte, erfuhr Brunetti – dem Patta den Fall übertragen hatte, weil er sich »mit Bildern auskenne« –, dass es sich um Frauenporträts von Renoir, van Dyck und Picasso handelte.

Alles andere befand sich an seinem Platz. Nur die drei

Gemälde waren weg, hingen nicht mehr neben den anderen, die ihnen jahrelang Gesellschaft geleistet hatten. Und weder nahmen die Diebe jemals Kontakt zum Eigentümer auf, noch wurden die Gemälde jemals von Personen erwähnt, die dem Dezernat für Kunstraub gelegentlich Informationen verkauften.

Zu guter Letzt war Vianello ihnen jetzt offenbar im Zuge ganz anderer Ermittlungen auf die Spur gekommen. Hoffte Brunetti jedenfalls.

Er klopfte bei Signorina Elettra an, doch dann fiel ihm ein, es war Dienstag, folglich hatte sie sich von einem Polizeiboot zum Rialto-Markt bringen lassen und kaufte dort Blumen. Er schrieb Fornaris Namen und Anschrift auf einen Zettel, machte ein Fragezeichen dahinter, schob den Zettel in einen Umschlag, klebte ihn zu und legte ihn auf die Tastatur ihres Computers.

Von seinem Büro aus rief er Professoressa Croseras Privatanschluss an und ließ das Telefon so lange klingeln, bis er zu hören bekam, er solle eine Nachricht hinterlassen und werde demnächst zurückgerufen. Er nannte seinen Namen, diktierte seine Nummer und sagte, er würde gern mit … doch bevor er seinen Spruch zu Ende bringen konnte, nahm am anderen Ende jemand ab. Er hoffte, es wäre sie, wartete gespannt auf ihre Stimme, aber dann wurde aufgelegt.

Brunetti rief die Krankenhauszentrale an und bat, mit Dottor Stampini von der Neurologie verbunden zu werden, nannte auf Verlangen seinen Namen und sagte lediglich, es handle sich um eine Polizeiangelegenheit.

Dottor Stampini meldete sich umgehend. »Guten Morgen, Commissario«, sagte er und kam ohne Umschweife zur Sache: »Ich hätte gern bessere Neuigkeiten für Sie, aber das CT ist ziemlich eindeutig.« Er holte Luft. Dann fragte er in einem weit weniger unpersönlichen Ton: »Verstehen Sie unser Fachchinesisch?«

»Einigermaßen«, antwortete Brunetti.

»Am schlimmsten betroffen ist das Scheitelbein, eine schwere Fraktur, die er sich beim Aufschlagen auf das Geländer oder auf das Pflaster zugezogen hat. Dies hatte ein Subduralhämatom zur Folge. Bis das Gehirn das Blut absorbiert hat, wird sein Zustand sich nicht ändern.«

Was sollte Brunetti darauf antworten? »Haben Sie mit seiner Frau gesprochen?«, fragte er schließlich.

»Ja, das habe ich.«

»Und?«

»Sie hört, was ich sage, realisiert aber nicht, was es bedeutet oder was die möglichen Konsequenzen sind«, erklärte der Arzt. »Ich nehme an, solche Reaktionen sind Ihnen nicht unvertraut, Commissario.«

»Das stimmt, leider.«

Stampini erkundigte sich, langsamer sprechend und mit Wärme in der Stimme: »Haben Sie sie gesprochen?«

»Nein, Dottore. Ich habe ihr eine Nachricht auf Band hinterlassen. Ich hoffe, sie ist mittlerweile zu Hause.«

Stampini widersprach sofort: »Ich glaube, sie ist noch hier. Sie sagte mir heute Morgen, sie habe mit ihrer Schwester telefoniert, die Kinder seien vorläufig dort untergebracht.«

»Hat jemand sie im Krankenhaus besucht?«, fragte Brunetti.

»Nicht dass ich wüsste.«

»Was schlagen Sie vor, Dottore?«

»Ich hielte es für das Beste, wenn jemand sie nach Hause bringen würde. Sie braucht Ruhe, sollte in vertrauter Umgebung sein. Hier zu bleiben ist sinnlos.« Und dann bemerkte er noch: »Sie hat mir gesagt, dass Sie sehr freundlich zu ihr waren.«

Brunetti, der Professoressa Crosera gegenüber doch sehr bestimmt aufgetreten war, fragte überrascht: »Was wollen Sie damit sagen, Dottore?«

Stampinis Reaktion war am Telefon schwer zu deuten: Lachte oder stöhnte er? »Nun ja, ich denke, Ihnen könnte es gelingen, sie zu überreden, jetzt erst einmal nach Hause zu gehen. Er wird nicht aufwachen«, sagte der Arzt, fügte jedoch rasch hinzu: »Jedenfalls nicht so bald. Sie sollte nach Hause gehen, oder zu ihrer Schwester und ihren Kindern. Was auch immer. Hauptsache, weg von hier.«

Brunetti dachte darüber nach. »Sind Sie noch länger da?«, fragte er schließlich.

»Den ganzen Vormittag, mindestens bis zwölf«, antwortete der Arzt knapp. Doch dann fügte er noch hinzu: »Sie ist eine gute Frau, Commissario.«

»Ich komme so bald wie möglich«, sagte Brunetti und legte auf.

Er rief Griffoni auf ihrem Handy an und fragte gar nicht erst, wo sie war, sondern erklärte, er sei noch in der Questura, wolle aber wieder ins Krankenhaus. Am liebsten hätte er sie gebeten, sich dort mit ihm zu treffen. Von Frau zu Frau wäre es vielleicht einfacher, Professoressa Crosera zu überreden, das Krankenhaus zu verlassen. Andererseits war es gut möglich, dass ihr die Einmischung einer Dritten nicht gefallen würde. Und so erklärte er Griffoni lediglich, er habe den Namen des Mannes ausfindig gemacht, der vor dem Albertini Drogen verkaufe, und an Signorina Elettra weitergeleitet. Er fügte hinzu, er werde so bald wie möglich in die Questura zurückkommen, beendete das Gespräch und machte sich auf den Weg zum Krankenhaus.

Dort ging er direkt zur Neurologie, wo eine Schwester, die er noch nie gesehen hatte, ihm schnippisch mitteilte, Besuchszeit sei erst ab drei. Erst nachdem er sich als Polizist vorstellte, der Signor Gasparinis Frau zu sprechen wünsche, gab sie ihm, nicht mehr ganz so barsch, den Weg in die Station frei.

Er ging den Korridor hinunter und klopfte leise bei Gasparini an. Da niemand antwortete, öffnete er die Tür und spähte hinein. Gasparini lag genau so da wie beim letzten Mal. Seine Frau saß wie gestern auf einem Stuhl neben dem Bett, war aber vornüber auf die Matratze gesunken, Brunetti sah von ihr nur den Rücken.

Sie schlief; ihre rechte Hand hielt die linke ihres Mannes, ihr Kopf ruhte an seiner Hüfte. Brunetti zog sich zurück, schloss die Tür und klopfte erneut an, diesmal sehr viel lauter, wartete und klopfte noch einmal.

Augenblicke später riss die Professoressa die Tür auf und starrte ihn erschrocken und zornig an. Sie drängte ihn zur Seite, trat heraus, zog die Tür hinter sich zu und fragte heiser vor Erschöpfung: »Was soll das? Wollen Sie ihn aufwecken?«

Brunetti wich einen Schritt zurück, antwortete nichts, sondern wartete, bis sie selber merkte, was sie da gesagt hatte. »Wenn er doch nur aufwachen würde, Signora«, sagte Brunetti schließlich mit ruhiger Stimme.

Ihr Gesicht wurde aschfahl. Sie wich einen Schritt zurück, verlor das Gleichgewicht und plumpste laut vernehmlich gegen die Tür.

»Ich möchte Sie nach Hause bringen, Signora«, sagte er. »Dottor Stampini hat mir erzählt, die Kinder seien bei Ihrer Schwester. Kommen Sie bitte mit; essen Sie etwas, und lassen Sie auch Ihre Kinder nach Hause kommen. Und dann überlegen Sie in Ruhe, was zu tun ist.«

»Ich kann überhaupt nichts tun«, platzte sie heraus; es sollte hart klingen, aber das misslang. Ihre Verzweiflung war nackter Angst gewichen.

Brunetti wusste, er konnte ihr keinen Trost bieten. »Sie können Ihren Kindern etwas zu essen machen, um ihnen Halt zu geben und ihnen zu zeigen, das Leben geht weiter.« Er ließ ihr keine Gelegenheit zu protestieren. »Die Kinder brauchen das, Signora. Ihr Vater ist zwar krank und im Krankenhaus, aber für sie muss es weitergehen, so gut das eben möglich ist.« Wieder setzte sie zu einem Einwand an, wieder ließ er sie nicht zu Wort kommen. »Auch wenn sie Teenager sind, sie sind immer noch Kinder.«

Dann hielt er inne. Er beobachtete, wie sie auf seine Worte reagierte. Professoressa Crosera hob eine Hand, ließ sie sinken, zuckte mutlos mit den Schultern und sagte: »Mag sein.« Sie machte auf dem Absatz kehrt, ging ins Zimmer zurück und ließ die Tür hinter sich für ihn auf.

Gasparinis Lage war unverändert, nur die Ringe unter seinen Augen, besonders unter dem linken, waren noch dunkler geworden.

Professoressa Crosera ging an das Bett, beugte sich über ihren Mann und zog ihm die Decke über die Brust, obwohl es in dem Zimmer fast unerträglich warm war. Sie legte ihrem Mann zärtlich eine Hand an die Wange, als sei es früh am Morgen bei ihnen zu Hause und sie wollte ihn noch ein wenig schlafen lassen, während sie Kaffee machte oder die Morgenzeitung holte, die er so gern im Bett las.

Sie nahm Mantel und Handtasche und ging zu Brunetti. »Schnell, bevor ich es mir anders überlege«, sagte sie und trat rasch auf den Korridor hinaus.

Offenbar meinte die Sonne es gut mit ihnen: Der Campo war in helles Licht getaucht. Brunetti knöpfte automatisch seinen Mantel auf.

Er wandte sich nach rechts und ging über die Brücke. »Wo genau wohnen Sie?«, fragte er.

»In der Nähe von San Stae«, sagte sie. »Ich würde gern ein wenig laufen.«

Er nickte, doch sie sah nur starr geradeaus. Ohnedies gab es nur einen einzigen Weg. Als sie am Ponte dei Giocattoli anlangten, fragte Professoressa Crosera: »Erinnern Sie sich noch an das Spielzeuggeschäft?«

Und ob er sich erinnerte: Seine Kinder hatten es schon früh entdeckt und wollten, wann immer die Brunettis daran vorbeigekommen waren, »nur mal gucken«. Der Laden war längst verschwunden, zusammen mit allen anderen Spielzeuggeschäften. Stattdessen gab es Touristenkrempel, nutzloses Spielzeug für größere Kinder, alles *made in China* und alles als echt venezianisch maskiert. »Da waren meine Kinder sehr gern«, sagte er.

»Meine auch.«

Als sie am neu renovierten Ballarin vorbeikamen, fragte Brunetti gar nicht erst, sondern ging einfach mit ihr hinein. »Was möchten Sie?«

»Einen Macchiatone und eine Brioche, bitte.« Und als erwache Professoressa Crosera aus einem Traum, fügte sie noch hinzu: »Und ein Glas Wasser.«

Er bestellte. Bald standen Kaffee und Brioche auf dem Tresen, daneben ein Glas Wasser, das Professoressa Crosera sofort durstig austrank. An ihrem Kaffee nippte sie nur, aber die Brioche verschlang sie im Handumdrehen. Brunetti zahlte, dann gingen sie wieder hinaus.

In der kurzen Zeit, die sie in der Bar gewesen waren, hatte sich die *calle* gefüllt wie früher nur zu Weihnachten. Die Menschenmassen drängten Brunetti und die Professoressa zusammen, bis er sich mit dem Ellbogen Platz genug verschaffte, um ein wenig von ihr abzurücken. Weiter ging es über eine Brücke und an der Stirnseite des Fondaco vorbei, wo Scharen von Chinesen ihrem neuen Tempel, einem ultramodernen Einkaufszentrum, ihren täglichen, zum Ritual gewordenen Besuch abstatteten.

Brunetti biss die Zähne zusammen, wandte sich Richtung Canal Grande und schwenkte nach links auf die *riva* ein, die Professoressa im Schlepptau. Rechterhand erhob sich die Rialto-Brücke, die sie wie auf einer Rolltreppe überquerten, eingeschlossen von den Leuten vor und hinter sich, unmöglich stehen zu bleiben, unmöglich schneller zu gehen als der Langsamste vor ihnen, unmöglich haltzumachen, wenn man nicht von den Nachdrängenden niedergetrampelt werden wollte.

Unten angekommen, nahm sie seinen Arm und zog ihn nach rechts. »Bringen Sie mich hier weg, bitte«, sagte sie. Brunetti eilte zehn Schritte geradeaus und bog dann scharf auf den Campo vor San Giacomo ein.

Vor der Stelle, von der aus durch eine Lücke zwischen den Gebäuden ein Stück des Kanals zu sehen war, blieb er stehen. Professoressa Crosera ging auf das Wasser zu, und er folgte ihr. Zwei Meter vor dem Kanal, gegenüber der Rückseite des Fondaco, in dem früher einmal das Postamt gewesen war, machten sie halt.

»Bei diesem Anblick fühle ich mich als Venezianerin, nicht als Architektin«, sagte sie.

»Gefällt Ihnen, wie man es umgebaut hat?«, fragte Brunetti. Er hatte sich das neugestaltete Gebäude einmal von innen angesehen, die Geschäfte und die Dachterrasse, von der aus sich ein Blick auf die Stadt bot, wie er ihn selten genossen hatte: ringsum nichts als Schönheit im Überfluss, absolut perfekt.

»Immerhin wurde das Gebäude nicht schlecht instandgesetzt«, sagte sie. »Aber das Ergebnis gefällt mir nicht.«

»Inwiefern?«, fragte Brunetti, nicht nur, um sie in die Normalität zurückzuholen, sondern auch aus aufrichtigem Interesse an ihrer Meinung.

»Es ist nur die teure Variante der Läden rund um San Marco, wo es billige Masken und Glasbläserei aus China zu kaufen gibt.«

Brunetti war ganz ihrer Meinung, doch neugierig, wie sie ihre Ansicht begründen würde. »Was verbindet denn beide Orte?«, fragte er.

»Weder hier noch da gibt es etwas für uns Venezianer

zu kaufen. Olivenöl für fünfzehn Euro den halben Liter? Schuhe für siebenhundert? Der Kaffee doppelt so teuer wie üblich, wer will das schon? Und welcher Venezianer kauft einen Glaselefanten oder eine Plastikmaske?«

Dieses Argument war ihm wohlvertraut. »Paola«, bemerkte er, »fragt mich oft: ›Und wo kann ich einen Reißverschluss kaufen?‹«

Sie fuhr zu ihm herum und fragte schockiert: »Paola *näht*?«

Brunetti lächelte: »Du liebe Zeit, nein. Sie nimmt das als Metonymie für alles, was Einheimische brauchen und kaufen, im Gegensatz zu Touristen. Reißverschlüsse, Unterwäsche, Kartoffelschäler.« Und wie ein Motor, der ein letztes Mal fehlzündet, fügte er hinzu: »Zwirn.«

Sie trat einen Schritt von ihm zurück und sah ihm ins Gesicht.

»Was ist los?«, fragte Brunetti, der hoffte, nichts Falsches gesagt zu haben.

»Ein Polizist, der das Wort ›Metonymie‹ verwendet«, meinte sie kopfschüttelnd. »Kein Wunder, dass Paola Sie geheiratet hat.« Sie wandte sich um und ging weiter Richtung Rialto-Markt. So unter der Woche kamen sie relativ bequem durch. Brunetti bemerkte viele leere Stellen, wo früher Obst- und Gemüsestände gewesen waren; von den Fischhändlern war auch nur noch die Hälfte übrig.

Sie ließen den Markt hinter sich, gingen am Wasser entlang, dann in die Calle dei Botteri und über zwei weitere Brücken, bis die Professoressa schließlich vor einem Haus stehen blieb. Sie nahm ihre Schlüssel aus der Handtasche, öffnete die Tür und stieg vor Brunetti die Treppe hinauf.

Im obersten Stockwerk angekommen, öffnete sie die Wohnungstür. Er folgte ihr hinein. Durch eine enge Diele ging es in ein großes Wohnzimmer mit zwei bequemen Sofas und einem phantastischen Blick, nicht nur auf Rialto, sondern auch bis weit in die Ferne, wo der Campanile von San Francesco della Vigna zu erkennen war. Sie zog ihren Mantel aus, warf ihn über die Sofalehne und setzte sich am äußeren Ende.

An der Wand hinter dem größeren Sofa bemerkte Brunetti vier Schwarzweißfotos, auf denen Hunderte, wenn nicht Tausende winzige, in parallelen Geraden angeordnete Pünktchen zu sehen waren. Neugierig trat er näher an die Fotos heran und erkannte, dass es sich, wie vermutet, um Aufnahmen aus Salgados Serie mit Arbeitern in einer Goldmine handelte, irgendwo in Südamerika. Er drehte sich zu Professoressa Crosera um. Sie saß vornübergebeugt, die Hände zwischen den Knien, und starrte zu Boden. Schließlich richtete sie sich auf und sah ihn an.

Brunetti, dem plötzlich nicht wohl bei der Sache war, ging ihre Handtasche holen, die sie neben der Tür abgestellt hatte, reichte sie ihr und sagte: »Vielleicht hilft es, wenn Sie Ihre Schwester anrufen, Signora, und ihr sagen, dass Sie zu Hause sind.« Damit verzog er sich an das am weitesten entfernte Fenster und betrachtete die Gebäude und Türme in der Ferne. Hinter ihm telefonierte die Professoressa, und obwohl sie leise sprach, hörte er jedes Wort.

Das Fenster zu seiner Rechten diente als Tür zu einer kleinen Terrasse; er trat hinaus und zog die Tür hinter sich zu. Jetzt war ihre Stimme nicht mehr zu hören. Rechts sah er den Campanile di San Marco, eingeklemmt zwischen zwei Wolken, aus diesem Blickwinkel riesige Kissen, die den Turm stützten. Er wandte den Blick noch weiter nach rechts und spielte eins seiner ältesten Spiele: »Rate mal, welche Kirche das ist?« Er konnte sich mit niemandem austauschen, da er allein war, aber immerhin war der schiefe Turm dort hinten eindeutig als der von Santo Stefano zu erkennen.

Genau in dem Moment, als er sich umdrehte, legte Professoressa Crosera ihr Handy in die Handtasche zurück und sah zu ihm. Er ging wieder hinein. Das Gespräch mit ihrer Schwester hatte sie beruhigt, das war ihr deutlich anzumerken. »Signora, früher oder später werden wir im Fall Ihres Mannes offizielle Ermittlungen einleiten.«

»Was soll das bringen?«, fragte sie.

»Ihrem Mann leider sehr wenig«, sagte er, um ihr nichts vorzumachen. Dann mit Nachdruck: »Ich möchte denjenigen finden, der das getan hat.«

»Wer sollte davon etwas haben?«, fragte sie.

»Es könnte verhindern, dass er es noch einmal tut«, sagte Brunetti.

»Hört es sich grausam an, wenn ich sage, dass sich für meinen Mann dadurch wenig ändern würde? Oder für mich?«, versetzte sie mit einem Lächeln, das zum Traurigsten gehörte, was Brunetti jemals gesehen hatte.

»Grausam nicht, Signora, nein. Aber ich bitte nicht Ihren Mann, sondern Sie um die Entscheidung.«

»Entscheidung?«, fragte sie aufrichtig überrascht.

»Dass wir Ihnen und Ihren Freunden Fragen stellen dürfen«, sagte er. Ihren Sohn zu erwähnen wagte er nicht. »Gibt es irgendetwas, von dem Sie oder andere vielleicht denken, es könnte mit dem zu tun haben, was Ihrem Mann angetan wurde?«

»Ich habe Ihnen von den Sorgen um meinen Sohn erzählt«, sagte sie.

»Ja«, bestätigte Brunetti. »Hat sonst noch etwas Ihrem Mann Sorgen gemacht?«

Darüber dachte sie schier endlos nach. »Das Alter«, antwortete sie schließlich. »Ob seine Firma die Wirtschaftskrise übersteht, der Klimawandel, sein Bauch, was unsere Tochter und ihr Freund miteinander treiben.«

Da er lächelte, fragte sie: »Habe ich was Komisches gesagt?«

»Nein, es war nur wie ein Blick in den Spiegel: Genau das sind auch meine Sorgen«, sagte er. »Hinzu kommt bisweilen noch Ärger mit meinem Chef.«

»Und weiter?«, schlug sie kühl sein Angebot aus, sich ein wenig entspannter zu unterhalten.

»Sie meinen, was ich sonst noch unternehmen möchte?«

»Ja.«

»Ich würde mir gern seine Sachen ansehen. Sein Arbeitszimmer, falls er eins hat«, erklärte Brunetti, noch immer darauf bedacht, den Sohn aus dem Spiel zu lassen.

Sie nickte, doch ob das bedeutete, ihr Mann habe ein Arbeitszimmer oder Brunetti dürfe es sich ansehen, war nicht zu ergründen. Vielleicht bestätigte sie auch nur, dass sie sein Ansinnen verstanden hatte. In der Hoffnung, es sei die Erlaubnis, sagte er: »Ich möchte das jetzt tun.« Und angesichts ihres Zögerns spielte er seine Trumpfkarte aus: das Wohlergehen ihres Sohns. Wenige Mütter konnten der Macht dieses Appells widerstehen.

Sie sah auf die Uhr, doch noch ehe sie etwas antworten konnte, hörte man die Wohnungstür aufgehen und dann ein Krachen, mit dem sie gegen die Wand schlug. Professoressa Crosera sprang erschrocken auf, und Brunetti fuhr herum, gespannt, wer da gekommen war.

Zwei Teenager stürmten über die Schwelle, beide etwa gleich groß, der Junge aber eindeutig jünger als seine Schwester. Er trug Jeans, die ihm lose um die Hüften hingen, eine braune Lederjacke und ein Paar noch fast neue Stan Smiths. Sein Hinterkopf war bis auf Höhe der Brauen kurzrasiert, das Deckhaar darüber war lang. Er hatte die dunklen Augen seiner Mutter, und so dünn er ansonsten auch war, sein rundes Gesicht hatte noch Spuren von Babyspeck, sein Kinn war noch kaum ausgeprägt.

Dann sah er Brunetti und erstarrte; sein Blick schoss unsicher zwischen seiner Mutter und dem Commissario hin und her, offenbar bekamen sie selten Besuch. »Wer ist das?«, fragte er mit unverhohlen drohender Miene.

Das Mädchen, eine jüngere Version der Mutter, warf ihm einen tadelnden Blick zu. »Sandro«, sagte sie streng.

Der Junge sah zu seiner Schwester, schwankend zwischen Empörung und Zerknirschtheit. »Ich habe nur gefragt, wer das ist«, verteidigte er sich kleinlaut.

Brunetti erklärte lächelnd: »Ich bin Guido Brunetti. Eure Mutter hat mich gebeten, sie vom Krankenhaus hierher zu begleiten.« Und zur Professoressa gewandt: »Wenn ich sonst noch etwas tun kann, rufen Sie bitte Paola an.« Den Kindern erklärte er: »Das ist meine Frau. Sie und eure Mutter sind Kolleginnen an der Universität.«

Er ging zur Tür und blieb vor den beiden stehen. »Eure Mutter war die ganze Zeit bei eurem Vater im Krankenhaus und hat noch nichts gegessen. Ob ihr euch ein wenig um sie kümmern könntet? Ihr vielleicht beim Essenmachen helft?«

»Was hat er?«, fragte der Junge angespannt.

Brunetti sah zur Mutter des Jungen, die nun endlich den Mund aufbekam: »Die Ärzte sagen, ihr könnt *papà* morgen besuchen. Bis dahin darf niemand außer mir zu ihm.«

Der Junge wollte antworten, doch ihm versagte die Stimme, es kam nur ein leises Stöhnen heraus. Schließlich fragte er: »Wird er sterben?«

Seine Mutter sprang auf, lief zu ihm und nahm ihn in die Arme. »Sei nicht dumm, Sandro. Ihm stehen zwei Schwestern und der beste Arzt im Krankenhaus zur Seite. Du und Aurelia könnt ihn morgen besuchen.« Brunetti hörte ihr an, wie mühsam sie um Fassung rang, und hoffte, der Junge bekäme das nicht mit. »So ist es doch, oder?«, fragte sie den Commissario.

»Natürlich dürfen sie ihn besuchen, wenn Dottor Stampini nichts dagegen hat.« Brunetti nickte der Frau zu und nutzte die Gelegenheit zu gehen. An der Wohnungstür hörte er hinter sich jemanden dreimal abgrundtief schluchzen, sah aber aus Taktgefühl nicht nach, wer von den dreien es gewesen war.

14

Zurück an der frischen Luft, spürte Brunetti, dass der Tag noch nicht gemeinsame Sache mit dem Winter machte, sondern sich auf die Seite des Frühherbsts geschlagen hatte. Mittags, am Campo San Cassiano, begann er unter seiner Jacke zu schwitzen. Er wollte schon den Mantel ausziehen, doch als er sich vergegenwärtigte, dass der Weg nach Hause fast nur durch schattige Gassen führte, knöpfte er ihn bloß auf und drehte sein Gesicht der Sonne entgegen wie eine in der Nachsaison erblühte Sonnenblume.

Wäre die Sonne ein guter Freund, der sich anschickte, für drei Monate auf Urlaub zu gehen, hätte Brunetti ihm gesagt, er werde ihn vermissen, beglückwünsche ihn aber zu der Entscheidung, die Wintermonate weit weg in Argentinien oder Neuseeland, am Meer und im Warmen zu verbringen. Als er in die Ruga Vecchia San Giovanni kam, stellte sich heraus, dass er mit seinem Verdacht recht gehabt hatte, und er knöpfte den Mantel für den Rest seines Weges wieder zu.

Der Gedanke an Gianluca Fornari verfolgte Brunetti bis zur Haustür. Auf dem ersten Treppenabsatz nahm er sein Handy und rief Signorina Elettra an.

»Commissario«, sagte sie so erfreut, als habe sie schon die ganze Zeit auf seinen Anruf gewartet. »Signor Fornari ist bei uns schon lange aktenkundig. Seit er achtzehn ist, um genau zu sein.« Ehe Brunetti verwundert nachhaken konnte, wie ein polizeibekannter Mann bis zur Volljährigkeit eine weiße Weste gehabt haben sollte, sagte sie bereits: »Er hat auch eine Akte beim Jugendamt, aber dort wollte ich nicht schon wieder anfragen, nachdem ich mich eben erst wegen Alessandro Gasparini umgesehen hatte.«

Aha, »umgesehen« nannte sie das jetzt! Brunetti ließ den Gedanken fallen und stellte einen Fuß darauf. »Und seine Akte bei uns?«, fragte er.

»Er hat von den letzten zwanzig Jahren elf auf Staatskosten logiert.« Sie stöhnte leise auf, als recke sie sich nach etwas knapp außer Reichweite. »Ah, hier haben wir's. Fünf Jahre für eine Serie von Raubüberfällen in Mestre und Marghera – vom zwanzigsten bis zum fünfundzwanzigsten Lebensjahr –, dann noch mal drei – von neunundzwanzig bis zweiunddreißig – für den Verkauf von Drogen an Minderjährige in Padua.«

Brunetti hörte sie umblättern. »Dann mit vierunddreißig, wieder wegen Drogenhandel. Vor anderthalb Jahren entlassen.«

»Und seither?«

»Gearbeitet hat er offenbar nicht. Jedenfalls hat er in diesen Jahren keine Steuern gezahlt«, sagte sie. Wie aus dem Mund der meisten heutzutage klang es beinahe anerkennend, auch wenn Brunetti bei Signorina Elettra nie so genau wusste, was sie dachte.

Er überlegte, was Signorina Elettra getan haben musste, um an diese Information zu gelangen, und konnte nur staunen: Sogar dort kam sie hinein. »Und seitdem ist er nicht mehr mit dem Gesetz in Konflikt geraten?«, fragte er ruhig.

»Nein. Ich habe mich bei den *vigili urbani* erkundigt, ob sie Kontakt mit ihm hatten. Einige erinnerten sich von früher an ihn, aber seit langer Zeit hat keiner mit ihm zu tun gehabt oder ihn auch nur gesehen.« Dann fiel ihr noch ein: »Einer meinte, er sei verheiratet, mit einer anständigen Frau. Keine Kinder.«

»Und jetzt verkauft er Drogen an die Schüler des Albertini?« Brunetti hatte keinen Zweifel, dass Manricos Information der Wahrheit entsprach.

»Keine Ahnung, Dottore«, sagte sie. »Warten wir ab, was ich sonst noch finde.« Er wollte schon auflegen, als sie hinzufügte: »Ich habe ihre Telefonprotokolle gecheckt; er und Gasparini haben nicht miteinander telefoniert.«

Mittlerweile vor seiner Wohnungstür angekommen, dankte Brunetti ihr für ihre Arbeit. »Ich komme gegen drei«, fügte er noch hinzu und verabschiedete sich.

Er steckte das Handy ein, nahm seine Schlüssel und öffnete die Tür. Mit sicherem Instinkt registrierte er, dass niemand zu Hause war. Und da erinnerte er sich wieder: Der Vorsitzende von Paolas Fakultät hatte sie gebeten – »angefleht«, so ihre Worte –, an einem Vorstellungsgespräch teilzunehmen; Raffi war beim Basketball, und Chiara besichtigte mit ihrem Kunstgeschichtekurs die Restaurationswerkstatt in der Galleria dell'Accademia. Paola bekam zur Belohnung für ihren Einsatz bestimmt einen teuren Lunch spendiert, auch die Kinder hatten ihren Spaß, und ihm blieb nichts anderes übrig, als im Kühlschrank nach Resten zu suchen und allein zu essen, nur die Zeitung als Gesellschaft, falls Paola die nicht mitgenommen hatte, um sie während des Bewerbungsgesprächs zu lesen. »Hör auf zu jammern, Guido Brunetti«, rief er sich zur Ordnung.

Er ging in die Küche, sah im Kühlschrank nach und fand einen zugedeckten Topf und im Fach darunter einen in Alufolie eingeschlagenen Teller. Er trug beides zur Anrichte und spähte in den Topf. Selleriecremesuppe. An der Folie klebte ein Zettel: »Du kannst sie auch kalt essen.« Unter der Folie kamen in Speck gewickelte Kalbfleischröllchen zum Vorschein.

Er drehte den Backofen an und schob den Teller hinein, setzte den Topf auf den Herd und stellte ihn auf mittlere Hitze. Dann kamen eine Schale und ein Glas auf den Tisch. Bis die Suppe heiß war, wollte er *Antigone* weiterlesen, die er am Abend zuvor im Schlafzimmer hatte liegen lassen.

Er legte das Buch aufgeschlagen auf den Küchentisch und beschwerte es mit einem Servierlöffel und einem kleinen Teller vom Abtropfständer. Dann rührte er mit einem anderen Löffel die Suppe um und leckte ihn vorsichtig ab, um zu testen, wie heiß sie war.

Er schnitt ein Stück Brot ab, sah noch einmal in den Kühlschrank und unterdrückte seine Enttäuschung, als dort kein Salat für ihn bereitstand. Er rührte noch einmal die Suppe um, füllte ein Glas aus dem Wasserhahn – nicht wegen Chiaras Umweltpredigten, sondern weil er zu faul war, eine Flasche Mineralwasser aufzumachen – und setzte sich an den Tisch.

Brunetti las dort weiter, wo er am Abend zuvor aufgehört hatte. Sein Blick fiel auf einen Satz, den er vor Jahrzehnten, noch als Schüler, unterstrichen hatte. Es spricht Ismene, die bedächtige, vorsichtige, ja unterwürfige Ismene: »Ich muss den Mächtigen gehorchen.« Gedankenverloren schaute er ins Leere: Offenbar hatte er sich schon als Achtzehnjähriger Gedanken gemacht über Macht und darüber, wie man sie ausüben sollte.

Irgendetwas roch angebrannt, doch seine Phantasie gaukelte ihm wohl lediglich den Geruch des Scheiterhaufens vor, auf dem der Leichnam des treuen Eteokles mit allen Ehren bestattet wurde, während sich die Aasfresser über den Leichnam seines rebellischen Bruders hermachten.

Immer noch dieser Geruch. Er drehte sich um und sah Dampf aus dem Topf aufsteigen. Mit einem leisen *»Oddio«* sprang er auf, nahm den Topf vom Herd, stellte ihn auf die marmorne Anrichte und konnte nur hoffen, dass nichts eingebrannt war.

Er füllte Suppe in die Schale, neigte den Topf, um zu sehen, ob sich am Boden etwas angesetzt hatte. Doch offenbar hatte er noch mal Glück gehabt. Also kratzte er den Rest heraus und tat ihn in die Schale. Er trank einen Schluck Wasser, stellte das Glas auf dem Tisch ab und ließ die Suppe erst einmal etwas abkühlen, während er weiterlas.

Und jetzt Kreon, der den Mund vollnahm wie alle Mächtigen: Wie gern sie sich reden hören, und wie gern sie es haben, wenn ihresgleichen große Töne spuckt. Schlichte Gemüter, schlichte Vorstellungen, schlichte Befehle. »Macht euch niemals mit denen gemein, die meine Anweisungen missachten«, gebietet der König, und der Chor stimmt sogleich übereifrig zu: »Niemals. Nur ein Narr ist in den Tod verliebt.«

Nachdem der Bote berichtet hat, dass dennoch der Leichnam notdürftig bestattet worden sei, greift Kreon zur schärfsten Waffe des Tyrannen: Sarkasmus. »Seit wann stehen die Götter Verrätern bei?«

Brunetti nahm eine Quittung von Rosa Salva aus der Tasche, legte sie zwischen die Seiten und klappte das Buch zu. Wenn er weiterlas, würde er der Mahlzeit nicht genügend Beachtung schenken, also schob er lieber das Buch zur Seite und begann zu essen. Er wünschte nur, Paola hätte ihm den *Gazzettino* dagelassen; dessen grobschlächtige Tatsachenberichte über Tod und Elend beunruhigten ihn längst nicht so sehr wie die Geschichten, die der Phantasie und Vorstellungskraft von Sophokles entsprungen waren.

Zurück in der Questura, fragte er zur Sicherheit nochmals nach Vianello, doch den hatte niemand gesehen. Griffoni war noch nicht vom Lunch zurück.

Auf der Treppe zu seinem Büro überlegte Brunetti, wie man es anstellen könnte, Drogen an Schüler zu verkaufen, ohne dass die Polizei dahinterkam. Die besten Ideen kamen ihm immer am Fenster; er schaute auf die Fassade von San Lorenzo hinaus und spielte verschiedene Möglichkeiten durch. Fornari könnte einen Schüler als Verkäufer arbeiten lassen, aber damit wäre seine Schuld nicht weniger schwer, es würde sich eher noch strafverschärfend auswirken, sollte der Schüler geschnappt werden. Außerdem würde Fornari den Profit mit irgendwem teilen müssen, woran ihm bestimmt nichts lag. Entscheidend war, den direkten Kontakt zwischen ihm und seinen Kunden so weit wie möglich einzuschränken. Solange er einem Minderjährigen die Drogen nicht selbst in die Hand legte, konnte von einem schweren Verbrechen kaum die Rede sein. Also brauchte er ein Depot für die Drogen und eine zuverlässige Person, die sich um die Verteilung kümmerte.

Sobald die Schüler wussten, wo es die Drogen gab, mussten sie nur noch dort hingehen und bezahlen, schon bekamen sie die Ware ausgehändigt. In zehn Jahren würden Drogen womöglich mit Drohnen ausgeliefert, überlegte Brunetti, gar nicht mal ein so abwegiger Gedanke.

Er erinnerte sich an eine Freundin seiner Mutter, eine Klatschbase sondergleichen, die ständig ihre Nase in anderer Leute Töpfe steckte. Immer wenn seine Mutter sie vorbeigehen sah, erklärte sie ihrem Sohn mit einer für sie typischen Wortschöpfung: *»curiosare«* – damit sei die Frau mal wieder beschäftigt. Was hätte nicht alles aus seiner Mutter werden können, wäre es ihr möglich gewesen, länger als vier Jahre zur Schule zu gehen! Niemand, nicht einmal Paola, wusste, wie sehr sie ihm immer noch fehlte.

Ohne klare Vorstellung davon, wie der Drogenhandel am Albertini unbemerkt ablaufen könnte, blieb ihm offenbar nichts anderes übrig, als *»curiosare«* auszuprobieren.

Es klopfte an der Tür. *»Avanti«*, rief er. Vianello trat ein und machte die Tür hinter sich zu. Mit breitem Grinsen griff er nach einem der Stühle vor Brunettis Schreibtisch und setzte sich.

Brunetti nahm hinter dem Schreibtisch Platz. Vianello schwieg. »Also schön, Lorenzo«, bemerkte Brunetti schließlich. »Hör auf zu grinsen und erzähl mir, was passiert ist.«

Der Ispettore lehnte sich zurück, streckte die Beine aus, legte die Knöchel übereinander und betrachtete die Spitzen seiner Schuhe.

»Willst du dich nur aufplustern, oder hast du mir was zu sagen?«, fragte Brunetti in gespielter Verzweiflung.

Vianellos Grinsen verflüchtigte sich. »Ich war heute Morgen schon ein Weilchen vor der Vernehmung da. Pastore wollte mir vorher noch ein paar Dinge zeigen, die sie in der Wohnung des Diebs sichergestellt hatten.«

Brunetti verschränkte die Arme vor der Brust und rutschte unruhig auf seinem Stuhl herum.

»Schon gut, schon gut«, sagte Vianello besänftigend. Er zog einen Umschlag aus der Innentasche seiner Jacke, legte ihn vor Brunetti auf den Tisch und wies mit theatralischer Geste darauf. »Sieh dir das an.«

Brunetti spähte in den Umschlag, nahm drei Blatt Papier heraus, entfaltete sie und legte sie nebeneinander vor sich hin. Offenbar handelte es sich um Abbildungen von Gemälden, drei Porträts: das erste eine Frau, über die ein schwarzer Diener einen roten Schirm hielt; das zweite eine, deren Augen verschieden groß waren; und schließlich eine sehr kräftig gebaute Nackte, die sich mit einem Handtuch die Füße trocknete. »Bordonis«, sagte Brunetti, der alle drei sofort erkannte. »Der Mann, der heute vernommen wurde, hatte das in seiner Wohnung?«

»Ja.«

Brunetti rieb mit dem Fingerknöchel an den Papierbögen und fragte: »Hatte er nur diese Fotokopien oder auch die Fotos?«

»Nur die Fotokopien«, antwortete Vianello.

»Und die Bilder?«

Vianello schüttelte den Kopf. »In seiner Wohnung war alles Mögliche, nur keine Gemälde.«

»Was denn noch?«

»Fotos von anderen Bildern. Außerdem hatte er mehrere Uhren, Schmuck, Messingfigürchen aus der Renaissance, eine kleine römische Götterstatue, eine Iznik-Fliese und etwa zwölftausend Dollar. In Scheinen.«

»Irgendetwas davon als gestohlen gemeldet?«

»Die Eigentümer der Fliese und die von vier Uhren hat man gefunden. Gerade werden die Akten danach durchforstet, ob noch etwas als gestohlen gemeldet wurde.«

Brunetti nickte. »Also ein Profi.«

»Sieht ganz so aus.«

»Dass er Fotokopien dieser Gemälde besitzt, bedeutet entweder, dass er sie gestohlen, dann fotografiert und die Fotos kopiert hat ...«

»Um sie damit potentiellen Kunden zum Kauf anzubieten«, führte Vianello den Gedanken zu Ende.

»Oder dass er die Fotokopien von jemand anderem bekommen hat, damit er weiß, welche Bilder genau er stehlen soll«, schloss Brunetti seine Überlegung ab.

Vianello nickte. Sie saßen da und spielten die Sache in Gedanken durch.

»Was hat seine Frau dazu gesagt?«, fragte Brunetti.

»Nichts. Angeblich dachte sie, ihr Mann verkauft Feuerversicherungen«, sagte Vianello, ohne eine Miene zu verziehen.

»Feuerversicherungen?«, fragte Brunetti. »Hatte sie eine Erklärung für die Sachen in ihrem Haus?«

»Nein. Sie sagt, ihr Mann habe schon immer einen guten Geschmack gehabt.«

»Wer hat uns wegen der häuslichen Gewalt gerufen?«

»Die Nachbarn von gegenüber«, antwortete Vianello.

»Wie erklärt er die Gegenstände in der Wohnung?«, fragte Brunetti.

»Ein Teil davon war in einer Aktentasche, die er in einem Zug gefunden hat«, sagte Vianello trocken.

»Aber die hat er nicht abgegeben?«

»Er sagt, soweit er weiß, gibt es kein Gesetz, das ihn dazu verpflichtet.«

Brunetti ließ das so stehen. »Hatte er schon mal mit uns zu tun?«

»Er wurde siebenmal wegen Einbruchs festgenommen. Insgesamt sechs Jahre Gefängnis.«

»Hat man ihn wegen der Fotokopien befragt?«

»Ja. Er sagt, er wollte sie nicht wegwerfen, für den Fall, dass er doch noch den Eigentümer der Aktentasche findet. Dann könne er ihm alles zurückgeben.«

Brunetti war sprachlos. Erst nach einiger Zeit sagte er: »Verstehe. Sprichst du das hier an?« Er zeigte auf das Mädchen mit den ungleichen Augen.

»Morgen. Pastore überlässt ihn mir eine halbe Stunde, während ihrer Kaffeepause.«

»Lange Pause«, bemerkte Brunetti.

»Allerdings«, stimmte Vianello zu. »Ich werde aber auch eine Weile brauchen, bis er kapiert, dass er gut daran tut, sich mit uns zu einigen. Er sagt mir, wo er die Fotokopien herhat, und ich sage meinen Freunden, dass er mit uns kooperiert.«

Brunetti sah sich die Kopien noch einmal an. Das Porträt der Frau unter dem Schirm steckte in einem schlichten schwarzen Rahmen. Die Frau, die sich die Füße abtrocknete, war in einen goldenen, mit geschnitzten Rosetten verzierten Rahmen gefasst. Die Fotokopie des Bildes von der Frau mit den seltsamen Augen ließ erkennen, dass es ungerahmt war. Bei genauerem Hinsehen bemerkte er am Porträt der Nackten rechterhand einen senkrechten schwarzen Strich, der in kurzem Abstand an den Rosetten des Rahmens entlangführte und oben und unten darüber hinausragte. Die Frau mit den komischen Augen hatte den gleichen Strich am linken Bildrand.

Brunetti dachte lange nach. Dann nahm er die Frau unter dem Schirm und knickte an beiden Seiten einen Streifen um, so dass der schwarze Rahmen des Gemäldes den Rand der Kopie bildete. Die beiden anderen Kopien knickte er entlang dem schwarzen Strich. Dann legte er die Kanten an den schwarzen Rahmen des großen Bildes.

Nebeneinander ergaben sie eine Art Triptychon, der schwarze Rahmen des mittleren, größten Porträts jetzt gleich weit von den anderen beiden entfernt.

Brunetti sah zu Vianello. »Waren sie so in Bordonis Wohnung aufgehängt?«

Der Ispettore nickte lächelnd. »Du bist sehr schlau, Guido. Ich habe viel länger gebraucht, bis ich auf die Idee kam. Und außerdem habe ich mir von Bocchese das Foto von der ursprünglichen Hängung der Bilder zeigen lassen, das Dottor Bordoni uns gegeben hatte.«

»Es wurde also in Bordonis Wohnung vor dem Einbruch ein Foto gemacht?«

»Anzunehmen.«

Brunetti besah sich die Fotokopien noch einmal. In einem Haus, das so viele Kunstgegenstände und Gemälde beherbergte wie das von Bordoni, konnten so anschauliche Orientierungshilfen einem Dieb schon helfen, sich zurechtzufinden.

»Und was genau willst du ihm zum Tausch anbieten?«, fragte Brunetti.

»Genau wie ich dir gesagt habe, Guido: Er nennt mir den Namen der Person, die die Fotos gemacht hat, und dafür lege ich bei meinen Freunden ein gutes Wort für ihn ein.«

»Und deine Freunde sind damit einverstanden?«

Vianello richtete sich kerzengerade auf. »Das ist schon abgemacht. Sie werden dem Richter erzählen, dass er ein sehr hilfsbereiter Zeuge war.«

Brunetti lächelte. »Warum bittest du sie nicht gleich, dem Richter zu erzählen, er habe die Tasche möglicherweise tatsächlich im Zug gefunden?«

»Das hatte ich mir auch schon überlegt. Aber so weit wollten meine Freunde angesichts seiner Vorstrafen nun doch nicht gehen«, sagte Vianello mit leisem Bedauern in der Stimme.

15

Brunetti sah auf die Uhr. »Hast du jetzt was vor?«

»Nein.«

»Gut. Begleitest du mich zum Albertini?«

Vianello war schon aufgestanden.

»Ich möchte mir ansehen, was passiert, wenn die Kinder aus der Schule kommen«, erklärte Brunetti. »Chiara hat um fünf Uhr Schluss; die am Albertini also vielleicht auch.«

»In Ordnung. Ich hole meinen Mantel. Wir treffen uns unten«, sagte der Ispettore und ging.

Minuten später verließen sie die Questura und wandten sich wie ferngesteuert in Richtung der Schule an der Barbaria delle Tole, nicht weit vom Krankenhaus. Brunetti hatte in seiner Schulzeit dort mehr schlecht als recht Fußball gespielt, das wusste er noch, aber an seine Mitspieler konnte er sich nicht mehr erinnern.

Sie überquerten die Brücke vor dem Palazzo Cappello, hielten sich geradeaus, bogen einmal ab und gingen auf die Schule zu. »Worauf müssen wir achten?«, fragte Vianello. »Keine Ahnung, wie Drogenhändler heutzutage aussehen.«

Brunetti zuckte die Schultern. »Ich auch nicht. Fornari ist nicht mehr in Erscheinung getreten, seit er vor anderthalb Jahren aus dem Gefängnis entlassen wurde, und doch soll er hier für den Drogenhandel zuständig sein.« Er verlangsamte seine Schritte. »Was meinst du, wie lässt sich das erklären?«

Vianello blieb vor einem Laden stehen und betrachtete

die schlichte braune Vase im Schaufenster. »Je älter ich werde, desto mehr gefallen mir diese japanischen Sachen«, sagte er zu Brunettis Verblüffung.

»Warum?«

Vianello rieb sich nachdenklich die Unterlippe. »Die sind so unkompliziert, so schlicht.«

»Für Japaner vielleicht nicht.«

»Aber für venezianische Polizisten«, sagte Vianello. »Sieh mal«, er zeigte auf die Vase, »wie sie leuchtet. Als ob sie von einem inneren Licht erfüllt wäre.«

Da Brunetti nicht antwortete, stopfte Vianello die Hände in die Hosentaschen, wandte sich von dem Schaufenster ab und ging weiter. »Könnte sein, dass er den Job einem anderen übertragen hat«, fuhr Vianello fort, als habe der Blick ins Schaufenster ihn nicht abgelenkt. »Vielleicht hat er die Nase voll vom Gefängnis.«

»Sollte man meinen«, stimmte Brunetti zu. »Nach so vielen Jahren.« Viel mehr als die Zahl der Jahre, die Fornari inhaftiert gewesen war, hatte Signorina Elettra noch nicht über ihn herausfinden können.

Sie gelangten zu dem Schultor, das auf den Campo hinausging. Auf dem großen Schulhof war niemand; einziges Lebenszeichen war ein Border Collie, der hinten in einer Ecke Wache hielt, als habe er seine Herde geparkt und warte auf das Ablaufen der Parkuhr.

Auf dem Campo standen Bänke. Brunetti schlug vor, sie sollten sich dort hinsetzen und Zeitung lesen, das wäre am unauffälligsten; er ging zum Kiosk und verlangte zwei Tageszeitungen, aber es gab keine mehr. Also nahm er den *Espresso,* obwohl sie den schon zu Hause hatten, und eine zwei Monate alte Ausgabe des *Giornale dell'Arte,* die er Vianello überließ. Dann setzten sie sich auf eine Bank, die Schule im Blick, und begannen zu lesen. Minuten vergingen; während sie blätterten, sahen sie immer wieder auf, ob Schüler herauskamen. Nach weiteren zehn Minuten vertiefte sich Brunetti in die Lektüre eines Artikels über den ehemaligen Leiter des MOSE-Projektes, der jetzt in Mittelamerika lebte und behauptete, er sei zu gebrechlich, um für den Prozess nach Italien zurückzukehren.

Im Lauf der Jahre hatte Brunetti diverse Artikel darüber gelesen, wie viel Geld das Projekt bisher verschlungen hatte; die Angaben schwankten zwischen fünf und sieben Milliarden Euro, und hier wurde nun seelenruhig angedeutet, das *»progetto faraonico«* werde wohl nie funktionieren. Einfach so jahrtausendealte Gezeitenmuster zerstört, riesige Land- und Seeflächen zubetoniert, schwindelerregende Beträge investiert, und jetzt erklärten sie vergnügt, das alles sei womöglich umsonst gewesen. Er blätterte um.

Ein dumpfes Geräusch, wie wenn sich eine Woge brach, ließ sie beide gleichzeitig aufblicken. Der Exodus begann: Die Auserwählten der teuren Privatschule strömten in einer breiten Woge aus Moncler und North Face auf den Campo zu. Grau, dunkelgrau, schwarz, dunkelblau. Fast alle von ihnen trugen so zerfetzte und zerschlissene Jeans, dass die Putzfrauen ihrer Familien – denn Putzfrauen gab es bestimmt in den Haushalten aller dieser Jungen und Mädchen – dankend abgewinkt hätten.

Die Jungen waren groß und schlaksig, die meisten jedenfalls; die Mädchen wirkten unbeschwert in ihrer Gesellschaft. Manche gingen Seite an Seite, als Freunde oder als Paare. Brunetti erkannte den Unterschied, wusste aber nicht, woran: Vielleicht daran, was der Junge berührte, wenn er seinen Arm um das Mädchen legte. Ein Stimmengewirr, durchsetzt von Lachsalven, eilte ihnen voraus.

Die Woge kam heran. Und mittendrin, irgendwie an Treibgut erinnernd, dicht auf den Fersen einer großen Dunkelhaarigen, tänzelte der Border Collie. Fröhlich hechelnd sah der Hund immer wieder zu ihr auf und reagierte auf jedes noch so kleine Zeichen der Herde.

Auf dem Campo angelangt, lösten sich einige Schüler aus dem Pulk, gingen in den Tabakladen und kamen mit Zigaretten heraus, die sie ihren Klassenkameraden anboten. Andere zog es zu dem Kiosk. Sie hielten inne, reichten dem asiatischen Verkäufer Geld, und er gab ihnen dafür jeweils eine Zeitschrift. Seit wann, fragte sich Brunetti, wurden in Kiosken nicht mehr hauptsächlich Tageszeitungen verkauft, sondern CDs, Modeschmuck, Schlüsselanhänger und T-Shirts? Und seit wann waren die Verkäufer keine Italiener mehr?

Die Woge schwappte an ihnen vorüber und überspülte den Campo: Einige gingen in die Bars, um Kaffee oder Cola zu trinken; andere überquerten die Brücke und verschwanden auf der anderen Seite.

Brunetti hatte ein Auge darauf, ob sie von einem Erwachsenen angesprochen wurden oder ob überhaupt irgendeiner der Erwachsenen auf dem Campo Notiz von ihnen nahm. Es sah nicht danach aus.

Ein Junge mit glänzendem schwarzen Haar, das ihm bis über den Hemdkragen fiel, kam aus der Konditorei Rosa Salva und steuerte die Brücke an. Hinter ihm stieß ein Mädchen die Tür auf und schrie: »Gianpaolo, warte doch auf mich!« Er drehte sich um, offensichtlich nicht sehr erfreut, und sie lief ihm nach. Brunetti wandte den Blick ab.

»Sie wird es noch lernen«, sagte Vianello. »Oder auch nicht.«

Brunetti legte die Zeitschrift neben sich, verschränkte die Arme und richtete seine Aufmerksamkeit auf das letzte Gebäude der Reihe, die mit Rosa Salva anfing. Von den Fenstern im vierten Stock aus sah man nicht nur das Krankenhaus und die Basilika, sondern auch die Berge: eine Aussicht, um die Brunetti die Bewohner seit Jahrzehnten beneidete. Er behielt die Fenster im Auge, während er in Gedanken nochmals durchging, was die Schüler getan hatten, als sie auf den Campo gekommen waren.

Er drehte sich zu Vianello um. »Jungen, die Klatschblätter lesen. Seit wann gibt's denn so was?«

»Wovon redest du?«

»Ich meine diese Zeitschriften mit Fotos von Schauspielern und Schauspielerinnen und sechsseitigen Reportagen über George Clooneys Hochzeit.«

»Du meine Güte, erinnere mich bloß nicht daran«, flehte Vianello, der anlässlich der Festlichkeiten vor einigen Jahren vier Tage lang Doppelschichten schieben musste. Er schüttelte sich. »Warum fragst du?«

»Weil gerade vier Jungen solche Zeitschriften gekauft haben. Für zwanzig Euro das Stück.«

»Woher weißt du das?«

»Weil ich es beobachtet habe. Jeder hat mit einem Zwanzig-Euro-Schein bezahlt, die Zeitschrift genommen und nicht auf das Wechselgeld gewartet.«

»Höchst interessant«, sagte Vianello.

Brunetti stampfte mit den Füßen, die vom Sitzen allmählich kalt geworden waren. »Man muss sich nur über Namen und Menge einig sein. Eine bestimmte Zeitschrift steht für eine bestimmte Droge, und die Zahl der Zeitschriften steht für die Menge, die der Käufer haben will. Später schickt der Mann im Kiosk per SMS die Bestellung ab, und das Gewünschte wird am nächsten Tag geliefert.« Dann fiel ihm noch ein: »Das ist sicherer, als die Ware hier an Ort und Stelle zu haben. Wie bei DHL: Lieferung binnen vierundzwanzig Stunden.«

Vianello ließ sich das durch den Kopf gehen. »Wie kommt es«, fragte er, »dass du fünf Minuten hier sitzt und siehst, wie es funktionieren könnte, während Leute, die hier seit Jahren wohnen oder arbeiten, nichts davon mitbekommen?«

Brunetti ließ sich mit der Antwort Zeit. »Wahrscheinlich wissen sie es, Lorenzo, wollen es uns aber nicht sagen. Wir sind Aussätzige. Na ja, so etwas Ähnliches: Niemand will mit uns gesehen werden oder mit uns reden, das macht nur Schwierigkeiten, wo hier doch jeder jeden kennt.«

»Ist das nicht ein bisschen übertrieben?«

»Natürlich ist es übertrieben, aber so denken die Leute nun einmal. Was geht sie das schließlich an? Und sie wissen, in ein paar Tagen, einer Woche, einem Monat ist so oder so wieder alles beim Alten. Wenn sie zu uns kommen und eine Straftat melden, müssen wir ihren Namen aufnehmen, und dann erfährt vielleicht jemand, dass sie mit uns geredet haben.« Bevor Vianello protestieren konnte, erklärte Brunetti: »Ich weiß, das geschieht nicht, ich sage nur, was die

Leute glauben. Und wenn sie anrufen, selbst wenn sie ihren Namen nicht nennen, können wir die Nummer zurückverfolgen und hingehen, um ihnen Fragen zu stellen.« Er sah Vianello an und fragte: »Wenn du ein einfacher Bürger wärst – kein Polizist –, würdest du jede Straftat melden?«

Vianello ließ das unbeantwortet. »Was hat Fornari damit zu tun?«

Brunetti, den die Kälte mittlerweile fest im Griff hatte, stand auf. »Wenn ich das wüsste.« Er sah auf die Uhr: kurz vor sechs, eigentlich zu früh, nach Hause zu gehen, und zu spät, noch einmal in der Questura vorbeizuschauen.

»Hier gibt es nichts mehr für uns zu tun«, sagte er. »Lass uns Schluss machen für heute.«

»Zählst du die Zeit doppelt, die wir in der Kälte gesessen haben?«, fragte Vianello.

Brunetti lachte und gab seinem Freund einen Klaps auf die Schulter.

16

Gut gelaunt spazierte Brunetti nach Hause. Raffi saß in der Küche und verzehrte ein Schinkensandwich, so groß wie das griechisch-italienische Wörterbuch in seiner anderen Hand. Er begrüßte seinen Vater mit vollem Mund: »Lebenserhaltende Maßnahme bis zum Abendessen.«

Brunetti ging an ihm vorbei und griff nach der Flasche Ribolla Gialla, die sie am Abend zuvor angebrochen hatten. »So!«, sagte er, stellte die Flasche geräuschvoll auf die Anrichte, nahm zwei Gläser und hielt eins davon Raffi listig zwinkernd hin. »Du auch?«

Raffi schüttelte kauend den Kopf, schluckte, hielt das Sandwich hoch und sagte: »Dazu nicht. Lieber einen Schluck Wasser.«

»Aha!«, folgerte Brunetti messerscharf. »Kein Interesse an Alkohol, also wohl auch keins an Drogen.« Er nahm eine Flasche Mineralwasser aus dem Kühlschrank und schenkte seinem Sohn ein.

Raffi stopfte sich den Rest vom Sandwich in den Mund und sagte dumpf: »Danke, *papà.*«

»Drückst du dich vor der Textanalyse?«, fragte Brunetti und wies auf das Wörterbuch.

Raffi verdrehte die Augen, hob oberlehrerhaft einen Finger und deklamierte: »ἀδύνατον τὸν μηδὲν πράττοντα πράττειν εὖ.«

Damit trank er sein Wasser aus, stellte das Glas – wie

seine Mutter, wenn sie statt vieler Worte nur eine Handbewegung machte – mit resolutem Schwung in die Spüle und ging in sein Zimmer.

Vor Jahren hätte ich das verstanden, dachte Brunetti, der sich vergeblich mit dem griechischen Satz abmühte.

Das Abendessen ging hin über der Frage, ob sie die Einladung von Paolas Eltern annehmen sollten, die Woche zwischen den Jahren in deren Haus bei Toblach zu verbringen.

Brunetti hörte schweigend zu, während er seinen Dorsch mit Spinat zu genießen versuchte und sich damit amüsierte, die Antworten der drei im Voraus zu erraten. Paola sagte, sie könne Toblach nicht ausstehen, vertrage die Kälte nicht, und Skifahren mache ihr schon lange keinen Spaß mehr. Raffi wollte gern mitkommen, aber erst Sara fragen. Chiara warf gewohnt kritisch ein, die Familie besitze so viele Häuser, dass die meisten davon praktisch das ganze Jahr über leer stünden, und ließ auch nicht die Erklärung ihrer Mutter gelten, mit dem ganzjährig in den Häusern beschäftigten Personal sei nicht nur für Sicherheit gesorgt, sondern auch für Arbeitsplätze – ein Argument, das Paola vor Jahren ersonnen hatte, um Raffis sozialistische Tiraden über Grundbesitzer zu torpedieren.

»Darum geht es nicht«, steigerte Chiara sich weiter in ihre Empörung hinein. »Es geht um Umweltzerstörung, es ist Ressourcenverschwendung, alle diese Häuser instand zu halten, nur falls mal zufällig jemand da vorbeikommt.«

»Ach, lass den Unsinn, Chiara«, sagte ihre Mutter. »Du weißt genau, dass dein Großvater das Dach mit Solarzellen ausgestattet hat.«

»Und die überschüssige Energie verkauft er an die Stromgesellschaft«, bemerkte Raffi eifrig. Brunetti dachte an die Zeit zurück, als sein Sohn ein erklärter Feind des Kapitalismus gewesen war und dem ganzen niederträchtigen System den Tod gewünscht hatte. Wie hatte er, der Vater dieses Jungen – und auch noch Polizist –, nicht bemerken können, dass die Kidnapper von der Europäischen Zentralbank diesen seinen Sohn geschnappt und durch einen Klon ersetzt hatten?

»Heißt das, du möchtest nicht mitkommen, Engel?«, fragte Brunetti seine Tochter.

Die Frage versetzte ihrer Leidenschaft einen Dämpfer. »Das habe ich nicht gesagt, *papà*«, beteuerte sie. »Ich käme gern mit. Raus aus der Luftverschmutzung hier.« Es gibt für alles eine ökologische Rechtfertigung, dachte Brunetti, sprach es aber nicht aus.

»Und du, *papà?*«, fragte Raffi, vielleicht in Erinnerung an die Freundlichkeit seines Vaters, ihm ein Glas Wasser zu geben.

»Ich wäre dabei.«

»Du fährst doch nicht gern Ski«, kam es prompt von Chiara.

»Aber ich liebe die Berge«, antwortete Brunetti lächelnd.

Die Entscheidung wurde vertagt. Paola – oder genauer gesagt, ihr frischer Maronen-Haselnuss-Kuchen – stellte die Harmonie wieder her.

Erst später, als er neben Paola im Bett lag und sich wieder an die Lektüre der *Antigone* machte, ging Brunetti auf, was Raffi in der Küche zitiert hatte. »Aristoteles«, sagte er. »Ein Mensch, der nichts tut, kann unmöglich glücklich sein.«

Am nächsten Morgen gürtete Brunetti seine Lenden, griff zum Telefon und fragte seinen Vorgesetzten, ob er ihn kurz sprechen könne. Patta antwortete mit einem tiefen Seufzer, Brunetti könne jetzt gleich kommen, wenn er sich beeile.

In Pattas Vorzimmer bat der Commissario Signorina Elettra noch rasch, Erkundigungen über Fornaris Privatleben einzuholen, und ging dann direkt ins Büro des Vice-Questore, der äußerst vertieft in eine Akte vor sich war. Als er Brunetti eintreten hörte, blickte er wie der heilige Augustinus in seinem Arbeitszimmer, als er vom Fenster her die Stimme des heiligen Hieronymus hört, erst nach links, woher das Licht kam, dann in Brunettis Richtung und schließlich zu Boden, als suche er nach dem kleinen weißen Hund, der doch gerade noch zu seinen Füßen gesessen hatte. Er wartete, bis sein Blick sich geklärt hatte und für irdische Belange empfänglich war. »Was gibt es, Brunetti?«, fragte er schließlich.

»Es geht um Signor Gasparini, Vice-Questore«, erklärte Brunetti mit gedämpfter Stimme.

»Gasparini?«, fragte Patta. »Sie werden meinem Gedächtnis auf die Sprünge helfen müssen, Brunetti.«

»Selbstverständlich«, antwortete dieser.

»Setzen Sie sich«, forderte Patta ihn auf.

Brunetti nickte und nahm auf dem gewohnten Stuhl dem Vice-Questore gegenüber Platz. »Der Mann, der vor zwei Tagen am Fuß einer Brücke aufgefunden wurde.«

»Ein Zufallsopfer, richtig?«

»Hätte man meinen können, Signore«, sagte Brunetti.

»Was soll das heißen?«, fuhr Patta misstrauisch auf.

»Der Überfall könnte geplant gewesen sein, Dottore.«

»Von wem?«

»Vor einer Woche hat mich seine Frau aufgesucht; sie macht sich Sorgen, dass ihr Sohn Drogen nimmt.«

»Wollen Sie behaupten, der Sohn hat den Überfall begangen?«

»Natürlich nicht, Signore.« Brunetti ließ sich seine Verärgerung nicht anmerken. »Signor Gasparini könnte irgendwie herausgefunden haben, wer den Schülern an der Schule seines Sohns Drogen verkauft«, erklärte er, unterschlug jedoch, dass er selbst dies von einem seiner Informanten erfahren hatte.

Patta brauchte für seine nächste Frage ein wenig Zeit. »Und Sie denken, das hat zu dem Überfall geführt?«

»Es wäre möglich, Dottore«, antwortete Brunetti zurückhaltend und verzichtete auf den Hinweis, dass es schließlich in Venedig so gut wie keine Straßenkriminalität gab; der Vice-Questore hätte dies als versteckte Kritik an seiner Heimatstadt Palermo auffassen können.

Patta lehnte sich zurück und verschränkte die Finger über seinem Bauch. Das seidenglatte Hemd warf auch unter dem Gewicht seiner Hände keine Falten.

»Was erwarten Sie von mir?«

»Nichts, Signore. Ich wollte Sie nur auf den möglichen Zusammenhang hinweisen. Und ich möchte den Mann finden, der den Schülern angeblich Drogen verkauft.«

»Sie haben Kinder«, sagte Patta. »Machen Sie sich Sorgen um sie?«

»Hier weniger als in irgendeiner anderen Stadt«, antwortete Brunetti und fügte eilig hinzu: »Milano, zum Beispiel.«

Patta nickte und beugte sich vor. »Ich verstehe. Also gut. Sehen Sie, was Sie herausfinden können.«

»Danke, Signore«, sagte Brunetti und stand auf. Wenn es ihm gelang, auf Zehenspitzen und ohne Widerworte zu verschwinden, ging dieses Gespräch in die Annalen ein, so einträchtig war es verlaufen.

Gerade als er die Schwelle erreichte, sagte Patta hinter ihm noch: »Viel Glück, Brunetti.«

Vor Schreck rutschte ihm beinahe die Klinke aus der Hand. »Ich danke Ihnen, Signore«, wiederholte Brunetti und ging.

Draußen sank der Commissario mit dem Rücken an die Tür, schloss die Augen und holte erst einmal tief Luft. Er konnte nicht glauben, was er soeben erlebt hatte.

»Was haben Sie, Signore?«, fragte Signorina Elettra nervös.

Brunetti schlug die Augen auf und sah, dass sie bereits die Schreibtischkante umfasst hielt, kurz davor, aufzuspringen und ihm zu Hilfe zu eilen. »Geht es Ihnen nicht gut?«

»Doch, doch«, flüsterte er und hob abwiegelnd die Hand. »Der Vice-Questore hat mir viel Glück bei der Suche nach einem Verdächtigen gewünscht.«

Sie setzte sich wieder, und er kam zu ihr hinüber: »Er war tatsächlich die ganze Zeit freundlich und aufmerksam.«

»Dann stimmt was nicht mit ihm«, meinte Signorina Elettra.

»Oder er will etwas von mir«, überlegte Brunetti.

»Sie würden doch nie etwas Wichtiges preisgeben, oder, Signore?«, fragte sie.

Brunetti hob seine Rechte und wies mit dem Zeigefinger der Linken auf die hochgereckten Fingerspitzen. »Dazu müsste er mir schon Bambussprossen unter die Nägel treiben«, sagte er.

Sie wirkte erleichtert. »Ich würde nur zu gern wissen, was in seinem Kopf vorgeht.« Signorina Elettra nahm ein Blatt Papier vom Tisch und reichte es Brunetti.

Darauf standen der Name von Fornaris Frau, ein Datum und zwei Euro-Beträge. »Seit seiner Entlassung erhält er eine Invalidenrente, und seine Frau wird dafür bezahlt, dass sie sich um ihn kümmert.«

»Und der Grund für die Invalidität?«, fragte er. War das die neueste Masche der beiden, an Geld zu kommen?

»In seiner Gefängnisakte steht, er wurde aus gesundheitlichen Gründen vorzeitig entlassen«, sagte sie.

»Und?«

»Angeblich können seine gesundheitlichen Probleme besser behandelt werden, wenn er zu Hause bei seiner Familie ist und notfalls zur Behandlung ins Krankenhaus gehen kann.«

»Steht da auch, was er hat?«

»Es könnte eine ernsthafte Erkrankung sein«, sagte sie nicht sonderlich überzeugt. »Aber nach meinen Erfahrungen weist manches darauf hin, dass er einen Weg gefunden hat, sich und seine Frau vom Sozialamt aushalten zu lassen und gleichzeitig sein Drogengeschäft an den Meistbietenden zu vergeben.«

»Haben Sie Zugang zu …«, fing Brunetti an, korrigierte

sich aber sogleich. »Ich meine, können Sie in seiner Krankenakte nachsehen, ob da was in dieser Richtung erwähnt wird?«

»Ich bin gerade dabei, Signore«, sagte sie. »Wenn ich etwas finde, rufe ich Sie an.«

Eine halbe Stunde später klingelte in Brunettis Büro das Telefon. »Ich habe die Krankenhausakte gefunden«, berichtete Signorina Elettra. »Sieht nicht gut aus. Ich habe mich getäuscht.«

»Was hat er?«

»Lungenkrebs. Bösartig. Na ja«, meinte sie zögernd, »bösartig ist das ja immer. Einer der besonders aggressiven. Deswegen wurde er entlassen.«

»Lässt sich den Unterlagen entnehmen, in welcher Verfassung er ist?«

»Nein. Hier steht nur, welche Chemotherapie er bekommt und wie viele Zyklen er schon hatte. Sonst nichts.«

»Seit wann geht das schon so?«

Nach kurzer Pause kam die Antwort: »Seit seiner Entlassung. Zwei lange Zyklen Chemo, dann Bestrahlung. Jetzt wieder seit drei Monaten Chemo. Alle drei Wochen.« Und dann: »Nach Meinung der Ärzte ist er zu schwach, ohne fremde Hilfe ins Krankenhaus zu kommen; also wird er von Sanitrans dort hingebracht.«

»Wann war er das letzte Mal im Krankenhaus?«

Er hörte Papier rascheln und ein leises Summen. Dann wieder ihre Stimme: »Vorige Woche war er zur Chemo da, der nächste Termin ist in zwei Wochen.«

»Und er hat alle Termine eingehalten?«

Lange Pause, noch mehr Rascheln. »Ja.«

»Gut so«, sagte Brunetti spontan. Fornari mochte ein Dealer und ehemaliger Sträfling sein, aber er war auch jemand, der an Krebs litt.

Signorina Elettra riss ihn aus seinen Gedanken. »Darf ich Sie auf eine Möglichkeit hinweisen, Commissario?«

»Ja?«

»Wenn er so lange in diesem Geschäft war, hat er doch wohl Beziehungen zu seinen ... Kollegen. Er könnte die Geschäfte über sein *telefonino* abwickeln. Dann wäre ein zuverlässiger Kurier alles, was er braucht.«

»Interessante Idee, Signorina, ich danke Ihnen«, sagte Brunetti, bat noch, ihn weiter auf dem Laufenden zu halten, und beendete das Gespräch.

Er zog die unterste Schreibtischschublade heraus, legte seine Füße darauf, lehnte sich weit in seinem Stuhl zurück und sah an die Decke. Zum ersten Mal bemerkte er an der Wand über dem Fenster zu seiner Linken einen bräunlichen, handtellergroßen Fleck, von dem tentakelförmige Schlieren nach unten verliefen. Über seinem Büro war die Mansarde, in der früher die Dienstboten gewohnt hatten. Die Zimmer da oben auf dieser Seite des Gebäudes dienten als Lager für ausrangierte Möbel und Aktenschränke und wurden selten betreten. Sie hatten niedrige Decken und Holzfußböden und kleine Dachluken. Vor Jahren hatte er sich einmal dort umgeschaut und den schlechten Zustand der Fensterrahmen bemerkt, aber kein Problem darin gesehen, da sein Büro damals auf der anderen Seite gewesen war.

Mit Fornari hatte er jedoch ein Problem. Ein Mann,

der sich einer Chemotherapie gegen einen besonders bösartigen Tumor unterziehen musste, konnte natürlich weder Drogen kreuz und quer durch die Stadt transportieren noch in der Kälte vor der Schule stehen und Drogen verkaufen. Erst recht dürfte es ihm an der Kraft fehlen, einen Mann anzugreifen und eine Treppe hinunterzustoßen.

Brunetti ließ den Fleck an der Wand nicht aus den Augen. Trotz allem war er nicht bereit, den Verdacht gegen Fornari fallenzulassen, egal wie krank der Mann sein mochte. Die Frau. Kollegen. Ein Telefon. Es gab doch so viele Möglichkeiten.

Er ging noch einmal alles durch, was er über Gasparini erfahren hatte, auch der ein Mann mit einer netten Ehefrau. Manchmal hatte Brunetti den Eindruck, in Italien gebe es nur Männer mit netten Frauen. Um Himmels willen, *er* selbst hatte ja auch eine nette Frau.

Er stand auf, spontan entschlossen, Fornari aufzusuchen. *Curiosare.* Und zwar am besten allein, um ein Wörtchen miteinander zu reden, er und Fornari, von Dealer zu Dealer.

17

Er fand die Adresse in *Calli, Campielli e Canali;* nicht weit von der Mauer des Arsenale am Rio delle Gorne. Er wusste nicht mehr, wann er das letzte Mal in dieser abgelegenen Gegend von Castello gewesen war, erinnerte sich aber noch an den großen Baum auf dem Campo delle Gorne, und dass einer seiner Freunde einmal versucht hatte, ihm einen Anteil an einem Boot zu verkaufen, das an der Mauer des Arsenale seinen Anlegeplatz gehabt hatte.

Brunetti hatte das Angebot damals ausgeschlagen, denn als frischgebackener Vater – Raffi war gerade zur Welt gekommen – hatte er ganz andere Sorgen. Boote standen für Leichtsinn und Freiheit der Jugend oder für die endlosen, manchmal unausgefüllten Stunden des Alters. Die meisten Männer hatten mit Familie und Arbeit mehr als genug zu tun. Ein Boot war eine Freundin und keine Ehefrau.

Brunetti prägte sich die Karte in *Calli, Campielli e Canali* ein und hoffte, seine Füße würden sich erinnern und ihn ohne Umwege ans Ziel bringen.

Tatsächlich verlief er sich nur zweimal, und einmal zählte eigentlich nicht: Am Ende der Calle dei Furlani wollte er schon nach rechts, bedachte sich aber noch rechtzeitig und bog dann lieber links ab. Wenige Minuten später überquerte er den Campo Do Pozzi und geriet anschließend in eine Sackgasse, gestand sich seine Niederlage ein, ging zum Campo zurück und von dort aus linkerhand direkt zum Campo delle Gorne.

Eine große attraktive blonde Frau spähte vom Rand des Kanals aus ins Wasser, und zu ihren Füßen thronte ein stattlicher weißer Hund auf seinen Hinterbeinen. Brunetti ging auf die beiden zu und sprach die Frau – aus irgendeinem Grund vermutend, dass sie Engländerin war – auf Englisch an: »Ist etwas passiert, Signora?«

»Martinos Tennisball«, sagte sie und fügte lächelnd hinzu: »Da kann man nichts machen, fürchte ich.«

Brunetti sah einen pelzigen gelben Ball langsam davontreiben. »Wenn ich dreißig Jahre jünger wäre, Signora, würde ich reinspringen und ihn herausholen«, erklärte er spontan. Da sie einen Hund dabei hatte, war sie offenbar hier ansässig: Ein Grund mehr für ein wenig italienische *galanteria.*

Sie lachte laut auf, wirkte plötzlich wie verwandelt und sah ihm ins Gesicht. »Wenn ich dreißig Jahre jünger wäre, wäre mir das ein Vergnügen«, sagte sie, und dann zu dem Hund: »Komm, Martino. Man kann nicht alles haben.«

Sie schenkte Brunetti noch ein Lächeln, dann wandte sie sich ab und entschwand Richtung San Martino Vescovo.

Beflügelt von dieser Begegnung setzte Brunetti seinen Weg dem Wasser entlang fort und bog schließlich in eine enge *calle,* in die kein Sonnenstrahl drang. Die gesuchte Tür war zu seiner Rechten, niedrig und breit, fast quadratisch. Keine Klingel, also klopfte er und wartete, klopfte noch einmal, und als immer noch nichts geschah, schlug er fünfmal laut mit der Faust gegen die Tür.

Er hörte eine Stimme, dann Schritte, die Tür schwang auf, und eine große, dürre Frau etwa in seinem Alter kam in die *calle* hinaus. »Wollen Sie zu Gianluca?«, fragte sie, und es klang, als hoffe sie das. Sie hatte rotes Haar, bis drei Zentimeter vor dem Haaransatz, wo es weiß war. Um Nase und Mund zeigten sich die gleichen Farben, wo sich kleine Schuppen von der entzündlich geröteten Haut lösten. Sie hatte so leuchtend blaue Augen, dass Brunetti zuerst dachte, sie trage Kontaktlinsen, doch dafür war sie wohl nicht der Typ.

»So ist es, Signora«, antwortete Brunetti ohne ein Lächeln.

Sie schien keines zu erwarten, gab dennoch bereitwillig den Weg frei. »Kommen Sie herein. Er ist oben.«

Brunetti ging wortlos an ihr vorbei und fand sich in einem feuchten Flur wieder, von dem eine Holztreppe nach oben führte. Das Haus mochte eins von denen sein, die vor gut hundert Jahren für die Arbeiter im Arsenale gebaut worden waren. Viele davon hatten sich mittlerweile in ein elegantes Bed & Breakfast verwandelt; hier war das Gegenteil der Fall.

Die Frau folgte ihm die Treppe hinauf. Auf dem ersten Absatz sagte sie hinter ihm: »Rechterhand.« Dort war eine Tür einen Spaltbreit offen, Licht und Wärme drangen hervor.

»Gehen Sie hinein«, sagte die Frau und schob ihn förmlich vorwärts.

Brunetti stieß kurzerhand die Tür auf und betrat ein niedriges Zimmer mit Balkendecke. Solche Balken hatte er noch nie gesehen: vom Holzwurm zerfressen und rauchgeschwärzt, wahrscheinlich von einem Kohleofen, wie seine Großeltern einen gehabt hatten. Es gab zwei Fenster, dicht nebeneinander, aber die waren blind von der Feuchtigkeit, die an ihnen hinablief.

Die beschlagenen Fensterscheiben machten Brunetti erst so recht bewusst, wie warm es in dem Zimmer war; selbst die Wände strahlten Hitze ab, vor allem aber die zwei Heizöfchen vor dem Sofa, auf dem ein blasser Mann mit langen strähnigen Haaren halb saß, halb lag. Es war kurz vor Mittag, doch durch die Fenster drang nur wenig Licht. Ob nun die enge *calle* oder die Nachbargebäude daran schuld sein mochten – dies hier war eine dunkle Höhle, eine Falle, eine Gefängniszelle.

Der Mann hob den Blick. »Wer sind Sie?«

»Mein Name ist Guido.«

»Haben die Sie geschickt?«

»Ja«, antwortete Brunetti so kurz angebunden, wie dies bei einem einsilbigen Wort möglich war.

»Was wollen die von mir?«, klagte der Mann mit einer unangenehmen Raucherstimme.

Brunetti packte sich mit einem breiten Grinsen einen Stuhl und nahm unaufgefordert Platz. »Was glauben Sie wohl, was die wollen, Signor Fornari?« Dann warf er einen Blick über die Schulter auf die Frau in der Tür: »Muss die unbedingt dabei sein?«, fragte er grob.

»Nein«, sagte Fornari. »Verzieh dich.«

Die Frau gehorchte. Zu Brunettis Überraschung schloss sie sogar leise die Tür.

Als er sich wieder umdrehte, sah es so aus, als sei der Mann eingenickt. Sein Gesicht war gerötet, entweder von der Hitze oder von den Medikamenten, die er nehmen musste. Oder auch von der Krankheit selbst.

Fornari mochte einmal ein gutaussehender Mann gewesen sein: schmale Nase, feiner Schwung der Augenbrauen und klar konturierte, volle Lippen, die so gar nicht zu den ausgemergelten Wangen passen wollten.

Er schlug die Augen auf, der Blick grau und trüb. »Können die nicht warten?«

»So müssen Sie mir gar nicht erst kommen, Signor Fornari«, sagte Brunetti mit schneidender Höflichkeit.

»Ich habe immer pünktlich gezahlt. Ich bin ein guter Kunde«, beteuerte der Kranke.

Seine verschleimte Stimme, als habe er einen nassen Klumpen im Hals, ging Brunetti durch und durch, doch er sagte nur ungerührt: »Das war einmal. Jetzt ist jetzt.«

Als er einnickte, war Fornaris Kopf zur Seite gesunken, und nun hatte er Mühe, sich aufzurichten. Mit seinen klauenähnlichen Händen stemmte er sich hoch und zerrte ein Kissen hinter seinen Rücken. Brunetti unterdrückte den Impuls, ihm zu helfen.

»Meine Frau hat das Geld gestern Abend gebracht. Sie haben es doch bekommen, oder?«

Brunetti beschränkte sich auf ein Nicken.

»Und warum haben die ihr dann gesagt, sie hätten einen neuen Lieferanten?«

»Sie meinen: für das Albertini?«, fragte Brunetti.

Fornaris Blick fuhr zu ihm herum. Er war nicht bei Kräften, mag sein, aber für dumm verkaufen ließ er sich deswegen noch lange nicht. Er nickte nur, mit plötzlichem Misstrauen.

Brunetti machte ein finsteres Gesicht. »Wir haben einen, der beide übernehmen kann. Albertini und Marco Polo.

Sehen Sie sich doch an. Wie lange können Sie das noch machen?« Und dann von oben herab: »Glauben Sie, niemand hat gemerkt, wie Ihre Frau sich anstellt?« Und ungehalten: »Die ist uns zu riskant. Genauso gut könnten wir einen Zirkusclown anheuern.« Er schnaubte verächtlich, als habe Fornari ihm einen nicht sonderlich komischen Witz erzählt.

»Ist deswegen heute keine Lieferung gekommen?«, fragte Fornari merklich in Unruhe.

»Was denken Sie?«, versetzte Brunetti.

»Was wird dann aus uns?« Fornaris Stimme flatterte vor Panik. Er brach in einen furchtbaren Husten aus, der ihn fast von der Sofakante warf. Er hustete und hustete, bis er zu ersticken drohte. Brunetti wäre am liebsten rausgerannt.

Da kam die Frau mit einem sauberen weißen Handtuch herein, beugte sich über den Kranken, fasste seine Beine unter, legte sie auf die Sitzfläche und drehte ihn auf die Seite. Sie schob das Handtuch zwischen sein Gesicht und die Rückenlehne des Sofas.

Das Husten hörte und hörte nicht auf, ein grauenhaftes Bellen und Rasseln, das den nahenden Tod ankündigte. Nichts und niemand konnte die Wucht dieses Hustens überleben; unmöglich hielt eine Lunge dieser krachenden Gewalt auf Dauer stand. Brunetti ging in den Flur und schloss die Tür. Lange blieb er dort und hörte zu, wie sich der Mann die Lunge aus dem Leib hustete.

Irgendwann, mit Ächzen und Stöhnen und langen Pausen dazwischen, nahm das Husten ein Ende. Brunetti löste seine geballten Fäuste und nahm die Hände wieder aus den Taschen. Kurz darauf kam die Frau aus dem Zimmer und bedachte Brunetti mit einem verächtlichen Blick für seine Schwäche. »Er schläft. Gehen Sie jetzt.«

Brunetti lief die Treppe runter, und sie folgte ihm dicht auf den Fersen, als wolle sie sichergehen, dass er auch wirklich verschwand. Unten angekommen, ließ er sie vorbei. Ohne ihn anzusehen, öffnete sie die Tür.

»Was haben die Ihnen gesagt, als Sie gestern Abend das Geld gebracht haben?«, fragte er.

»Dass sie mich nicht mehr brauchen. Sie hätten einen Neuen zum Ausliefern der Ware. Ich bin gefeuert.« Erst sah es so aus, als würde sie jeden Moment in Tränen ausbrechen, doch dann seufzte sie laut auf, und es klang beinahe erleichtert.

»Wie gesagt, ich bin gefeuert«, wiederholte sie mit Zorn oder Ungeduld in der Stimme. Und plötzlich so misstrauisch wie vorhin ihr Mann: »Haben die Ihnen das nicht gesagt?«

Er hob resigniert die Schultern. Lief das nicht häufig so in großen Unternehmen? Mangelnde Kommunikation zwischen den einzelnen Abteilungen; keine unverzügliche Benachrichtigung über Personalveränderungen; verspätete Zustellung von Kündigungen.

Grußlos ging Brunetti an ihr vorbei aus dem Haus. Sie schlug nicht einmal die Tür hinter ihm zu.

18

Auf dem Rückweg rekapitulierte Brunetti sein Gespräch mit Patta. Zum Glück hatte er dem Vice-Questore gegenüber nur die Möglichkeit einer Verbindung zwischen Gasparini und dem Dealer erwähnt. Der hustende Schatten, mit dem er soeben gesprochen hatte, konnte Gasparini nicht überfallen haben, und auch seiner Frau traute er die nötige Kaltblütigkeit nicht zu. Fornari hatte nicht mehr die Kraft, ein Telefonat zu führen: Er konnte den Angriff auf Gasparini schwerlich organisiert haben.

Das war's dann also: Die einzige naheliegende Verbindung zwischen Opfer und Verdächtigem hatte sich in Husten aufgelöst. Er musste noch mal von vorne anfangen und nach Dingen suchen, die er, von den Drogen abgelenkt, womöglich außer Acht gelassen hatte.

Er rief Griffoni von seinem Handy an und sagte ihr, er sei in zehn Minuten wieder in der Questura.

Griffoni saß an ihrem Schreibtisch, der neuerdings gegen die Wand zeigte, so dass sie nun Risse und abblätternde Farbe vor sich hatte; ein Besucher hingegen genoss den Luxus, nicht länger in der offenen Tür zu sitzen. Man brauchte sich nur um ihren Stuhl zu schlängeln, nahm auf dem zweiten Stuhl Platz und konnte bei geschlossener Tür mit ihr reden. Wollten jedoch beide den winzigen Raum verlassen, musste zuvor ausgehandelt werden, wer sich als Erster in Bewegung setzte.

Brunetti blieb auf der Schwelle stehen und spähte neugierig in den Verschlag hinein. »Der Tisch an dieser Stelle verleiht dem Raum etwas Majestätisches«, verkündete er und glitt an ihr vorbei auf den Besucherstuhl.

Lächelnd schloss sie die Tür und drehte sich zu ihm um. »Was gibt's?«, fragte sie, und als er zögerte: »Du hast dich nicht gut angehört eben am Telefon.«

Er wollte nicht lange um den heißen Brei herumreden. »Ich war bei Fornari. Er haust in einem Loch am Rand von Castello und hat Lungenkrebs im Endstadium; er ist vollkommen außerstande, irgendwen anzugreifen. So wenig wie er auf Engelsflügeln für eine Chemotherapie zum Krankenhaus fliegen kann.«

»Und was bedeutet das für uns?«

»Dass Gasparini überfallen wurde und wir keinen Verdächtigen haben.«

»Ein Gelegenheitsverbrechen ist auf jeden Fall auszuschließen?«, fragte sie.

»Mit Sicherheit«, sagte er und verkniff sich auch ihr gegenüber die Bemerkung, dass sie hier schließlich in Venedig waren.

Sie rutschte auf ihrem Stuhl nach vorn, als wollte sie aufstehen, ließ es dann aber und drehte sich nur ganz zu ihm herum. Diesmal hatte sie ein schwarzes T-Shirt und eine schwarze Wolljacke an. Die einreihige Perlenkette, die sie dazu trug, wirkte echt; das Blond ihrer Haare war es, das wusste er.

»Gut«, sagte sie. »Dass du ihn nicht für ein Zufallsopfer hältst.«

»Warum?«

»Weil es dann ein Motiv gibt. Und wo ein Motiv ist, gibt es eine Spur, die dorthin führt.«

»Fragt sich nur, welche«, meinte Brunetti, auch wenn an dem, was sie sagte, etwas Wahres dran war.

Sie nahm ihr Notizbuch und einen Stift. »Erzähl mir alles, was du weißt.«

Er berichtete noch einmal von vorne: Was Professoressa Crosera ihm erzählt hatte, ausführlicher diesmal; ihre Weigerung, ihn mit ihrem Sohn sprechen zu lassen, und dann das zufällige Zusammentreffen und das aggressive Verhalten des Jungen. Er schloss mit seinem Besuch bei den Fornaris und dem Elend, in dem sie lebten, auch wenn die Wohnung selbst, wie ihm erst jetzt bewusst wurde, sauber und ordentlich gewesen war. Alles reinlich und aufgeräumt, sogar Fornaris Schlafanzug war frisch gebügelt gewesen. Nur der Husten, gestand Brunetti sich ein, hatte die Wohnung so heruntergekommen erscheinen lassen.

Griffoni klappte das Notizbuch zu und legte es beiseite. »Das alles«, sagte sie und wies auf die Notizen, »führt zu nichts. Außer vielleicht«, sie überlegte, »zurück zu Professoressa Crosera. Ich finde, wir beide sollten noch einmal zu ihr gehen.«

Brunetti war das nur zu recht: Griffoni in der Rolle der guten Polizistin war die ideale Begleitung bei der Befragung einer weiblichen Zeugin. »Einverstanden. Ich versuche einen Termin mit ihr zu machen. Vielleicht könnten wir …«

Griffoni unterbrach ihn: »Aber nicht im Krankenhaus. Das wäre zu viel für sie.«

Brunetti zückte sein *telefonino.* Griffoni nickte, und er gab die Nummer ein.

Es klingelte neunmal, zehnmal, erst beim elften Mal meldete sie sich.

»Signora, hier spricht Commissario Brunetti. Wie geht es Ihrem Mann?«

»Unverändert. Er befindet sich im selben Zustand, in dem Sie ihn das letzte Mal gesehen haben.«

Brunetti seufzte. »Das tut mir sehr leid, Signora. Aber ich fürchte, ich muss Sie noch einmal belästigen.«

»Haben Sie den Täter gefunden?«, fragte sie zu Brunettis Erstaunen geradezu apathisch. Aber dann dachte er: Selbst wenn wir ihn hätten, was änderte das schon für sie?

»Nein. Haben wir nicht. Deswegen würde ich gern noch einmal mit Ihnen reden.«

»Hier?«, fragte sie erschrocken.

»Nein. Bei Ihnen zu Hause. Wenn es Ihnen recht ist.«

»Was soll dabei Gutes herauskommen?«

In der Tat würde die Verhaftung des Schuldigen niemandem etwas nützen und nichts besser machen. Im Gegenteil. Den Täter und seine Familie würde es zugrunde richten. Die Familie des Opfers war womöglich versucht, Rache zu üben, und Brunetti hatte schon oft erlebt, wie Rache jeden verdarb, der danach dürstete.

»Es ist nicht meine Aufgabe, Gutes zu tun, Signora«, sagte er. »Ich muss einzig und allein den Schuldigen suchen und dafür sorgen, dass er vor Gericht gestellt wird.«

»Was ändert das?«, fragte sie kaum hörbar. Die Hintergrundgeräusche wurden lauter. »Wann möchten Sie kommen?«, fragte Professoressa Crosera unvermittelt.

»Vielleicht am frühen Nachmittag? Um drei, wenn es Ihnen recht ist?«

»Ja«, sagte sie und brach die Verbindung ab.

»Ich habe sie überzeugen können«, sagte er zu Griffoni.

»Gut. Ich denke, bei ihr zu Hause ist es besser.«

»Besser, weil sie dort entspannter ist?«, fragte Brunetti.

»Ja«, antwortete Griffoni und erhob sich. »Und weil wir uns dort umsehen können.«

Doch vorher gingen Brunetti und Griffoni erst noch zusammen etwas essen. Brunetti hatte Paola angerufen und gesagt, er sei unterwegs zu einer Zeugenbefragung. Sie hatte das ruhig hingenommen und erklärt, die Kinder würden sich mit dem begnügen, was sie ihnen vorsetze, den beiden komme es nur auf die Menge an. Und sie selbst könne so schneller an ihre Arbeit zurück.

»Arbeit?«, fragte er in der Annahme, sie habe einen Vortrag vorzubereiten oder Examensklausuren zu korrigieren.

»Lesen«, sagte sie ohne weiteren Kommentar.

Beim Lunch sprachen sie über einen Fall, der gerade in der Lokalpresse Schlagzeilen machte. Es ging um einen Arzt aus Ägypten, dem vorgeworfen wurde, er habe seine sechzehn Jahre alte Tochter getötet, nachdem er auf ihrem Facebook-Konto vermeintliche Liebesbotschaften eines italienischen Klassenkameraden entdeckt hatte. Was den Mann zum Mord getrieben hatte, waren Sätze wie »Deine Antwort heute in Geschichte war sehr gut«, oder »Hast du nach der Schule Zeit für einen Kaffee?«. Da der Vater mit Facebook nicht vertraut war und nicht schlau daraus wurde, wer was geschrieben hatte, bekam er nicht mit, dass seine Tochter auf die erste Bemerkung gar nicht reagiert und die zweite mit einem »Nein« quittiert hatte.

Der Vater hatte seine Tochter im Schlaf erstochen und später der Polizei erklärt, wenn sie wach gewesen wäre, hätte er es nicht über sich gebracht: Er liebe sie zu sehr.

War eine solche Tat nicht zum Verzweifeln? Dummheit und Vorurteile der Menschen waren offenbar nicht kleinzukriegen. »Er tötet sie, weil ein Junge sie fragt, ob sie mit ihm Kaffee trinken will. Herrgott noch mal, sie war sechzehn«, sagte Griffoni. »Wenn ich daran denke, was ich mit sechzehn alles angestellt habe …« Sie verstummte und hielt sich eine Hand vor die Augen.

»Du bist keine Ägypterin«, sagte Brunetti.

»Und die Kleine?«, versetzte Griffoni. »Sie ist als Dreijährige hergekommen. Sie ist nicht in einem Zelt in der Wüste aufgewachsen.«

»Der Vater sagt, er will nicht mehr leben, fordert die Todesstrafe für sich.«

»Hör sofort damit auf, Guido«, flehte Griffoni, mit Zorn in der Stimme.

»Was meinst du?«, fragte er, von ihrer Heftigkeit überrascht.

Als der Kellner mit dem ersten Gang herbeigelaufen kam, schwiegen sie beide.

Kaum war er wieder gegangen, wiederholte Brunetti seine Frage: »Sag mir, was du meinst.«

Griffoni streute Käse über ihre Pasta, spießte eine Erbse nach der andern auf und dann noch ein Stück gelbe Peperoni, bevor sie die Tagliolini um die Gabel wickelte. Die volle Gabel auf halbem Weg zum Mund, sah sie ihn an.

»Das ist doch alles Quatsch. Er will nicht sterben. Er will sich nur bei uns einschmeicheln, uns glauben machen, er sei untröstlich, dass er seine Tochter ermordet hat.«

Sie legte die Gabel ab und stützte ihr Kinn in beide Hände. »Nicht genug damit, dass er sie ermordet hat: Jetzt will er auch noch unser Mitleid und stellt sich als Opfer des Lebens zwischen zwei Kulturen hin.« Sie nahm die Gabel wieder auf. »Ich könnte laut schreien. Das ist doch alles nur Show und vorgetäuscht.«

»Meinst du wirklich? Du glaubst ihm nicht?«

Sie ließ die Gabel fallen. »Nein, ich glaube ihm nicht. Genauso wenig wie jenen alten Männern, die behaupten, sie hätten ihre arme, leidende Frau erlösen müssen, weil sie es nicht ertragen konnten, wie die geliebte Gattin durch Alzheimer zu einer Fremden wurde.« Sie ballte eine Hand auf dem Tisch zur Faust. »Hast du jemals von einer Frau gehört, die mit derselben Begründung den Mord an ihrem Mann zu rechtfertigen versucht hätte?«

Brunetti bemerkte, dass die Leute an den Nachbartischen sich nervös nach ihnen umdrehten; sie fürchteten offenbar einen Ehekrach.

»Und die Mutter des Mädchens? Ihr glaubst du doch wohl?«

»Du meinst, weil sie eine Frau ist?«, fragte Griffoni mit sanftem Sarkasmus. »Nein, ganz und gar nicht. Sie dürfte ihm vielmehr das Messer gereicht haben.«

Nun war es an Brunetti, die Gabel sinken zu lassen. Er starrte seine Kollegin an und fragte sich, wie lange dieser Zorn schon unter der Oberfläche gebrodelt haben mochte.

»Gehst du nicht ein bisschen zu weit, Claudia?«, fragte er, um einen beiläufigen Ton bemüht.

»Du liest doch die Zeitungen, oder? Angeblich wollte sie ihre Tochter für die Schule wecken, und als sie das Blut sah, ist sie schreiend aus dem Haus gelaufen. Sagt sie. Sie habe neben ihrem Mann geschlafen, und als sie aufwachte, lag ihre Tochter tot im Bett.«

Brunetti nickte. So stand es in allen Zeitungen.

»Glaubst du wirklich, Guido, er kommt auf leisen Sohlen ins Schlafzimmer zurück, schlüpft unter die Bettdecke und schläft seelenruhig wieder ein, nachdem er soeben sein einziges Kind mit sieben Messerstichen getötet hat? Und seine Frau wacht nicht einmal davon auf, dass er sich neben sie legt?«

Brunetti starrte schweigend auf seine Pasta, ihm war der Appetit vergangen.

»Sein ganzer Schlafanzug war voller Blut, Guido. *Wir* haben es dort gefunden. Und in ihrem Ehebett. Und auf dem Griff des Messers waren Fingerabdrücke der Frau.«

»Sie sagt, es lag auf dem Boden, sie habe es ohne nachzudenken aufgehoben.«

»Und das Blut abgewaschen und das Messer in die Schublade zurückgelegt? Wie ist es in die Schublade gekommen, Guido? Und wo ist das Blut geblieben?«

Der Kellner näherte sich, doch Griffoni winkte ab. Sie machte den Mund auf und wieder zu und holte mehrmals sehr tief Luft.

Dann langte sie über den Tisch und legte Brunetti eine Hand auf den Arm. »Entschuldige, Guido, aber ich werde wahnsinnig, wenn ich so etwas höre.«

»Was genau?«

»Wenn Männer ihre Gewalt gegen Frauen rechtfertigen und wir ihnen auch noch glauben sollen, sie hätten keine andere Wahl gehabt. Ich habe das so satt, und ich habe die Leute satt, die darauf hereinfallen. Er hat sie ermordet, weil er die Kontrolle über sie verloren hat. Das ist die ganze Wahrheit. Mord bleibt Mord. Alles andere ist Augenwischerei. Und es ist nichts als Lüge, Lüge, Lüge.«

Sie sah ihm mit einem unergründlichen Ausdruck in die Augen. »Und wenn ich das noch hinzufügen darf: Nur Männer sind naiv genug, ihnen das abzunehmen. Warum? Weil sie alle das Bedürfnis haben, Frauen zu kontrollieren, und – ich muss das mal loswerden – heimlich Sympathie dafür hegen.«

Sie winkte den Kellner heran und sagte, er könne die Teller abräumen und den Kaffee bringen. Beide saßen sehr still da, bis er gegangen war.

19

Sowohl Brunetti als auch Griffoni wollten sich einfach nur die Beine vertreten, zum Plaudern war ihnen nicht zumute. Kurz nach drei kamen sie vor Gasparinis Haustür an. Brunetti läutete, und bald darauf saßen sie in dem Wohnzimmer, wo er – war das erst gestern gewesen? – mit Professoressa Crosera gesprochen hatte. Sie sah erschreckend blass aus. Ihr dunkelbraunes Haar glänzte nach wie vor, doch das ließ die Verwandlung, die sie über Nacht durchgemacht hatte, nur desto deutlicher hervortreten. Ihre Haut war bleich wie Pergament. Die Wangenknochen, gestern noch sanft geschwungen, traten spitz hervor.

»Professoressa Crosera«, sagte er, nachdem er einen pro forma angebotenen Kaffee dankend abgelehnt hatte. »Wir möchten mit Ihnen über Ihren Mann sprechen.«

Sie sah zwischen Brunetti und Griffoni hin und her, dann wieder zu Brunetti, als warte sie darauf, dass er ihr diesen Satz in eine Sprache übersetze, die sie verstand. »Was meinen Sie damit?«, brachte sie schließlich hervor. Sogar ihre Stimme war grau, grau vor Schlafmangel und unentwegter Angst.

»Ich habe den Mann gefunden, der die Drogen verkauft hat«, sagte Brunetti.

Ihr Blick schoss zu ihm hinüber. »War er es?«

Brunetti schüttelte den Kopf. »Ausgeschlossen. Ihm geht es sehr schlecht.«

»Ist er im Krankenhaus?«, platzte sie heraus, und Brunetti fragte sich schon, ob sie etwa zu ihm wollte, um sich zu rächen.

»Das war er. Zur Chemotherapie.« Um ihre Reaktion zu testen, fügte er hinzu: »Doch die wird kaum mehr etwas nützen.«

»Gut so«, sagte sie mit schneidender Kälte.

Brunetti ging darüber hinweg. »Er ist in sehr schlechter Verfassung, er kann Ihren Mann nicht überfallen haben. Auf keinen Fall.«

»Und?«

»Es muss jemand anderes gewesen sein.«

Professoressa Crosera wandte sich an Griffoni. »Finden Sie es anstößig, was ich da gesagt habe?«, fragte sie von Frau zu Frau.

»Überhaupt nicht«, antwortete Griffoni.

»Auch wenn ich ihm den Tod wünsche?«

»Wenn er Ihrem Sohn Drogen verkauft hat, ist das eine ganz natürliche Reaktion«, bemerkte Griffoni sibyllinisch.

»Würden Sie auch so reagieren?«

Griffoni legte die gefalteten Hände in den Schoß und senkte den Blick. »Ich habe keine Kinder und kann daher nicht empfinden, was Sie fühlen.« Sie ließ die andere nicht zu Wort kommen; weiter den Blick auf ihre Hände gerichtet, fuhr sie fort: »Aber ich nehme an, ich würde ähnlich reagieren.« Sie hob den Kopf und sah ihrem Gegenüber mit ausdrucksloser Miene in die Augen.

Professoressa Crosera nickte nur.

Brunetti kam wieder auf seine ursprüngliche Frage nach ihrem Mann zurück. Seit Fornari nicht mehr als Täter in Frage kam, stand der Commissario mit leeren Händen da.

»Wir möchten von Ihnen wissen, ob Ihr Mann in den letzten Wochen irgendetwas Ungewöhnliches gesagt oder getan hat. Dinge, die Ihnen merkwürdig vorgekommen sind.«

»Gibt es zum Beispiel«, schaltete Griffoni sich ein, »auffällige Bemerkungen über Artikel in der Zeitung, Themen, über die er sich aufgeregt hat?«

Professoressa Crosera schloss die Augen und rieb sich die Stirn. »Tullio ist ein ausgeglichener Mensch und regt sich selten auf. Er ist geduldig, er schreit die Kinder nicht an. Arbeitet hart.«

»Worüber unterhalten Sie beide sich?«, wagte Griffoni sich vor.

Professoressa Crosera dachte lange nach. Ob der Mann im Krankenhausbett die Erinnerung an jenen anderen verstellte, den sie einst geheiratet hatte? »Arbeit, seine und meine. Die Kinder. Filme, die wir gesehen haben. Unsere Familien. Urlaubspläne.« Ihre Stimme erstarb, und sie machte eine hilflose Handbewegung. »Wir unterhalten uns über dasselbe wie alle anderen auch.«

Brunetti versuchte es noch einmal. »Hat er von Schwierigkeiten bei der Arbeit gesprochen?«

Wieder schoss ihr Blick zu ihm hinüber, erschrocken. Offenbar war sie noch nie auf den Gedanken gekommen, ihr Mann könne durch seine Arbeit in Gefahr sein.

Wie er sie so sah, wurde ihm klar, wie wenig plausibel das war. Gasparini arbeitete in Verona, um Himmels willen. Wie wahrscheinlich war es, dass irgendein neidischer Kollege oder unzufriedener Kunde nach Venedig kommen und in der Stadt herumlaufen würde, bis er auf einer Brücke zufällig sein argloses Opfer traf?

»Oder hat er sonst irgendwelche Feinde in der Stadt?«, fragte Griffoni.

Professoressa Crosera, die bei Brunettis Frage nach der Arbeit ihres Mannes zu Boden gesehen hatte, sah zu Griffoni hinüber. »Nein, niemand. Jedenfalls nicht, dass ich wüsste.«

»Gestern«, schaltete Brunetti sich ein, »hatte ich gefragt, ob ich mir seine Sachen ansehen darf.« Er wartete, bis sie nickte. »Dürfen wir das jetzt nachholen?« Ihre Miene verschloss sich, und eingedenk des Tons, in dem sie vorher »Gut so« gesagt hatte, fügte Brunetti eilig hinzu: »Vielleicht kommen wir dadurch dem Täter auf die Spur.«

»Glauben Sie wirklich?«, fragte Professoressa Crosera.

»Ich bin mir nicht sicher, Signora«, sagte er, überrascht von seiner eigenen Offenheit. »Eben deswegen möchte ich Commissario Griffoni dabeihaben. Vielleicht fällt ihr etwas auf, das ich nicht sehe.«

Wieder rieb sich Professoressa Crosera heftig an der Stirn. Schließlich meinte sie: »Dann tun Sie das. Zweite Tür links.«

Das Zimmer war aufgeräumt, das Bett gemacht, keine herumliegenden Kleidungsstücke. Brunetti ging zu einer Tür, die ins Bad führen musste, und sah hinein. Auch dort alles ordentlich, abgesehen von diversen Schminkutensilien über dem Waschbecken.

Der Kleiderschrank, ein modernes weißes Riesending, stand an der hinteren Wand. Brunetti zog die zwei Türen auf; eine knarrte schrecklich. Sie traten zurück, um sich einen Überblick zu verschaffen. In der rechten Hälfte standen zuunterst Herrenschuhe. Darüber sahen Hosenbünde unter den zugehörigen Jacketts hervor, rechts daneben hingen einzelne Sakkos und mindestens zwanzig weiße Hemden.

In der linken Hälfte hingen Kleider, Röcke, Hosen, Blusen und zwei lange Gewänder, alles wild durcheinander. Darunter lagen gut zwei Dutzend Paar Schuhe, nur wenige davon neben ihren Partnern. Griffoni trat mit verschränkten Armen zurück und versuchte aus den zwei so verschieden sich darbietenden Hälften des Schranks auf deren Benutzer zu schließen. Neben der Stange für die Bügel gab es drei Fächer, darunter je drei Schubladen.

Im obersten Fach Wintermützen und Herrenhandschuhe, in der Mitte dicke Pullover, ganz unten leichtere Pullover und Sweatshirts; in den entsprechenden Fächern auf der weiblichen Seite das Gleiche, nur nicht so ordentlich geschichtet.

»Ein ordnungsliebender Mann«, sagte Griffoni und wies mit dem Kinn auf die Stapel akkurat gefalteter Pullover.

»Sieht ganz so aus«, meinte Brunetti und stellte sich vor, wie langweilig die Arbeit eines Buchhalters sein musste. »Und seine Frau?«, fragte er.

Griffoni ging zur linken Seite des Schranks und strich prüfend über den Stoff eines Morgenmantels und zweier Kleider. »Sie weiß, was vorteilhaft für sie ist.«

»Was meinst du damit?«, sagte Brunetti.

Griffoni schob die zwei Kleider auseinander. »Sieh mal her«, sagte sie. »Genau das Richtige für sie: dieser Schnitt, dieser Stoff, perfekt für ihre Schultern.« Sie zog die Hände zurück, und die Kleider schmiegten sich wieder aneinander. »Sie weiß, was ihr steht.«

»Und die?«, fragte Brunetti und wies auf die durcheinanderliegenden Schuhe.

»In jedem einzelnen steckt ein Schuhspanner, Guido. Ist dir das aufgefallen?«

Nein. Er hatte nur bemerkt, dass sie nicht ordentlich in Paaren aufgestellt waren. »Und mindestens fünf Paar sind handgemacht«, fügte Griffoni hinzu.

»Und er?« Brunetti fragte sich, ob er sie nicht auch noch bitten sollte, ihm die Handschriften der beiden zu deuten.

»Ordnungsliebend, nimmt es manchmal vielleicht zu genau. Sehr konventionell, auf seine Ideen fixiert.«

»Das alles schließt du daraus, wie seine Anzüge aufgehängt sind?«, fragte Brunetti.

»Er hat drei graue Anzüge, Guido«, erklärte sie lächelnd und tastete in den Schubladen auf der rechten Seite herum: Unterwäsche, Socken und Taschentücher. Sie zog die unterste auf. Doch statt hineinzugreifen, verschränkte sie die Hände auf dem Rücken und sagte: »Sieh einfach nur hin.«

»Und?«, fragte Brunetti, der allmählich die Geduld verlor.

»Hier kehrt sich das Innerste dieses Mannes nach außen.«

»Ach, komm schon, Claudia«, entfuhr es ihm. »Das ist doch Unsinn.«

»Sieh doch«, sagte sie, zog die Schublade ganz auf und trat beiseite.

Brunetti ging in die Knie und hatte ein Sammelsurium von offenbar achtlos hineingeworfenen Gegenständen vor sich. Zerknüllte Banknoten voll arabischer Schriftzeichen und Männern mit orientalischer Kopfbedeckung. In einem

Umschlag vier Monate alte Bordkarten eines Fluges Venedig–Dubai und zurück. Zwei Schlüsselringe mit lauter verschiedenen Schlüsseln. Ein kleines Nilpferd aus Malachit, eine Quittung über dreißig Euro für das Aufladen der iMOB-Netzkarte, zwei einzeln eingewickelte Hustenbonbons und ein zerschlissenes Lederportemonnaie. Brunetti klappte es auf und schob seinen Finger in jeden Schlitz; alle waren leer, auch das Fach für die Scheine.

Unter mehreren Zehn-Pfund-Noten lagen weitere Quittungen; zwei von Restaurants und eine für den Kauf von drei Druckerpatronen bei Testolini; eine der Patronen – schwarz – hatte sich in die Schublade verirrt. Brunetti blätterte ein paar Zettel durch, die von einer Büroklammer zusammengehalten wurden: keine Quittungen, sondern Coupons für Kosmetikartikel zu je hundertvierundfünfzig Euro, auf den Namen Gasparini. Vier AAA-Batterien, noch verpackt; eine defekte Taschenlampe; noch mehr Quittungen und drei weitere Coupons. Brunetti stand auf und schob die Lade mit der Schuhspitze zu.

»Nicht so hastig, Guido«, sagte Griffoni und zog die Lade wieder auf. »Hier ist keine Ordnung; die Sachen haben nichts miteinander zu tun, ganz anders als in den anderen Fächern.« Sie griff nach dem Umschlag und zog die Pappkärtchen heraus. »Warum bewahrt er nur diese zwei Bordkarten auf? Wo die beiden doch so viel auf Reisen sind? Hat seine Frau dir nicht erzählt, sie sei beruflich viel unterwegs?«

Brunetti nickte, konnte ihr aber immer noch nicht folgen.

Griffoni zog die Lade ganz heraus und stellte sie auf den

Tisch zwischen den Fenstern. Dann räumte sie alles aus und legte die einzelnen Gegenstände in einer langen Reihe auf den Tisch.

Die Reihe begann mit den Bordkarten; es folgten die arabischen Banknoten, das Portemonnaie und das Nilpferd; dann kamen die AAA-Batterien und die Druckerpatrone, die Coupons, die Taschenlampe, die Hustenbonbons, die Schlüsselringe, die Quittungen und die britischen Geldscheine. Zum Schluss noch mehr Quittungen und ein paar andere Sachen, die vorher nicht zu sehen gewesen waren.

Als Erstes nahm Griffoni sich die Bordkarten vor. »Emirates soll ja die beste Fluggesellschaft sein«, sagte sie und steckte sie in den Umschlag zurück. Dann kam die Taschenlampe an die Reihe, die auch beim zweiten Anlauf nicht funktionierte. So untersuchte sie jedes einzelne Stück, um das Rätsel ihrer Anwesenheit zu ergründen.

Während sie eine Hotelrechnung aus Mailand studierte, griff Brunetti nach den zusammengehefteten Coupons. Er betrachtete den ersten näher, dann alle anderen. Schließlich fragte er: »Was macht ein Mann mit Coupons für Kosmetik im Wert von neunhundert Euro?«

Unwillkürlich musste er an die Jungen denken, die am Kiosk diese Klatschblätter gekauft hatten. Jungen lasen so etwas nicht. Und Männer brauchten keine Kosmetikartikel, jedenfalls nicht für neunhundert Euro.

»Das ergibt keinen Sinn, oder?« Brunetti hielt ihr die Coupons hin.

Griffoni studierte sie eingehend und gab sie ihm schließlich zurück. »Neunhundertvierundzwanzig, um genau zu sein.«

»Fragen wir sie danach«, sagte Brunetti. Er steckte die Coupons ein, alles andere legten sie in die Schublade zurück.

Im Wohnzimmer war Professoressa Crosera nicht mehr. Also gingen sie in der Küche nachsehen – und trafen dort zu ihrer Überraschung den Jungen an, der, ohne dass sie etwas gehört hätten, in die Wohnung gekommen sein musste. Er hatte ein riesiges Sandwich vor sich, seine Mutter eine Tasse Tee.

»Oh, Entschuldigung«, sagte Brunetti und blieb so abrupt auf der Schwelle stehen, dass Griffoni gegen ihn prallte.

Professoressa Crosera machte Anstalten aufzustehen, der Junge ebenfalls. Brunetti lächelte, und Sandro tat es ihm nach. Er hatte mehr Farbe im Gesicht und wirkte ruhiger als am Vortag. Nach einem höflichen *»Buon giorno, signori«* sah er unsicher zu seiner Mutter.

»Bitte. Lassen Sie sich nicht stören, Signora«, sagte Brunetti. »Wir haben nur noch ein paar Fragen. Wir warten im Wohnzimmer auf Sie.«

Bevor seine Mutter etwas sagen konnte, fragte der Junge: »Haben Sie den Mann gefunden, der meinen Vater verletzt hat?« Er gab sich alle Mühe, erwachsen zu klingen, aber aus seiner Stimme sprach Angst.

»Noch nicht«, antwortete Brunetti. »Deswegen möchten wir noch einmal mit deiner Mutter sprechen.«

»Worüber?«, fragte sie. Es klang eher neugierig als gereizt.

»Über Dinge, die wir gefunden haben, Signora. Wir warten im *salotto*«, wiederholte Brunetti ohne weitere Erklärung und ging mit Griffoni ins Wohnzimmer zurück, wo sie auf dem Sofa Platz nahmen.

Wenig später erschien Professoressa Crosera und schloss die Tür hinter sich. Brunetti stand auf. »Also, worum geht es?«, fragte sie von der Tür aus.

»Wir haben uns die Sachen Ihres Mannes angesehen und etwas gefunden, das uns Rätsel aufgibt«, sagte er und hielt ihr die Zettel hin.

Sie griff nicht danach, meinte nur verwirrt: »Was ist das?«

»Coupons für Kosmetik: Wir verstehen nicht, warum er so viele Gutscheine für Kosmetikartikel hat.« Dann fiel ihm noch ein Detail ein: »Sein Name steht darauf.« Er legte sie ihr in die Hand. Sie blätterte die Zettel flüchtig durch und gab sie ihm zurück.

Dann nahm sie auf dem zweiten Sofa Platz, und Brunetti setzte sich wieder neben Griffoni. Professoressa Crosera sah prüfend auf die Uhr, wie viel Zeit ihr für eine Erklärung blieb, und sagte mit dem Anflug eines Lächelns: »Das ist seine Tante.« So wie sie das letzte Wort betonte, war Brunetti klar, dass sie über diese Tante noch sehr viel mehr zu sagen hatte.

Die beiden Polizisten schwiegen.

»Zia Matilde«, begann sie betont sachlich. »Matilde Gasparini. Sie ist die Gasparini auf den Coupons. Aus irgendeinem Grund hat mein Mann diese Coupons nach seinem letzten Besuch bei ihr mitgebracht; er wollte mit jemandem darüber sprechen. Sie ist fünfundachtzig. Weiß der Himmel, warum sie so viel Geld für Kosmetika ausgibt«, endete sie entrüstet.

Brunetti verkniff sich jede Bemerkung über die Torheit der Frauen. Oder den Wunsch nach ewiger Jugend. Nicht gegenüber einer Frau, deren Mann mit dem Tode rang, und schon gar nicht im Beisein von Griffoni. Er fragte daher nur: »Hat er sich Ihnen gegenüber zu diesen Coupons geäußert?«

Sie schien überrascht. »Nur, dass er ihre Erklärung, wie sie daran gekommen ist, nicht verstanden hat.« Und dann: »Er hat sie besucht, als sie aus dem Krankenhaus entlassen wurde, und sie auf die Coupons angesprochen. Doch sie sagte, es sei nicht der Moment.« Sie schüttelte lächelnd den Kopf angesichts der vermeintlichen Eitelkeit der Tante ihres Mannes.

»Das hiesige Krankenhaus?«, versuchte Brunetti das Gespräch in Gang zu halten; und als sie nickte, fragte er: »Warum war sie dort?«

»Ihre *badante* bekam sie eines Morgens nicht wach und rief den Notarzt. Wir waren nicht da, sie konnte uns tagelang nicht erreichen und war ganz aufgelöst.«

Brunetti warf Professoressa Crosera einen aufmunternden Blick zu, und sie erklärte: »Bei unserer Rückkehr sprach Tullio im Krankenhaus den behandelnden Arzt, und der meinte, seine Tante habe offenbar ihre Medikamente verwechselt und zu viele Schlaftabletten genommen. Das komme bei alten Leuten häufig vor.«

Die beiden nickten verständnisvoll. Griffoni machte zusätzlich »Mhm«, als könne sie ein Lied von alten Leuten singen.

»Tullio sagte dem Arzt, er sei ihr Neffe, nicht ihr Sohn. Von ihren gesundheitlichen Problemen wisse er nichts, jedenfalls habe sie sich nie beklagt. Er wisse nicht einmal den Namen ihres Hausarztes.

Der Arzt erklärte ihm, seine Tante sei nicht so gesund, wie er zu glauben scheine; aus ihrer Krankenakte gehe hervor, dass bei ihr Parkinson diagnostiziert worden sei und sie Medikamente dagegen einnehme. Außerdem sei ihr etwas gegen Alzheimer im Frühstadium verschrieben worden.«

Professoressa Crosera zog die Brauen hoch, schloss kurz die Augen und fuhr fort: »Als Tullio seine Tante schließlich sah, war er schockiert, wie sehr sie sich verändert hatte: plötzlich stark gealtert und sehr verwirrt. Sie sagte immer wieder, er solle zu ihr nach Hause gehen und diese Coupons holen, weil sie fürchtete, dass Beata, ihre *badante,* sie stehlen könne. Sie gab erst Ruhe, als er versprach, das noch am selben Tag zu erledigen.«

»Und hat er es getan?«, fragte Brunetti.

Sie nickte. »Er musste ihr sein Wort darauf geben, also blieb ihm nichts anderes übrig.«

Professoressa Crosera schüttelte den Kopf. »Beata ist seit zehn Jahren bei ihr; und liebevoll wie eine Tochter. Eine absurde Vorstellung, dass sie ihr etwas stehlen könnte. Außerdem hätte sie dafür zehn Jahre Zeit gehabt.« Je länger sie von der Tante sprach, desto stärker geriet sie in Wallung.

»Zia Matilde kam am nächsten Tag aus dem Krankenhaus – das war vor ungefähr zwei Wochen –, er hat sie dann zu Hause besucht. Zweimal. Wieder hat sie nach den Coupons gefragt und ihm das Versprechen abgenommen, sie gut zu verwahren.«

»Und Sie selbst, haben Sie die Tante seitdem gesehen?«

Professoressa Crosera schüttelte den Kopf. »Noch nicht,

seit sie wieder zu Hause ist. Nur mein Mann geht sie besuchen. Ging.«

»Weiß sie, was Ihrem Mann zugestoßen ist?«

Wieder heftiges Kopfschütteln. »Ich habe Beata angerufen und es ihr erzählt. Sie wusste von nichts. Ich habe sie gebeten, seiner Tante die traurige Nachricht zu ersparen; Beata meinte, das sei kein Problem, weil niemand sie mehr besuche.«

»Wie kommt das?«, fragte Griffoni.

»Alle, die sie kannte, sind entweder tot oder im Pflegeheim«, antwortete Professoressa Crosera schroff.

Griffoni hauchte ein »Ah« und sah Brunetti fragend an, wie es jetzt weitergehen solle.

Er nahm sein Notizbuch. »Könnten Sie uns die Adresse dieser Tante geben, Signora?«

»Sie wollen doch nicht etwa mit ihr reden?«

Brunetti hatte schon früh gelernt, dass Zeugen auf Sarkasmus allergisch reagierten, also verkniff er sich den Hinweis, dass die Tante ihres Mannes ihnen eher weiterhelfen könnte als das Nilpferd in der Schublade. »Die Coupons«, erklärte er lächelnd, »sind unser einziger Anhaltspunkt, Signora, deshalb möchte ich Genaueres darüber erfahren. Wenn auch nur, um eine Möglichkeit auszuschließen.« Er ließ das wirken und fragte dann: »Gestatten Sie, dass ich die Coupons mitnehme?«

»Aber machen Sie ihr keinen Kummer, ja?«

»Nein. Darauf gebe ich Ihnen mein Wort«, schaltete Griffoni sich ein.

Professoressa Crosera sah kurz zu ihr hin, nickte dann. »Und wenn Sie nichts in Erfahrung bringen?«, fragte sie.

»Dann versuchen wir es anderswo«, sagte Brunetti, der sich wünschte, er habe ihr etwas Besseres zu bieten.

»Sie wohnt gegenüber der Carmini-Kirche«, sagte Professoressa Crosera, »in dem Haus direkt gegenüber der Brücke. Die Nummer weiß ich leider nicht. Wenn Sie über die Brücke gehen, haben Sie es genau vor sich. Vierter Stock. Ihr Name steht an der Klingel.«

Brunetti stand auf, die Frauen ebenfalls.

Professoressa Crosera begleitete die beiden zur Tür. Erst da fiel Brunetti ein, dass er sich nicht nach ihrem Mann erkundigt hatte, aber da meldete sich Griffoni zu Wort: »Ich wünsche Ihnen Kraft in dieser schweren Zeit, Signora«, sagte sie und wandte sich zum Gehen. Brunetti folgte ihr schweigend.

20

Im Treppenhaus dachte Brunetti über Griffonis Abschiedsworte nach. Nur Leute aus dem Süden konnten tiefes Mitgefühl mit einem so konventionellen Wunsch zum Ausdruck bringen. Der Wunsch half der Angehörigen, bot ihr Beistand an, nicht ihrem bewusstlosen Mann, der – so sehr er Beistand, erbetenen oder geleisteten, nötig haben mochte – die aufmunternden Worte weder hören noch verstehen konnte. Trotz seines instinktiven Argwohns gegenüber Süditalienern konnte Brunetti sie für ihre angeborene Warmherzigkeit nur bewundern.

In der *calle* blieb Brunetti kurz stehen, um das GPS zu Rate zu ziehen, das jeder Venezianer bei der Geburt mitbekam. Es dauerte nicht länger, als eine Kompassnadel braucht, sich auf Nord einzupendeln.

Schon war der Kurs bestimmt, und Brunetti marschierte los. Griffoni ging neben ihm her. Er führte sie zum Campo Santa Margherita und weiter daran entlang und darüber hinaus zur Carmini-Kirche, bis sie vor der Brücke standen. Das Haus, in dem Gasparinis Tante wohnte, fiel durch zwei zugemauerte Fenster im zweiten Stock auf. »Wieso wurde das gemacht?«, fragte Griffoni.

»Das hat wohl mit statischen Problemen zu tun. Palazzi, die so dicht an einem Kanal stehen, sind immer ein bisschen in Bewegung.«

»Du redest, als sei das nichts Besonderes.«

»Ist es auch nicht.«

»Aber warum wurden die Fenster zugemauert?«

»Wahrscheinlich, weil man zu spät gemerkt hat, dass die Fenster die Fassade instabil machen.«

»Hmmm«, brummte Griffoni und ging die Brücke hinauf. An der Haustür angekommen, suchte sie die Klingel für Gasparini. Erst als Brunetti neben ihr stand, drückte sie den Knopf.

Nach geraumer Weile fragte eine Frauenstimme aus der Gegensprechanlage: *»Chi è?«*

Brunetti tippte Griffoni auf die Schulter, und als sie ihn ansah, zeigte er auf ihr Gesicht: Eine Frauenstimme kam mit Sicherheit besser an als die eines Mannes.

»Professoressa Elisa hat uns gebeten, einmal bei Signora Gasparini vorbeizuschauen«, antwortete Griffoni mit freundlicher, warmer Stimme.

»Signor Tullios Frau?«

»Ja.«

»Kommen Sie vom Krankenhaus?«

»Nein«, sagte Griffoni. »Wir kommen von der Professoressa. Sie hat uns gebeten, uns nach dem Befinden der Tante von Signor Tullio zu erkundigen.«

»Geht es Signor Tullio gut?«, fragte die Frau.

Griffoni sah zu Brunetti, der nickte. »Ja. Gott sei Dank.«

»Da bin ich froh«, antwortete die Frau. »Ich bete jeden Tag für ihn.«

»Dürfen wir hineinkommen und kurz mit ihr sprechen?«, fragte Griffoni.

»Selbstverständlich, wenn Professoressa Elisa Sie geschickt hat.« Der Summer ertönte, und die Tür ging auf. Sie betraten ein geräumiges Atrium mit dem üblichen weißroten Schachbrettmuster. Hinten führten große Glastüren in einen Garten, der sich einen Häuserblock tief bis zu einer hohen Backsteinmauer im Hintergrund erstreckte. Obstbäume dösten verfroren vor sich hin und warteten auf den Frühling. Die Stufen in den ersten Stock hinauf waren breit und niedrig, in der Mitte ausgetreten von all den Füßen, die sie im Lauf der Jahrhunderte hinauf- und hinuntergegangen waren. Sowohl hier als auch auf den folgenden Treppenabsätzen gab es je zwei Wohnungstüren, im vierten Stock nur noch eine. Davor angekommen, fragte Griffoni: »Heißt das, die ganze Etage gehört ihr?«

»Vermutlich«, antwortete Brunetti und malte sich aus, wie riesig die Wohnung sein musste. Er drückte auf die Klingel.

Die Tür öffnete sich. Vor ihnen stand eine Frau in den Dreißigern, blond und mit wässrig blauen Augen. Mit einer einladenden Geste gab sie ihnen den Weg frei. Sie trug einen weißen Pullover, offenbar aus Kunstfaser, und einen dunklen, wadenlangen Rock. Das in der Mitte gescheitelte Haar hing ihr schnurgerade auf die Schultern. Sie hatte das rundliche Gesicht und die blasse Haut einer Osteuropäerin und lächelte nervös.

Brunetti bat um Erlaubnis, eintreten zu dürfen, und ließ dann Griffoni den Vortritt.

Sie gelangten in einen sehr langen, niedrigen Flur, den querlaufende dunkle Deckenbalken noch niedriger erscheinen ließen. Die Fenster am Ende des Flurs, die auf den Garten hinausgehen mussten, spendeten nur wenig Licht, von dem der dunkle Holzfußboden auch noch einiges verschluckte. »Die Signora ist in ihrem Zimmer«, sagte die Frau und führte sie nach hinten.

Links und rechts in dem Flur hingen Wandteppiche: Verblasste Menschengestalten mit Speeren jagten Wildschweine auf dem einen und dunkle Hirsche auf dem anderen; Brunetti war froh, dass in der Düsternis so wenig zu erkennen war. Es folgten Porträts: Frauen in kläglichem Zustand und entsprechend schlecht gelaunt blickten zu ebenso übelgelaunten, unrestaurierten Männern hinüber.

Die junge Frau blieb vor einer Tür zur Rechten stehen und sagte: »Die Signora ist hier. Sagen Sie bitte nichts, was sie aufregen könnte, ja?« In vertraulichem Ton fügte sie um Verständnis heischend hinzu: »Sie ist nicht mehr die Alte.«

Ihre Trauer darüber wirkte echt. »Wir werden uns alle Mühe geben, Signorina«, meinte Brunetti.

Sie rang sich ein Lächeln ab, vollführte einen Knicks, der beinahe so aussah, als ob sie niederkniete; dann öffnete sie die Tür und ging in ein Zimmer voraus, in dem es ebenso düster war wie auf dem Flur. »Hier sind Freunde von Signor Tullio, Signora«, verkündete sie mit gekünstelter Munterkeit. Und kaum waren Brunetti und Griffoni über die Schwelle getreten, schloss sie nach einem abermaligen Knicks die Tür hinter sich.

Sie standen vor einer winzigen Frau mit flammend rotem, kurz geschnittenem Haar, das einer sehr viel Jüngeren besser zu Gesicht gestanden hätte. Sie saß, die Füße auf einem mit Brokat bezogenen Schemel, in einem niedrigen Sessel vor den Fenstern, durch die wenig Licht einfiel. Ihre blaue Seidenjacke war mit ineinander verschlungenen roten Drachen gemustert; der seidig schimmernde, graugrün gestreifte Rock reichte ihr bis über die Knöchel. An den Füßen trug sie hochhackige Pantöffelchen mit Pompon auf dem Spann, wie Brunetti sie nur in der Oper oder auf manchen Porträts von Longhi gesehen hatte. Man hätte meinen können, sie gebe jeden Moment einen Empfang oder spiele in einem Theaterstück mit.

Ihre starre Miene mochte das Ergebnis einer missglückten Schönheitsoperation sein, konnte aber auch auf mangelndes Interesse an allem außerhalb dieses Zimmers hindeuten. Ihr Blick war trüb, nicht nur verhangen wie oft im hohen Alter, sondern umwölkt von Zweifeln an der Wirklichkeit dessen, was sie noch wahrnahm. Ihr Mund war so rot wie ihr Haar und ebenso dünn.

Einziges Lebenszeichen – Brunetti wand sich innerlich, als er das dachte – war das Zittern ihres Kopfs, der in unregelmäßigen Abständen nach links zuckte. Brunetti versuchte den Rhythmus zu erfassen, aber die Abstände waren unterschiedlich, drei Sekunden, fünf, oder auch nur eine Sekunde.

Signora Gasparini saß in dem Sessel, als sei das ihr Hauptberuf. Der Tisch neben ihr war leer: keine Tasse, kein Glas, kein Obst, keine Pralinen, kein Buch, keine Zeitschrift. Sie taxierte die beiden und wies mit majestätischer Geste auf eine Reihe von Sesseln ihr gegenüber wie bei einer Audienz. Brunetti und Griffoni setzten sich.

Rings umher standen große, dunkle, unförmige Möbelstücke. Die Sessel zu dick gepolstert, zu hoch oder zu niedrig; manche einfach nur hässlich. Ein windschiefer Schrank wirkte lebensmüde. Die Beine eines Tischs litten an Elephantiasis, der Spiegel an der Wand hatte Stockflecken. Die Möbel sahen aus wie Erbstücke einer Familie ohne Geschmack.

»Sie sind Freunde meines Neffen?«, fragte sie zur Begrüßung.

»*Si*, Signora«, erklärte Brunetti. Griffoni nickte lächelnd. Die Frau nahm kaum Notiz von ihr. Hin und wieder zuckte ihr Kopf nach links. Brunetti zwang sich, nicht hinzustarren.

»Warum besucht er mich nicht?« Es sollte verärgert klingen, klang aber nur jammernd.

»Er ist sehr beschäftigt, Signora. Sie wissen ja, er ist beruflich viel unterwegs«, antwortete Brunetti, bemüht, nur ja nicht an den Mann im Krankenhausbett zu denken.

»Aber er kommt immer, bevor er abreist«, protestierte sie schwach und zum Ende des Satzes hin immer leiser, als erwarte sie von Brunetti eine Bestätigung.

»Diesmal musste er leider ganz plötzlich weg, und da hat er uns gebeten, vorbeizukommen und es Ihnen auszurichten«, behauptete Brunetti.

»Wann wird er …«, fing sie an, schien dann aber vergessen zu haben, was sie fragen wollte; vielleicht kam sie auch nur nicht mit dem Futur zurecht.

»Wir sollen Sie von ihm grüßen«, ging Brunetti über ihre abgebrochene Frage hinweg, »und Sie bitten, ihm etwas zu erklären.«

»Erklären? Was denn?«, fragte sie.

»Er wollte sich um die Coupons kümmern, die Sie ihm gegeben haben, und …« Brunetti ließ den Satz – halb Frage, halb Behauptung – in der Luft hängen, um zu sehen, wie sie reagieren würde.

Sie zuckte so zusammen, dass ein Pantoffel herunterfiel. Wie bei ihrem ständigen Kopfruckeln tat Brunetti auch jetzt so, als merke er es nicht. Auch Griffoni verzog keine Miene.

»Coupons?«, stammelte sie mit zitternder Stimme, als habe die Frage sie plötzlich um viele Jahre altern lassen.

»Ja, die von der Farmacia della Fontana. Offenbar ist der Apotheker jetzt bereit, sie einzutauschen gegen Geld.«

Die Aussicht auf Geld belebte sie. Die zittrige Alte verwandelte sich in ein aufgeregtes junges Mädchen. Brunetti fühlte sich an eine Bemerkung seiner Mutter erinnert, einen ihrer Versuche, ihm wie nebenbei die Welt zu erklären. Er hatte zu ihr gesagt – vierzehn oder fünfzehn musste er da gewesen sein –, es käme ihm so vor, als seien die Venezianer anders als andere Leute, er wisse nur nicht genau inwiefern.

Sie hatte sich die Hände an der Schürze abgewischt, die so untrennbar mit ihr verbunden war wie ihr Ehering. »Wir sind gierig, Guido. Das liegt uns im Blut.« Und damit hatte sie es bewenden lassen.

»Das hat er gesagt?«, fragte Signora Gasparini. »Gegen Geld?«

»Ja«, antwortete Brunetti, und Griffoni nickte.

Diesmal hob und senkte sich der Kopf der alten Dame willentlich, und sie sah gedankenverloren ins Leere. Schweigen machte sich breit. Brunetti wusste nicht mehr weiter.

»Wann kommt Tullio zurück?«, fragte sie.

»Oh, das weiß ich nicht, Signora. Er sagte, er sei mindestens bis Ende nächster Woche unterwegs. Deswegen sollten wir ja bei Ihnen vorbeischauen und uns erkundigen, wie es Ihnen geht und ob Sie etwas brauchen.«

Sie sah ihn lange an, Brunetti spürte förmlich, wie sie sein Inneres zu erforschen suchte. »Es ist nicht einfach für Elisa und die Kinder«, sagte er im Ton eines Freundes der Familie, »wenn er so lange fort ist.« Und dann fügte er, als sei ihm gerade erst wieder eingefallen, dass Griffoni neben ihm saß, noch hinzu: »Hat er dir erzählt, Claudia, wann er zurückkommt?«

»Nein. Aber sind wir nicht am zwanzigsten bei ihnen zum Essen eingeladen?«

Brunetti nickte und drehte sich wieder zu Signora Gasparini um. »Dann ist er also Ende nächster Woche zurück«, versicherte er mit einem freudigen Lächeln.

»Das ist noch lange hin«, sagte die alte Dame.

»Ach, die Zeit vergeht immer so schnell«, meinte Brunetti leichthin und machte Anstalten aufzustehen.

Die alte Dame hob eine Hand. »Sie haben sich mir noch nicht vorgestellt.«

»Ich bin Guido Brunetti, und das ist Claudia Griffoni.«

»Ist das Ihre Frau?«, fragte Signora Gasparini.

»So gut wie, Signora«, warf Griffoni mit einem verlegenen Lachen ein.

Falls Brunetti erwartet hatte, die alte Dame reagiere schockiert, täuschte er sich. Zum ersten Mal schenkte sie Griffoni ihre Aufmerksamkeit und sah sie lange an – Brunetti zählte bis neun –, ohne dass ihr Kopf sich bewegte. Erst als sie fragte: »Sie machen also alles zusammen?«, setzte das leichte Zucken wieder ein.

Nach Griffonis Bemerkung war Brunetti sich nicht ganz sicher, wie das gemeint war.

Griffoni hingegen erfasste die Situation und erklärte: »Ja, Signora. Wir gehen zusammen einkaufen und teilen uns die Haushaltskosten. Nur wenn wir auswärts essen gehen, ist Guido noch der Kavalier.«

Die alte Dame wirkte sichtlich zufrieden. »Dann gehen Sie das Geld also zusammen abholen?«

»Natürlich«, versicherte Griffoni. »Wir sind ein eingespieltes Team.« Sie lächelte mehrdeutig. Und dann, als sei ihr gerade ein Detail eingefallen: »Aber wir müssen wissen, was wir dem Apotheker sagen sollen.«

Plötzlich alarmiert, fragte Signora Gasparini: »Sind Sie Venezianerin?« Es war eine Bitte um Auskunft, ohne jede Voreingenommenheit.

»Nein, Signora, aber ich lebe jetzt hier«, antwortete Griffoni mit einem Augenaufschlag Richtung Brunetti.

»Ah, das ist gut«, meinte die alte Dame und rieb sich die Hände – eine Gebärde, von der Brunetti bei Balzac gelesen hatte.

Er wandte sich an Griffoni und sagte, wie um ihr die Bühne zu überlassen: »Also, Claudia. Ich lasse dich jetzt mit Signora Gasparini allein und frage inzwischen die *badante,* ob wir sonst noch etwas tun können.«

Ganz Mann der Tat erhob er sich, schritt zur Tür und ging hinaus. Im Flur rief er: »Signorina? Signorina Beata?« Ein paar Meter weiter blieb er vor der Tür am Ende des Flurs stehen und rief noch einmal lauter: »Signorina Beata? Sind Sie da?«

Die Tür schwang auf, die junge Frau kam heraus und

trocknete ihre Hände an einem Küchentuch. »Was kann ich für Sie tun, Signore?«, fragte sie. Ihr Italienisch war ausgezeichnet, nur hier und da verriet ein Vokal, dass es importiert war.

»Signor Tullio hat seiner Frau erzählt, seine Tante habe sich in den letzten Monaten stark verändert«, erklärte Brunetti in möglichst sorgenvollem Ton.

Ihr knappes Nicken konnte beides heißen: dass sie verstanden hatte oder dass sie Tullio Gasparini recht gab. Da sie nichts sagte, wurde Brunetti direkter: »Haben auch Sie Veränderungen an ihr bemerkt, Signorina?«

Wieder wischte sie sich die Hände ab, die schon längst trocken sein mussten. »Ihr Gedächtnis ist nicht mehr so gut wie früher«, sagte sie schließlich und sah ihn fragend an. Brunetti nickte, und sie fuhr fort: »Die Zitterkrankheit ist nicht schuld. Als die anfing, war es noch gut.« Sie verscheuchte diesen Gedanken mit dem Geschirrtuch. »Da hat sie noch daran gedacht, ihre Pillen zu nehmen, und die halfen ein wenig gegen das Zittern.« Wieder nickte Brunetti.

»Dann bekam sie Schlafprobleme. Manchmal fand ich sie morgens schlafend auf dem Sofa, der Fernseher lief, und sie wusste nicht, wie sie dort hingekommen war.« Das schien die junge Frau mehr zu beunruhigen als die »Zitterkrankheit«.

»Dann hörte das auf, und sie schlief morgens immer länger. Bis ich sie einmal nicht wecken konnte und den Notruf alarmiert habe.« Sie faltete das Tuch zu einem Rechteck, schüttelte es aus und faltete es noch einmal.

»Wann war das, Signorina?«, fragte Brunetti, um Professoressa Croseras Aussage zu prüfen.

»Mitte Oktober«, sagte sie. »Ende Oktober ist sie nach Hause gekommen, nach zwei Wochen Krankenhaus.« Sie schloss kurz die Augen, vielleicht in Erinnerung an jenen Tag. »Es wird nicht besser mit ihr, also werde ich über Weihnachten nicht nach Hause können.«

»Und da haben Sie die Veränderung bei ihr bemerkt?«

»Mir war lange nichts aufgefallen, weil es so langsam vor sich ging. Aber als sie aus dem Krankenhaus kam, war sie sehr verändert. Vorher waren wir täglich draußen, gingen am Campo Santa Margherita einkaufen, oder zum Kaffeetrinken.« Sie warf ihm einen prüfenden Blick zu, ob sie ihm noch mehr erzählen sollte. »Wir waren beinahe so etwas wie Freundinnen. An einem Tag bezahlte sie, am nächsten ließ sie mich bezahlen. Und während wir bei Kaffee und Kuchen zusammensaßen, waren wir wirklich Freundinnen.«

Brunetti begann zu rechnen: fünfzehnmal im Monat, jeweils fünf, sechs Euro, machte zusammen fünfundsiebzig Euro. Er dachte an die Worte seiner Mutter über die Gier der Venezianer und fügte innerlich Verschlagenheit hinzu.

»Und am Ende eines Monats gab sie mir immer das Geld zurück und sagte, ich könne mir dafür ein Paar Schuhe kaufen oder etwas meiner Mutter schicken.«

Brunetti musste sein Bild zurechtrücken. »Was haben Sie sonst noch gemeinsam unternommen?«, fragte er.

»Manchmal gingen wir zusammen zum Rialto. Oder wir machten einen Schaufensterbummel. Ich begleitete sie zum Arzt oder zur Apotheke, und einmal zum Optiker.«

»Hat es Sie beunruhigt, als sie sich veränderte?«, fragte Brunetti.

Wieder faltete die junge Frau das Geschirrtuch zusammen, während sie darüber nachdachte. »Nicht sonderlich, weil es so langsam geschah. Nur manchmal, bei bestimmten Gelegenheiten.«

»Können Sie mir ein Beispiel nennen, Signorina?«

»Sie wollte nicht mehr, dass ich beim Arzt ins Sprechzimmer mitkam, und ich sollte sie nicht mehr zur Apotheke begleiten, obwohl die weit weg ist, in Cannaregio. Oder sie schickte mich aus dem Zimmer, wenn sie telefonieren wollte, und ich durfte sie nicht mehr daran erinnern, wann sie ihre Medizin nehmen musste.« Sie wartete vergeblich, dass Brunetti dazu etwas sagte. »Vielleicht schämte sie sich, weil das Zittern immer schlimmer wurde und sie ständig irgendwelche Dinge verwechselte. Ich tat zwar so, als ob ich es nicht merken würde, aber sie wusste, dass ich es mitbekam.« Beata warf ihm einen prüfenden Blick zu und zuckte mit den Schultern.

»Wir gingen immer noch zusammen Kaffee trinken, aber es war nicht mehr wie früher. Und immer bezahlte sie. Wenn ich zahlen wollte, sagte sie nein, und von da an machte es mir nicht mehr so viel Spaß, weil wir nicht mehr so etwas wie Freundinnen waren. Sie war jetzt immer die *padrona*, und das ist nicht schön, wenn man einmal befreundet war.« Sie ließ den Satz lange nachhallen und fügte dann traurig hinzu: »Ich denke, sie hat vergessen, dass wir mal Freundinnen waren.«

Brunetti fürchtete schon, sie werde in Tränen ausbrechen, und wechselte abrupt das Thema. »Wissen Sie etwas über diese Coupons?«

»Was für Coupons?«, fragte sie.

»Von der Apotheke. Für Kosmetik.«

Sichtlich überrascht spähte sie den Flur hinunter, als sei dort die Vergangenheit zu sehen.

»Da kommen die also her«, sagte sie.

»Die Coupons?«, fragte Brunetti.

»Nein. Die Sachen, die sie mir geschenkt hat. Diesen Sommer, kurz nach meinem Geburtstag, kam sie mit einer Tasche voll Lippenstifte und Cremes und einer Flasche Badeöl nach Hause und schenkte mir das alles«, erzählte sie, jetzt wieder lächelnd.

»Sie hatte mir schon etwas zum Geburtstag überreicht, ein goldenes Kettchen mit einem Kreuz. Das werde ich meiner Mutter geben, wenn ich sie im nächsten Sommer besuche.«

»Die Kosmetikartikel waren ein zusätzliches Geschenk?«

»Ja. Sie sagte, die gebe sie mir weiter.« Ihr Lächeln erstarb. »Ich will sie mit nach Hause nehmen. Hier brauche ich sie ja nicht.«

»Kann ich die mal sehen?«, fragte Brunetti.

»Was?«

»Würden Sie mir die Sachen zeigen?«

»Aber die sind in meinem Zimmer«, sagte sie, als habe Brunetti ihr ein unsittliches Angebot gemacht.

»Sie könnten sie doch holen, Beata. Ich würde die Sachen gern einmal sehen.« Ihre verwirrte Miene nötigte ihn zu der Behauptung: »Es könnte der Signora helfen.«

Beata nickte und verschwand in einem Zimmer auf der anderen Seite des Flurs.

Wenig später kam sie mit einer orangen Hermès-Einkaufstasche zurück, und Brunetti dachte schon, die Kosmetikartikel stammten von dort. Die Enttäuschung war ihm offenbar anzusehen, denn Beata erklärte rasch: »Nein, Signore. Die Signora hat sie in diese Tasche getan, weil sie wusste, dass die mir gefällt.«

Sie legte die Tasche auf eine der großen Kommoden im Flur und nahm den Inhalt Stück für Stück heraus. Vier Lippenstifte, eine Flasche Badeöl, noch eine, eine kleine Schachtel mit einem Tiegel Gesichtscreme, drei Tuben mit etwas, das *»fondotinta«* hieß.

»Das alles hat sie Ihnen diesen Sommer geschenkt, und Sie haben noch nichts davon benutzt?«, fragte Brunetti.

»Nein, Signore. Ich will es nächsten Sommer meiner Mutter und meiner Schwester schenken. So gute Sachen haben sie noch nie gehabt.« Sie warf einen sehnsüchtigen, geradezu ehrfürchtigen Blick auf die Tuben und Schachteln, als verkörperten sie den ganzen Reichtum und Luxus des Westens.

»Danke, Signorina Beata«, sagte Brunetti. »Wissen Sie, ob die Signora noch mehr davon mitgebracht hat?«

»Ich glaube ja, aber schon früher in diesem Sommer. Danach dann nicht mehr.«

»War das, nachdem sie nicht mehr täglich mit Ihnen ausgehen wollte?«

»Woher wissen Sie das?«

»Reine Vermutung«, sagte Brunetti leichthin.

Griffoni trat auf den Flur, drehte sich noch einmal um, warf der Signora eine Kusshand zu, kam dann zu ihnen hinüber und sagte zu Beata: »Die Signora bittet Sie, ihr eine Tasse Tee zu bringen.«

Um ein Haar hätte die junge Frau erneut einen Knicks

gemacht. »Selbstverständlich«, sagte sie und entschwand in die Küche.

»Wie machst du das nur?«, fragte Brunetti, ohne erst die Kusshand zu erwähnen.

»Ich höre zu. Und stelle Fragen. Und will dann noch mehr wissen.« Ihr Blick fiel auf die Kosmetikartikel, die auf der Kommode aufgereiht lagen wie die Gegenstände aus Gasparinis Schublade. Sie nahm die Schachtel, machte sie vorsichtig auf, um die Klappe nicht zu beschädigen, nahm den hellblauen Tiegel heraus und las die Aufschrift.

»Genau dieses Präparat habe ich mir vor zwei Wochen im Geschäft angesehen. Inhalt hundertfünfzig Gramm. Kostet siebenundneunzig Euro.« Sie stellte den Tiegel in die Schachtel zurück und schloss sie wieder. Dann schraubte sie alle Lippenstifte auf und zeigte Brunetti, dass sie unbenutzt waren.

»Ich sollte meinen Neffen in Neapel raten, aus dem Drogengeschäft auszusteigen und lieber dieses Zeug hier zu verkaufen«, sagte sie.

Brunetti ließ das unkommentiert. Griffoni sprach selten von ihrer Familie, er wollte nicht zudringlich erscheinen. Aber dass sie Geschäftssinn besaß, ließ sich nicht leugnen.

»Nun?«, fragte er.

»Sie hat mir von ihrer Jugend erzählt.« Sorgfältig stellte Griffoni die Tuben und Schachteln aufrecht in die Tasche zurück. Und während sie eine der Tuben hochhielt, meinte sie: »Ich habe sie nach ihrer Zauberformel gefragt, wie sie es macht, dass sie so jung aussieht.« Sie sah Brunetti herausfordernd an.

»Und was hat sie geantwortet?«

»Sich vor den Ärzten in Acht nehmen und nur die besten Kosmetika verwenden«, sagte Griffoni und schwenkte die Tube hin und her.

»Sie hat das also alles gekauft?«, fragte Brunetti.

»Ja. Sie wollte mir schon verraten, was sie für eine Möglichkeit entdeckt hatte, billig daran heranzukommen, da hielt sie plötzlich die Hand vor den Mund und meinte, das sei ein Geheimnis, sie dürfe keinem davon erzählen.«

»Wie hast du reagiert?«, fragte Brunetti.

Eine Tür schwang auf, und Beata erschien mit einem Tablett, auf dem eine Tasse Tee und ein Teller mit drei Keksen standen. Brunetti ging voraus, öffnete die Tür zum Zimmer der Signora und folgte ihr hinein.

Als die alte Dame zu ihm aufsah, sagte er: »Danke für Ihre Hilfe, Signora. Ich hoffe, wir sind Ihnen mit unseren Fragen nicht zur Last gefallen.«

»Aber nein«, sagte Signora Gasparini lächelnd. »Grüßen Sie bitte meinen Neffen, wenn Sie ihn sehen. Und könnten Sie ihn vielleicht bitten, mich anzurufen?« Sie nahm die Tasse, die Beata ihr hinhielt, und fügte noch freundlich hinzu: »Eine entzückende Frau haben Sie da.«

»Ja, allerdings«, sagte Brunetti, ging aus dem Zimmer und schloss die Tür hinter sich.

Griffoni wartete im Flur. Sie hatte alles wieder in die Tasche gepackt, die auf der Kommode thronte. Sie verließen die Wohnung, und Griffoni begann erst zu sprechen, als sie die Brücke vor dem Haus erreicht hatten. Oben angekommen, lehnte sie sich mit dem Rücken ans Geländer und stützte sich mit beiden Händen ab.

»Ich habe ihr gesagt«, begann sie ohne Umschweife, »dass ich sie bewundere, weil sie ein Geheimnis zu bewahren weiß. Und dass ich sie beneide, weil sie einen Weg gefunden hat, Geld zu sparen. Ich selbst hätte nämlich auch eine Schwäche für Kosmetika und wolle immer nur die besten verwenden. Und dann habe ich geklagt, bei meinem Gehalt sei es schwer, ich könne mir die nicht leisten.«

Gebannt wie eine Schlange vom Klang der Flöte des Beschwörers hörte Brunetti ihr zu.

»Dann machte ich ihr tapfer noch ein paar Komplimente, worauf sie mich lange ansah und schließlich fragte, ob ich irgendwelche Medikamente nehme. Ich verstand erst den Sinn der Frage nicht, sagte aber einfach mal ja und murmelte etwas von einem Frauenleiden. Auch Frauen«, trumpfte Griffoni auf, »fragen nur ungern nach, wenn man davon anfängt.«

Brunetti schüttelte lächelnd den Kopf.

»Sie sagte, vielleicht könne sie mir helfen, müsse aber erst darüber nachdenken.«

»Falls sie sich zu erinnern geruht«, entfuhr es Brunetti.

»Sei nicht so unfreundlich, Guido.«

»Entschuldige. Was hast du geantwortet?«

»Dass ich mich sehr darüber freuen würde. Und dann hat sie mich zum Tee eingeladen«, erzählte Griffoni strahlend. »Und vorgeschlagen, ich könnte ihr und Beata doch etwas Kuchen mitbringen.«

Ach, wie sehr seine Mutter jede der beiden bewundert hätte, dachte Brunetti. »Wann?«

»Nächsten Montag um drei.« Griffoni stieß sich vom Geländer ab und ging die Treppe hinunter.

21

Vor der Kirche meinte Griffoni: »Ich frage mich, warum sie sie nicht ausstehen kann.«

»Könntest du dich ein wenig klarer ausdrücken?«, bat Brunetti.

»Warum Professoressa Crosera Signora Gasparini nicht mag. Eine hilflose alte Frau, die tapfer gegen den Verfall ankämpft, aber ihr Leben nicht mehr unter Kontrolle hat.«

»Das sind Gründe, Leute zu bemitleiden, Claudia, nicht, sie zu mögen«, sagte Brunetti und spürte selbst, wie geschwollen das klang.

»Schon mal was von Eifersucht gehört?«, fragte Griffoni lachend. »Oder von Dominanz?«

»Ihr Mann arbeitet die ganze Woche in Verona«, gab Brunetti zurück. »Und kaum ist er in Venedig, bedrängt ihn seine Tante, er solle sie besuchen und dies und das für sie erledigen.« Brunetti ließ sich nicht unterbrechen. »Ich könnte mir vorstellen, dass seine Frau in der Tante nur eine Nervensäge sieht, zudringlich und vergesslich.«

Griffoni blieb stehen, drehte sich herum und stellte sich ihm entgegen. »Das mag ja alles sein. Aber sie ist immer noch seine *Tante,* Herrgott noch mal.« Bei den letzten Worten war ihre Stimme lauter geworden; eine junge Passantin drehte sich nach ihnen um.

Während Brunetti noch dachte, typisch Südländerin, dieser Hinweis auf die Heilige Familie, setzte Griffoni leise und plötzlich geradezu eiskalt hinzu: »Außerdem hast du die Wohnung gesehen: oberster Stock, gegenüber der Carmini-Kirche, mindestens zweihundertfünfzig Quadratmeter, Blick nach vorne auf den Kanal und nach hinten auf den Garten hinaus.« Und dann, nach einer Kunstpause: »Was glaubst du wohl, wer das einmal erben wird, Guido?«

Brunetti fand, sie rede wie ein windiger venezianischer Immobilienmakler, der alles Menschliche nur aus dem Blickwinkel von Lage und Größe beurteilte, sprach dies aber wohlweislich nicht aus. Er dachte daran, wie die alte Frau Griffoni bei der Begrüßung übergangen hatte. »Du hast ja regelrecht Sympathien für sie entwickelt. Wie kommt's?«

»Weil sie sich nicht unterkriegen lässt«, erklärte Griffoni prompt. »Und weil sie sich im Gegensatz zu den meisten in ihrem Alter nicht daran gestört hat, als ich andeutete, wir beide seien ein Paar, aber nicht verheiratet. Außerdem passte es ihr, dass ich keine Venezianerin bin.«

»Was schätzt sie daran?«

»Vielleicht den unvoreingenommenen Blick. Wenn mir ein Venezianer etwas erzählt, kommt mir dabei nicht in den Sinn, wie dessen Urgroßonkel 1937 den Cousin meines Urgroßvaters um zwanzig Hektar Land in Dolo betrogen hat.«

Brunetti lachte, die Situation war entschärft. »Du hast uns durchschaut«, sagte er.

Griffoni versetzte, ebenfalls lachend: »Ihr seid nicht viel anders als wir, auch wenn wir Neapolitaner fünf oder sechs Generationen zurückgehen, um zu begründen, warum wir gegen jemanden voreingenommen sind, und sei es im positiven Sinn.« Nachdenklich fügte sie hinzu: »Seltsamerweise hat sie über andere fast nur Gutes gesagt, wie nett sie seien, wie sehr sie ihnen vertraue.«

»Hat sie jemand Bestimmten erwähnt?«

»O ja, da waren einige: ihr seliger Onkel Marco, ihre Ärztin, ihre Freundin Anna Marcolin, zwei Käsehändler am Rialto und Signora Lamon, die unter ihr wohnt.« Griffoni konzentrierte sich, dann fiel es ihr wieder ein: »... und nicht zuletzt der Mann mit dem Schnurrbart, der auf dem Campo Santa Margherita Fisch verkauft.« Sie glaubte das genauer erklären zu müssen: »Es heißt, manchmal verkaufe er Reste vom Vortag, aber sie garantierte mir, das sei nicht wahr. Ihre Familie kaufe seit sechzig Jahren bei ihm.«

»Der beste Beweis, dass sie eine von uns ist«, meinte Brunetti lachend.

»Bei uns wäre das nicht anders«, meinte Griffoni. Einträchtig gingen sie weiter. »Ganz oben auf der Liste steht der Apotheker: Dottor Donato.« Da Brunetti sie verständnislos ansah, erklärte sie: »Das ist der Besitzer der Farmacia della Fontana, der Mann, der die Coupons ausgegeben hat. Sein Name steht auf jedem Coupon, dazu Steuernummer, Adresse und Telefonnummer.«

»Was hat sie dir erzählt?«

»Er ist der Nachkomme eines Dogen, der im siebzehnten Jahrhundert fünfunddreißig Tage lang an der Macht war, und sie ist stolz darauf, seine Kundin zu sein.« Griffoni schnaubte ungläubig. »Wir in Neapel sind auch verrückt nach Titeln, aber das ist nichts im Vergleich zu dem, wie die Leute hier sich aufführen.«

»Vielleicht liegt es an der Kopfbedeckung«, meinte Brunetti, ohne eine Miene zu verziehen.

Sie blieb stehen, sah ihn an und lachte. »Du bist der erste Venezianer, dem nicht die Augen aus den Höhlen treten und der sich nicht überschlägt vor Bewunderung, wenn von einem Dogen die Rede ist. Bist du auch ganz bestimmt ein echter Venezianer?«

Brunetti schaltete umgehend auf den Dialekt seiner Großeltern und nuschelte: *»Noialtri semo zente che no se lassemo strucar le segole in te i oci.«*

»Was heißt das?«, fragte sie.

»Dass wir uns von niemandem zum Narren halten lassen. So ungefähr.«

Er wartete, während sie den Satz innerlich aufsagte und vergeblich ins Italienische zu übersetzen versuchte. »Ich verstehe nur Bahnhof«, gab sie zu.

Brunetti freute sich: Die Stadt hatte sich doch noch etwas von ihrem ursprünglichen Charakter bewahrt. Seine Kinder sprachen zwar besser Italienisch als Veneziano, weil Paola und er immer nur Italienisch mit ihnen sprachen. Doch immerhin hatten sie den heimischen Dialekt von ihren Klassenkameraden gelernt.

Brunetti kam auf Signora Gasparini zurück: »Hat sie sonst noch etwas von dem Apotheker erzählt?«

»Nur, dass sie seit Jahren zu ihm geht; demnach dürfte er über sie genauso viel wissen wie ihr Arzt.«

Plötzlich rissen die Wolken auf, Sonne überflutete den Campo Santa Margherita. Die Temperatur schnellte in die Höhe. »Lass uns mal kurz anhalten«, sagte Griffoni und ging zu einer der breiten Bänke.

Sie sank darauf nieder, verschränkte die Arme und streckte die Beine aus. Brunetti setzte sich neben sie, ihr zugewandt, zwei Freunde, die miteinander plauderten. »Ich habe zwei Tanten«, begann Griffoni, den Blick auf ihre Füße gerichtet. »Beide haben Alzheimer, noch im Frühstadium. Beide springen ständig von einem Thema zum anderen, übergangslos und nicht nachvollziehbar. Erst Fisch, dann Eisenbahn, ihre Kinder, dann Kaugummispuren auf der Straße. Wenn ich mit ihnen über etwas Bestimmtes rede, sagen wir Kaugummi, muss ich sie immer wieder dorthin zurücktreiben. Sie konzentrieren sich eine halbe Minute lang, und wir können reden, doch auf einmal fangen sie von Mexiko oder Lourdes an; erst wenn ich wieder was von Kaugummi sage, kann das Gespräch weitergehen. Und dann fragen sie, ob ich schon weiß, was ich studieren will oder wo ich meinen Pullover her habe. Und wenn ich wieder von Kaugummi anfange, haben sie vergessen, dass wir eben noch davon gesprochen hatten.«

»Und?«, fragte Brunetti.

»Signora Gasparini ist noch nicht so weit wie meine Tanten, macht es aber wie die beiden, vielleicht, um nicht über diesen Apotheker sprechen zu müssen. Als ich nach ihm fragte, wollte sie wissen, wo ich meine Schuhe gekauft habe. Ich antwortete, bei San Leonardo, gegenüber der Apotheke, worauf sie bemerkte, das alte Kino Italia dort auf dem Campo sei jetzt ein Supermarkt. So ging es immer weiter, wie beim Billard, unvorhersehbar in alle möglichen Richtungen, kaum je zum Ausgangspunkt zurück, und das auch nur, wenn ich sie hinlotste. Sie sprach von ihm voller Bewunderung und Dankbarkeit, aber immer vermischt mit etwas anderem.« Griffoni zog die Beine an, schlug sie übereinander und begann mit dem Fuß zu wippen.

»Ich hatte den Eindruck«, fuhr sie fort, »dass sie ihm misstraut, sich dies aber nicht einzugestehen wagt.« Griffoni stemmte sich mit beiden Händen von der Bank hoch. »Das reicht für heute. Ich gehe jetzt zurück. Wir können später reden«, sagte sie und entschwand Richtung Campo San Barnaba zur nächsten Vaporetto-Haltestelle. Bald hatten die – früher zu dieser Jahreszeit hier ungewöhnlichen – Menschenmassen sie verschluckt.

Statt den Heimweg anzutreten, ging Brunetti in eine Bar und bestellte sich einen Kaffee. Während er darauf wartete, rief er Signorina Elettra an, gab ihr Dottor Donatos Namen durch und bat sie, so viel wie möglich über ihn herauszufinden.

Sie fragte, ob sie sonst noch etwas für ihn tun könne, doch das war alles.

An der Kasse erfuhr er, dass ein Kaffee auf einmal einen Euro zwanzig kostete. Er zahlte wortlos und ging, erst auf der *calle* kamen ihm Zweifel: Hatte man ihn betrogen, oder war seit gestern, wo er einen Euro zehn bezahlt hatte, der Preis gestiegen?

Sind wir Venezianer wirklich so habgierig?, fragte er sich auf dem Weg zum Campo San Barnaba.

In seiner Familie, so schien es ihm im Rückblick, war man arm, aber großzügig gewesen. Oder konnte es sein, dass er seine Eltern verklärte? Er erinnerte sich an eine Reihe von Männern, Freunde seines Vaters, die oft bei ihnen gegessen hatten; und er hatte auch nicht vergessen, wie so manche seiner Kleider, nachdem er sie zwei, drei Jahre getragen hatte, aus seinem Schrank verschwunden waren, wenn sie Besuch von einer Kusine seiner Mutter gehabt hatten, die mit ihren sechs Kindern und einem ständig arbeitslosen Mann in Castello lebte. Brunettis Familie hatte selbst nichts gehabt, jedoch in diesem Nichts immer etwas gefunden, das sie jenen schenken konnte, die weniger als nichts besaßen.

»Und wer ist venezianischer als wir?«, murmelte er vor sich hin, sehr zur Überraschung einer Frau, die auf dem Campo an ihm vorbeiging.

Hinter der Accademia-Brücke bog er rechts ab, dann links, und betrat die Apotheke an der nächsten Ecke. Hinter dem Ladentisch stand seine ehemalige Klassenkameradin und erste *fidanzata* Beatrice Rossi. Ihr Gesicht erstrahlte, als sie ihn erkannte, wie jedes Mal, wenn sie sich im Lauf der Jahre begegnet waren. »Na, wer kommt denn da?«, rief sie.

Beatrice lief ihm entgegen, und sie umarmten sich, zwei glücklich Verheiratete, die vor Jahren, vor Jahrzehnten, geglaubt hatten, dies könne ihr gemeinsames Schicksal sein. Er schaute sie an und sah hinter den Fältchen um Mund und Augen das reizende Mädchen, das sich am ersten Tag im *liceo* im Geschichtsunterricht neben ihn gesetzt hatte.

»Immer noch die Bösen jagen?«, stellte sie ihre Standardfrage.

»Immer noch Drogen verkaufen?«, lautete die seine. »Hast du Zeit für einen Kaffee?« Er wusste, dass sie nach so vielen Jahren in der Apotheke kommen und gehen konnte, wie sie wollte.

»Nein, heute nicht, Guido. Lucilla ist krank, ich habe nur die Kleine hier, und die kann keine Rezepturen zubereiten.« Sie blickte sich um. »Es ist niemand da, wir können reden.« Beatrice hatte ihm in der Vergangenheit schon mehrmals Auskunft über Leute aus ihrer Nachbarschaft gegeben, manchmal auch über Kunden. Wobei es natürlich nie um Dinge ging, die deren Gesundheit betrafen oder die sie ihr im Vertrauen erzählt hatten, sondern nur um Klatsch und Tratsch, wenn Brunetti ihr versicherte, für ihn sei dieser wichtig.

»Wer ist es diesmal?«, fragte sie ohne Umschweife. Angesichts seiner verblüfften Miene erklärte sie lächelnd: »Ich sehe das Jagdfieber in deinen Augen, Guido.«

Statt zu protestieren, grinste er nur und sagte: »Dottor Donato, dein Kollege.«

Das Erstaunen stand ihr ins Gesicht geschrieben. »Du liebe Zeit. Wieso musst du dich mit einem wie dem abgeben?«

»Sein Name ist in einem anderen Zusammenhang aufgetaucht, und ich möchte gern mehr über ihn wissen, bevor wir uns die Mühe machen, genauer nachzuforschen.« Das mochte nicht die ganze Wahrheit sein, aber die halbe.

»Aufgetaucht?«, fragte sie.

»Jemand hat ihn erwähnt«, antwortete Brunetti.

Beatrice lachte laut auf. »Als Nächstes wirst du dich weigern, mir Paolas Namen zu verraten«, sagte sie, wiederum lachend, diesmal über ihre eigene Bemerkung.

Brunetti presste die Lippen zusammen und zog, beinahe peinlich berührt, die Augenbrauen hoch. »Na schön, na schön, Beatrice. Die Wahrheit ist, ich möchte lieber nichts dazu sagen. Ich will mir nur ein Bild von dem Mann machen.«

»Gib mir einen Tipp«, sagte sie. Er hielt das erst für einen Scherz, begriff dann aber, wie klug sie war: Sie würde nicht von Donatos sexuellen Vorlieben erzählen wollen, oder ob seine Kinder an Autodiebstählen auf dem Festland beteiligt waren, oder ob er seine Frau schlug, oder sie ihn.

Brunetti überlegte, wie er erklären konnte, worauf es ihm ankam. »Verstößt er womöglich gegen Vorschriften, um seinen Profit zu erhöhen?«

Eine Frau in Brunettis Alter kam herein. Beatrice ging hinter den Ladentisch und fragte, womit sie dienen könne. Die Frau sah zu Brunetti hinüber, der aber studierte die auf einer Shampooflasche aufgeführten Inhaltsstoffe; es waren erstaunlich viele. Er fragte sich, wozu die alle gebraucht wurden.

Die Frauen sprachen leise miteinander, dann verschwand Beatrice nach hinten und kam wenige Minuten später mit vier Schachteln zurück. Sie entfernte die Etiketten und klebte sie auf die Rezepte. Dann zog sie die Rezepte über den Sensor neben der Kasse, legte die Schachteln in eine Plastiktüte und nahm einen Zwanzig-Euro-Schein entgegen. Sie tippte den Betrag ein, gab das Wechselgeld heraus, legte die Quittung dazu, dankte der Frau und wünschte ihr einen guten Abend.

Als die Frau gegangen war, kam Beatrice wieder nach vorn zu Brunetti. »Dottor Donato ist einer der angesehensten Apotheker der Stadt, Guido. Er war sogar mal Präsident der Apothekerkammer.«

Brunetti wartete. Aber da sie offenbar nichts mehr anfügen wollte, drängte er: »Jetzt erzähl mir, was du nicht erzählen willst.« Schweigen. »Bitte, Beatrice. Es könnte wichtig sein.« Auch das keine Lüge, dennoch fühlte Brunetti sich unbehaglich dabei.

»Na ja«, begann sie, wandte sich ab und rückte ein paar Tüten Hustenbonbons zurecht. »Manche Leute würden deine Frage vermutlich bejahen. Wer das ist, spielt keine Rolle.«

Und als verrate sie ihm ein Geheimnis, flüsterte sie lächelnd: »Dabei haben wir es gar nicht nötig, gegen die Vorschriften zu verstoßen. Wir verdienen so oder so schon mehr als genug.«

»Würdest du mir das schriftlich geben?«, fragte Brunetti.

»Großer Gott, nein«, rief sie und schlug in gespieltem Entsetzen die Hände zusammen. »Wenn das der Apothekerkammer zu Ohren käme, würden die mich rausschmeißen.«

»Gut zu hören, dass wenigstens einer von euch das zugibt«, sagte Brunetti plötzlich ernst.

»Wir alle haben zu viel, nicht nur die Apotheker. Wir alle. Zu viel Geld, zu viel Besitz, und nie sind wir zufrieden.«

Brunetti sah sie erstaunt an. Hatte er richtig gehört? »Meinst du das wirklich, Beatrice?«

»Aus tiefstem Herzen«, versicherte sie. »Wenn ich könnte, würde ich alles verschenken.« Sie musste lächeln. »Na, sagen wir die Hälfte. Jedenfalls einen Teil.« Ihr Lächeln wurde breiter. »Ich bin so scheinheilig. Glaub mir lieber kein Wort.«

»Aber es war dein Ernst, oder?«, fragte Brunetti. »Zumindest während du es gesagt hast?«

»Vermutlich«, antwortete sie zögernd. Dann mit Nachdruck: »Doch. Ja. Das Dumme ist nur, dass ich es nicht durchhalte. Es überkommt mich ab und zu, wenn ich sehe, was wir besitzen, Rolando und ich, und was unsere Kinder alles haben. Und dann vergesse ich es wieder.« Sie schüttelte den Kopf. »Tun wir so, als hätte ich nichts gesagt.«

»Nein«, widersprach Brunetti. »Ich möchte das nicht vergessen. Es ist so ziemlich das Beste, was ich je von dir gehört habe.«

Er küsste sie auf beide Wangen und verließ die Apotheke, ohne sich noch einmal umzudrehen, um nur ja nicht ihrem Blick zu begegnen.

22

Vermutlich«, hatte Beatrice gesagt, so ging es Brunetti auf dem Heimweg unentwegt durch den Kopf. Wie durfte er das interpretieren? Mit Gerüchten allein hatte er noch nichts in der Hand. »Manche Leute« glaubten, Dottor Donato verstoße gegen Vorschriften, um seinen Profit zu erhöhen. Juristen sprachen in solchen Fällen von einem »mittelbaren Beweis«, ein linguistischer Zaubertrick, der Klatsch und Tratsch in etwas Handfesteres verwandelte.

Beatrice hatte ursprünglich Notarin werden wollen und zwei Jahre lang Jura studiert, bevor sie zur Überraschung ihrer Freunde und nicht zuletzt ihrer Familie – ihr Vater war Notar – auf Pharmakologie umgestiegen war. Wenn man sie fragte, warum sie sich umentschieden hatte, konnte sie das am ehesten damit erklären, dass sie sich in den Dienst der Menschen stellen wollte, eine Erklärung, die ihre Familie nicht befriedigte.

Bei dem Stichwort Notare musste Brunetti an jene groteske Szene denken, als er und Paola vor über zwanzig Jahren ihre gemeinsame Wohnung gekauft hatten. Just in dem Moment, als der Scheck übergeben werden sollte, fiel dem Notar etwas zu erledigen ein, er eilte ins Nebenzimmer und ließ Käufer und Verkäufer allein. Kaum war die Tür hinter ihm ins Schloss gefallen, öffnete Brunetti seine Aktentasche und packte dicke Bündel Lire-Scheine aus – ach, wer erinnerte sich heute noch an die Lira, die geliebte kleine Lira?

Er schob die Stapel den Verkäufern hin, einem jungen Paar, das nach Vicenza umziehen wollte, worauf die beiden sich ans Zählen der vielen Geldscheine machten.

Einmal klopfte der Notar kurz an die Tür und fragte von draußen, ob sie fertig seien, und sie riefen im Chor »Nein«, der Verkäufer sogar: »Nicht reinkommen!« – ein Befehl, dem der Notar Folge leistete.

Kaum aber waren die hundert Millionen Lire gezählt und in einer anderen Aktentasche verschwunden, legte Brunetti einen Scheck, dessen Betrag um hundert Millionen Lire unter dem wahren Kaufpreis lag, auf den Tisch, und der Notar kam auf sein Rufen wieder in das eigene Büro zurück.

Ach, wo war das gute alte Bargeld geblieben? Banküberweisungen hatten sich breitgemacht, und zwischen Käufern und Verkäufern herrschte Argwohn, weil der Staat nicht mehr bereit war, ein System zu tolerieren, das ihn daran hinderte, die für jeden Verkauf fälligen Steuern vollständig einzustreichen. Ein System aber, das verhinderte, dass ebendiese Einnahmen im schwarzen Loch staatlicher Misswirtschaft verschwanden, war nicht in Sicht.

Brunetti merkte, wie widersprüchlich seine eigene Haltung in Sachen Steuerehrlichkeit war, zumindest was den Staat anbelangte. Er blieb auf der Brücke nach San Polo stehen. Was, wenn auch die Coupons Teil eines Systems waren, mit dem nicht der Kunde, sondern der Staat betrogen werden sollte? In diesem Fall hätte derjenige, der davon Wind bekam, weniger – oder gar keinen – Anlass, es anzuzeigen. Die Leute regten sich auf, wenn sie selbst betrogen wurden, nicht wenn jemand den Staat betrog.

Kein Thema, das man beim Abendessen besprechen sollte, also hörte er zu, wie Chiara von ihrer Geschichtslehrerin schwärmte, die das Talent besaß, ihren Schülern den Unterrichtsstoff schmackhaft zu machen, im Moment gerade die ersten Jahrhunderte der römischen Republik. Zum ersten Mal war Chiara dabei bewusst geworden, wie sehr sich das Leben jener Zeit von ihrem eigenen unterschied. »Die konnten ihre Kinder töten, wenn sie wollten«, sagte sie, entsetzt über das Recht eines römischen Vaters, sich eines Kinds zu entledigen, das er nicht anerkennen oder nicht haben wollte. »Es klang so, als ob man damals auf dem nächstbesten Müllhaufen ein Baby auflesen und mit nach Hause nehmen konnte, wenn es noch am Leben war.«

»Um was damit anzustellen?«, fragte Raffi.

»Es selbst aufzuziehen«, antwortete Chiara.

Raffi, der von seiner Mutter das Gespür für Timing geerbt hatte, ergänzte trocken: »Oder es als Sklave abzurichten.«

Chiara schenkte ihm keine Beachtung, sondern wandte sich vielmehr an ihren Vater, der sich gerade eine zweite Portion *gnocchetti di zucca* nahm. »Damals wärst du wohl arbeitslos gewesen, *papà*«, bemerkte sie lächelnd.

»Tatsächlich? Warum?«, fragte Brunetti, auch wenn er ahnte, was kommen würde.

»Es gab keine Polizei«, erklärte Chiara. »Stell dir vor: eine Million Einwohner in der Stadt und keine Polizisten.« Sie ließ das wirken und fragte dann: »Was haben die Leute gemacht, wenn ihnen was Schlimmes zugestoßen ist?«

»Hat eure Lehrerin dazu noch nichts gesagt?«, fragte Brunetti.

Chiara trank einen Schluck Wasser und schüttelte den Kopf.

»Wahrscheinlich wird sie euch erzählen, dass man damals nur die Möglichkeit hatte, einen Anwalt zu nehmen – jemanden wie Cicero –, der dann Anklage erhob oder, falls man selbst der Beschuldigte war, eine Verteidigungsrede hielt.«

»Und wenn man sich keinen Anwalt leisten konnte?«, fragte Chiara. »*Papà,* du liest doch dauernd diese alten Sachen: Was konnten die Leute dann tun?«

Immerhin hatte sie schon gemerkt, dass das Leben damals so viel anders war. Also begann Brunetti: »Die meisten dachten nicht so, Engel. Entweder fand man sich mit den Zuständen ab, oder man nahm die Sache selbst in die Hand.«

»Und was soll das wieder heißen?«, fragte Chiara ehrlich erstaunt.

»Dasselbe wie heute«, schaltete Paola sich ein. »Man knöpfte sich denjenigen vor, der einem ein Leid angetan hatte, oder man heuerte jemanden dafür an.«

»Aber das ist doch verrückt«, sagte Chiara. »So kann man doch nicht zusammenleben.«

Brunetti hätte am liebsten gesagt, dass viele in Italien noch heute nicht besser dran waren; doch er schwieg lieber versöhnlich. Paola warf er einen warnenden Blick zu, die darauf ebenfalls das Thema wechselte: »Chiara, ich habe den Hefekranz gebacken, den du so gerne hast.«

Die Aussicht auf Nachtisch lenkte Chiara immer noch zuverlässig von Grübeleien über gesellschaftliche Missstände ab. »*Ciambella* mit Rosinen und Kürbis?«, fragte sie.

Paola nickte. »Auf dem Fensterbrett, er müsste inzwischen abgekühlt sein. Bringst du ihn, dann hole ich die Teller.« Paola sammelte das benutzte Geschirr ein, nickte ihrem Mann mit einem zähnefletschenden Lächeln zu und folgte ihrer Tochter in die Küche.

Als sie später jeder mit seinem Buch im Bett lagen, sagte Paola zu Brunetti gewandt: »Stimmt die Zahl, die Chiara vorhin genannt hat?«

»Die Zahl der Einwohner in Rom?«

»Ja.«

»Diese Zahl wird genannt«, sagte Brunetti und legte *Antigone* aufgeklappt auf seinen Bauch, obwohl er ungern aufhörte. Die meiste Ruhe zum Lesen fand er vor dem Einschlafen. Was natürlich ein Trugschluss war, denn normalerweise schlief er vor Müdigkeit sehr bald ein, und doch war es die einzige Zeit am Tag, wo nichts seine Aufmerksamkeit in Beschlag nahm und er wenigstens versuchen konnte, sich auf seine Lektüre zu konzentrieren.

Auch Paola ließ ihr Buch sinken – er wusste nicht, was sie gerade las – und legte die gefalteten Hände darauf. »Eine Million Menschen, die ohne Gesetz leben«, sagte sie und schloss die Augen, um sich das besser vorstellen zu können.

»Man kann das wirklich kaum glauben«, meinte Brunetti.

»Ich bin froh, dass du mich davon abgehalten hast«, sagte sie lächelnd und legte ihm eine Hand auf den Arm.

»Große Reden zu schwingen?«

»Ja, und etwas Aufrührerisches zu sagen wie ›Und jetzt tun das sechzig Millionen von uns‹.«

»Eher polemisch als aufrührerisch«, versetzte Brunetti trocken. »Chiara hätte sich ohnedies nicht anfechten lassen. Niemand schert sich mehr darum, junge Leute schon gar nicht.«

»Worum?«

»Um Politik.«

Sie sah ihm forschend ins Gesicht. »Wir haben zwei Kinder, Guido.«

»Erwartest du von mir, dass ich jetzt mit bebender Stimme sage: ›Irgendwer muss es wenigstens versuchen‹?«

Sie klappte ihr Buch zu und legte es auf den Nachttisch. Offenbar dachte sie über seine Frage ernsthaft nach und antwortete schließlich: »Der Mann, den ich geheiratet habe, würde das sagen.«

»Antigone sagt es und wird dafür in eine Höhle gesperrt, wo sie sich erhängt«, gab Brunetti zurück.

»Der Mann, den ich geheiratet habe, würde das sagen«, wiederholte sie.

Brunetti legte das Buch mit den Seiten nach unten auf seinen Bauch. Er sah nach dem Gemälde an der Wand zwischen den Fenstern, kaum zu erkennen in dem wenigen Licht, das darauf fiel. Das kleine Porträt eines Venezianers aus dem siebzehnten Jahrhundert – sehr wahrscheinlich ein Kaufmann – hatte Paola in einem Trödelladen entdeckt, restaurieren lassen und ihm zum zwanzigsten Hochzeitstag geschenkt.

Der Mann, in bescheidener Kleidung und mit reservierter Miene, fixierte den Betrachter, als taxiere er dessen Wert. Auf einem Tisch zu seiner Rechten stand eine dunkelgrüne Vase mit Gladiolen, bei denen es sich, wie Paola ihm erklärt hatte, um Symbole für Kraft und Charakterstärke handelte. Brunetti stellte sich vor, der Mann sehe ihn im Licht der Nachttischlampe prüfend an.

»Ja, der würde das sagen«, willigte Brunetti schließlich ein. Er nahm sein Buch und las weiter, gespannt, nach zwanzig Jahren noch einmal zu hören, was Antigone über die Pflicht zur Gesetzestreue zu sagen hatte. Was für eine Wohltat, nachdem er die letzten zwanzig Jahre von Leuten umstellt gewesen war, die nichts anderes im Sinn hatten, als das Gesetz auszutricksen.

Paola drehte sich mit dem Rücken zu ihm und löschte ihr Licht.

Als Brunetti am nächsten Nachmittag bei Signorina Elettra im Büro vorbeischaute, war die Luft zum Schneiden. Tenente Scarpa hatte sich vor ihrem Schreibtisch aufgebaut und starrte ihr weit vorgebeugt aus nächster Nähe ins Gesicht.

»Oder täusche ich mich, Signorina?«, fragte der Tenente gerade.

Bevor Signorina Elettra sich hilfesuchend zu Brunetti wandte, huschten Verachtung, Zorn, ja womöglich sogar Angst über ihre Miene. Dann sagte sie allzu munter: »Warum fragen wir nicht den Commissario, Tenente? Der weiß bestimmt mehr darüber als ich.«

»Worum geht es, Signorina?«, fragte Brunetti. Im Näherkommen grüßte er Scarpa mit einem knappen Nicken, das gerade noch der Form genügte.

Scarpa richtete sich auf und persiflierte dem Ranghöheren gegenüber einen Gruß.

»Signorina Elettra und ich versuchen gerade herauszufinden, wie es möglich ist, dass gewisse vertrauliche Informationen die Questura verlassen haben«, erklärte der Tenente und sah Bestätigung heischend zu Signorina Elettra hinüber.

»Verstehe«, sagte Brunetti, betont uninteressiert. Signorina Elettras Miene entspannte sich ein wenig. »Und was ist mit dem Apotheker?«

»Ich habe leider nichts wirklich Aussagekräftiges gefunden, Signore«, erwiderte Signorina Elettra nur allzu bereitwillig.

Als Brunetti klein war, hatte seine Familie einen Hund gehabt. Da er es war, der den Mischling immer ausführte, hatte er mit der Zeit jeden Blick und jedes Zerren an der Leine zu deuten gelernt. Ebenso signalisierte ihm jetzt Signorina Elettras Tonfall, dass sie hier weg wollte.

Brunetti gab dem gerne nach. »In Ordnung, Signorina«, sagte er und kehrte den Vorgesetzten heraus: »Ich habe meinerseits gestern einiges in Erfahrung gebracht und notiert. Kommen Sie doch bitte mit nach oben, und nehmen Sie die Notizen mit, um sie Ihrem Bericht beizulegen.« Das war schwach und durchschaubar, aber immerhin eine dienstliche Anweisung. »Ah, gerne«, sagte sie und erhob sich. »Dann kann ich den Bericht abschließen, Commissario, und den Vice-Questore bitten, sich das einmal anzusehen.«

Als ob Patta sich für Berichte interessiert, dachte Brunetti noch, während er Signorina Elettra die Tür aufhielt. Ihm war nicht wohl dabei, dass Scarpa allein in ihrem Büro zurückblieb, also verharrte er in der offenen Tür und bedeutete Scarpa mit einem Blick, ihnen zu folgen.

Scarpa gehorchte notgedrungen und verließ auf ein Nicken von Brunetti hin als Erster das Büro. Brunetti schloss die Tür hinter ihnen und ging mit Signorina Elettra zur Treppe, die zu seinem Büro hinaufführte; Tenente Scarpa verschwand am Ende des Flurs.

Oben angekommen, lehnte Brunetti sich an seinen Schreibtisch und fragte freundlich: »Möchten Sie mir erzählen, worum es da gerade ging?«

Die Gegenfrage, wie er das meine, war wohl zwecklos, also erklärte Signorina Elettra: »Patta hat es Ihnen gegenüber auch schon einmal erwähnt, Commissario.«

»Die undichte Stelle?«

Sie nickte.

»Worum geht es dabei?«, fragte Brunetti.

»Er sagt, jemand habe den Namen eines Verdächtigen ausgeplaudert, der hier zur Befragung war.«

»Ausgeplaudert an wen?«

»Das hat er nicht gesagt; nur, dass der Name an die Öffentlichkeit gelangt sei.«

»Wie?«

»Das hat er nicht gesagt.«

»Ist das alles?«, fragte er.

»Dem Tenente scheint es zu reichen.«

»Wofür?«

»Jemanden zu beschuldigen, nehme ich an. Das macht er doch gern.«

»In der Tat«, sagte Brunetti. »Wissen Sie sonst noch etwas darüber?«

Sie hob das Kinn und presste die Lippen zusammen. Fehlte nur noch, dass sie die Hände hinter dem Rücken versteckte und herumhibbelte wie ein Kind, das etwas ausgefressen hat.

»Ja«, gab sie schließlich zu.

»Sollte ich davon wissen?«, fragte Brunetti.

Darüber musste sie offenbar erst nachdenken. »Noch nicht«, sagte sie schließlich.

Brunetti ließ das so stehen. »Können Sie eine Liste der Stammkunden von Dottor Donato besorgen?«

»Ich denke schon. Zumindest eine Liste der Leute, die dort regelmäßig ihre Rezepte einlösen.«

»Dann sehen Sie bitte mal nach«, sagte Brunetti. »Mich interessiert auch, was auf den Rezepten steht.«

»Geht es um irgendwelche besonderen Medikamente? Oder Krankheiten?«, fragte sie, was Brunetti einen Hinweis gab, welche Art von Informationen sie ihm allenfalls besorgen konnte.

»Konzentrieren Sie die Suche auf teure Arzneien für ältere Patienten.« Da sie ihn neugierig ansah, fügte er hinzu: »Vor allem Patienten mit Gedächtnisstörungen oder geistigen Ausfallerscheinungen.«

Sie nickte.

»Können Sie das machen?«, fragte er.

Sie senkte bescheiden den Blick, um nur ja keinen großspurigen Eindruck zu machen. »Ich habe Zugang zu einer breiten Vielfalt von Informationen, Signore«, erklärte sie.

Brunetti wollte schon nachfragen, hielt sich dann aber zurück: Besser, nicht alles zu wissen, wozu sie imstande war. Er nahm die Hand vor den Mund, verwandelte seine Frage eilig in ein Räuspern und bemerkte mit ernster Miene: »Das hatte ich gehofft.«

23

Signorina Elettra war gerade erst gegangen, da klopfte es leise an, und Vianello trat unaufgefordert ein. Brunetti wies auf den Besucherstuhl und fragte: »Bist du auf der Treppe Signorina Elettra begegnet?«

»Nein«, antwortete Vianello und fügte zu Brunettis Überraschung hinzu: »Darüber wollte ich mit dir reden.«

»Über Signorina Elettra?«

»Ja«, sagte der Ispettore. »Über sie und was ihr Sorgen macht.«

»Also Tenente Scarpa, wenn ich nicht irre.«

Vianello besah seine Hände. »Ja, so sieht es aus, ich weiß.«

»Heißt das, in Wirklichkeit ist es etwas anderes?«

»Irgendwie schon«, antwortete Vianello.

Brunetti holte tief Luft und atmete langsam aus. »Kannst du mir nicht einfach sagen, was los ist, statt in Rätseln zu reden?«

»So einfach ist das nicht, Guido«, begann Vianello. »Auch einer meiner Informanten hat vor einigen Wochen von der undichten Stelle angefangen. Angeblich hat jemand aus der Questura den Namen eines Verdächtigen preisgegeben, den wir mangels Beweisen freilassen mussten, obwohl wir von seiner Schuld überzeugt waren.« Er schob die offene Handfläche in Brunettis Richtung und gab damit zu verstehen, dass er noch nicht fertig war. »Als ich nachhakte, um wen und was es denn ging, sagte er, mehr wisse er nicht, er habe nur jemanden in einer Bar davon sprechen hören.« Vianello schürzte skeptisch die Lippen und zog die Brauen hoch. »Ich habe gesagt, das interessiere mich nicht, das könne er vergessen. Vor gut einer Woche«, fuhr der Ispettore mit ernsterer Stimme fort, »erzählte er mir, er habe schon wieder von dieser Geschichte gehört, und diesmal sei der Name des Verdächtigen gefallen, den wir freilassen mussten.«

Brunetti langte über den Schreibtisch, nahm einen Druckbleistift und drückte so lange auf den Radiergummi am einen Ende, bis vorne die dünne Mine herauskam. Er betrachtete sie kurz, dann hielt er ihn so lange gedrückt, bis er die Mine mit der Fingerspitze wieder hineinbugsiert hatte. Schließlich blickte er auf und fragte: »Wer?«

»Costantino Belli.«

Brunetti machte große Augen und legte den Bleistift hin. »Wo ist er jetzt?«

»Als ich das letzte Mal von ihm gehört habe – vor ungefähr zwei Wochen –, war er aus dem Krankenhaus entlassen und zu Hause. Das heißt, bei seiner Mutter.«

»Ah, die Mutter«, sagte Brunetti.

Vianello schlug die Beine übereinander und pendelte mit dem Fuß vor und zurück. »Ich weiß nicht, ob ich das sagen sollte, aber wir haben keinen handfesten Beweis, dass er irgendetwas getan hat.«

»Keinen handfesten Beweis«, wiederholte Brunetti. »Aber stichhaltige Folgerungen.«

Vianello meinte zögernd: »Richter stützen sich nicht auf Folgerungen, Guido. Die halten sich an Fakten.«

Brunetti lächelte. »Hüte dich vor Sarkasmus, Lorenzo. Damit bringst du andere nur auf die Palme.«

»Entschuldige«, sagte Vianello. »Aber wie soll man da einen kühlen Kopf bewahren?«

»Lucia Arditi musste nach dem Überfall drei Tage im Krankenhaus bleiben«, sagte Brunetti mühsam beherrscht. »Laut ärztlichem Befund wurde sie vergewaltigt und mit einer brennenden Zigarette gequält. In ihrer eigenen Wohnung. In ihrem eigenen Bett.« Er merkte, dass er in Rage geriet, und schwieg, bis er sich wieder gefasst hatte. »Lorenzo, du hast die Aussage der Sanitäter gelesen: Denen hat sie gleich als Erstes erzählt, dass sie vergewaltigt wurde.«

»Aber später hat sie das zurückgenommen und behauptet, es sei einvernehmlich gewesen«, versetzte Vianello im Ton eines Strafverteidigers.

»Auf wessen Seite stehst du eigentlich?«, fragte Brunetti aufgebracht.

Vianello verschränkte die Arme und starrte Brunetti finster an. Beide schwiegen.

»Entschuldige, Lorenzo«, sagte Brunetti schließlich.

Vianello meinte achselzuckend: »Er ist ein mieses kleines Schwein, Guido. Du weißt es, und ich weiß es. Wir wissen es wegen dem, was er Lucia Arditi angetan hat. Und wir wissen, es gibt keinen Zweifel, dass er es getan hat.« Brunetti nickte. »Aber ein Richter würde argumentieren, wir *glauben* nur, dass er Lucia Arditi vergewaltigt hat, schließlich bestreitet sie das ja.« Vianello ließ Brunetti Zeit, etwas einzuwenden, und als nichts kam, fuhr er fort: »Und dann würde der Richter sagen, in Anbetracht ihrer mehrfach wiederholten Aussage und mangels faktischer Beweise sehe er absolut keinen Anlass, auch nur Anklage gegen Belli zu erheben.« Auch dem konnte Brunetti nicht widersprechen.

»Sie behauptet«, sagte Vianello, »sie hatten Sex an diesem Abend, und das hat sie auch ihren Facebook-Freunden mitgeteilt. Erinnerst du dich?« Er zitierte mit leicht verstellter Stimme: »›Um der alten Zeiten willen‹.«

Die beiden sahen sich an. »Du hast es selbst gelesen, Guido. Costantino sei gerade in der Dusche, hat sie alle Welt wissen lassen, und es sei das einzig Richtige gewesen, wie der Abend ihr gezeigt habe, mit ihm Schluss zu machen.«

Vianello verfiel in Schweigen, als wolle er sich und Brunetti, Angehörigen einer anderen Generation, Gelegenheit geben zu verdauen, dass jemand so etwas niederschrieb und in alle Welt hinausposaunte.

»Als sie ins Krankenhaus kam …«, fing Brunetti an.

»Es spielt keine Rolle, was der Arzt gedacht hat oder was sie bei ihrer Einlieferung gemeint hat, Guido. Uns gegenüber hat sie ausgesagt, es sei einvernehmlich gewesen.«

Brunetti wollte etwas entgegnen, aber Vianello ließ ihn nicht zu Wort kommen. »Entscheidend ist allein, was sie zu Protokoll gegeben hat. Er ist gegangen, sie ist eingeschlafen, und als sie aufwachte, war das Bett voller Blut, und da hat sie den Notruf gewählt.«

»Und die Verbrennungen?«

»Sie schwört, das mit der Zigarette war ein Unfall«, sagte Vianello mit gepresster Stimme.

»Und die SMS seiner Mutter?« Eine überflüssige Frage, die schon längst geklärt war.

»Auch die hast du gelesen, Guido. In der SMS hat sie der jungen Frau rasche Genesung gewünscht und hinzugefügt, Costantinos Freunde könnten es kaum erwarten, die Videos zu sehen, die er gemacht hat.« Vianello hob warnend die Hand. »Signorina Elettra hat sich diese SMS ohne richterliche Anordnung verschafft. Die Informationen sind vor Gericht nicht verwertbar.«

»Und sowieso nicht zu gebrauchen«, gab Brunetti widerstrebend zu. »Die alte Hexe sagt ja nicht, um was für Videos es sich handelt. Wenn wir sie fragen, erzählt sie uns bestimmt, die seien von Costantinos Erstkommunion.« Er stand auf, ging zum Fenster und blickte über den Kanal, doch da war nichts, was ihn beruhigen konnte; er setzte sich wieder. »Sind wir so, weil wir Töchter haben?«, fragte er.

»Nein. Weil wir Menschen sind«, sagte der Ispettore.

Brunetti riss sich von diesen Spekulationen los. »Du bist sicher, der Mann, den dein Informant gehört hat, hat Bellis Namen genannt?«

Vianello nickte. »Ja. Sie sprachen in der Bar von der Abreibung, die Belli erhalten hatte; einige meinten lachend, die habe ihm bestimmt nicht geschadet, und dann sagte einer, es sei übrigens auch Belli gewesen, der wegen der Geschichte mit Lucia Arditi vorgeladen wurde, das sei aus der Questura durchgesickert.«

Vianello fuhr fort: »Mein Informant will Geld von mir, bevor er sich erinnert, wer es war.«

»Und was willst du machen?«

»Genau das wollte ich dich fragen.«

»Was meinst du?«, fragte Brunetti.

Vianello ließ die Arme sinken. »Ich meine, ich sollte dem nicht weiter nachgehen; sollte sagen, dass ich ihm nicht glaube und dass wir kein Interesse haben.«

»Eben warst du noch interessiert«, stellte Brunetti fest.

»Denk mal nach, Guido«, sagte Vianello nachsichtig.

»Das habe ich schon«, sagte Brunetti.

Ihre Blicke trafen sich. Brunetti presste die Lippen zusammen und holte zweimal tief Luft. Beide wussten, Signorina Elettra kannte den Bericht der Sanitäter mit Lucia Arditis ursprünglicher Aussage; und beide wussten auch, dass Signorina Elettra die SMS von Bellis Mutter an Lucia Arditi beschafft hatte. Kein Wunder, dass Vianello seinem Informanten gegenüber bestritt, es könne in der Questura eine undichte Stelle geben.

»O Gott, o Gott, o Gott«, murmelte Brunetti. Er rief sich, den Blick auf die Wand geheftet, in Erinnerung, was er über Signorina Elettra wusste – und was nicht. Lange starrte er so ins Leere und erkannte schließlich, dass der Verdacht begründet war.

Eigentlich war Brunetti der Überzeugung, Eltern sollten sich nicht in das Liebesleben ihrer Kinder einmischen, aber jetzt brach er dieses Tabu und schickte ein Stoßgebet an den Schutzheiligen der Jugend, Chiaras erster Geliebter möge ein guter Junge sein und sie von Herzen lieben. Er brauchte weder intelligent noch reich zu sein, weder gut auszusehen noch ein Märchenprinz zu sein: Ein guter Junge, der Chiara wirklich liebte, würde ihm reichen.

Brunetti rief in seinem Computer den Bericht vom Krankenhaus auf, den er nie gelesen hatte. Costantino Belli war in einer *calle* aufgefunden und um halb zwei Uhr nachts in die Notaufnahme gebracht worden. Mehrere Schläge ins Gesicht, das Nasenbein gebrochen, dazu eine Hodenquetschung, offenbar von einem Tritt in den Unterleib. Zudem war die linke Schulter ausgerenkt, jedoch ohne äußere Verletzungen, die auf einen Sturz hingedeutet hätten.

Brunetti sah vom Bildschirm auf und erinnerte sich an die Vernehmung. Das Krankenhaus hatte erst am folgenden Morgen in der Questura angerufen. Der junge Mann war wieder bei Bewusstsein und behauptete, er habe nachts auf dem Heimweg Schritte hinter sich gehört, dann erinnere er sich an nichts mehr und habe sich bei seinem Erwachen im Krankenhaus wiedergefunden. Das Portemonnaie in seiner Hosentasche sprach gegen einen Raubüberfall, aber erst als Brunetti den Namen des Opfers hörte, Costantino Belli, kam ihm der Verdacht, der Überfall könnte mit der Vergewaltigung von Lucia Arditi, die damals mehr als ein halbes Jahr zurücklag, zu tun haben.

Diskrete Ermittlungen ergaben, dass die Eltern des Mädchens, Besitzer einer Schuhfabrik im Umland von Treviso, in der Tatnacht auf einer Industriemesse in Mailand gewesen waren; die junge Frau und ihr Bruder waren zur fraglichen Zeit zu Besuch bei einem Onkel in Spanien.

Auf die Frage eines Polizisten, ob irgendjemand es auf ihn abgesehen haben könnte, antwortete Belli, er habe keine Feinde. Und so blieb der Fall in der Schwebe, wurde weder vergessen noch weiterverfolgt. Brunetti war damals aufgefallen, dass zwischen der Vergewaltigung von Lucia Arditi und dem Überfall auf Belli viel Zeit vergangen war. Rache, sagt das Sprichwort, genießt man am besten kalt, aber die Wirklichkeit sieht anders aus. Rache kennt keine Geduld, ist oft überhastet und impulsiv und daher plump und durchschaubar. Wer auch immer Belli überfallen hatte – und Brunetti erinnerte sich noch gut, dass er einen

Racheakt vermutet hatte –, dürfte einen aktuelleren Anlass dazu gehabt haben. Nach seiner Erfahrung mit Gewalttätern wären Profis sehr viel effektiver vorgegangen und hätten Belli größere Schmerzen zugefügt: Er hätte ewig im Krankenhaus gelegen, beide Beine in Gips, und wäre nicht nach nur zwei Tagen zu Mama nach Hause gegangen.

Brunetti musste daran denken, dass Signorina Elettra, als das Gespräch auf eine undichte Stelle in der Questura kam, sich auffallend zurückgehalten hatte; normalerweise wäre sie solchen Gerüchten mit unstillbarer Neugier nachgegangen. Dazu kam noch ihre Befangenheit – ja ihre Nervosität – Tenente Scarpa gegenüber.

Brunetti hatte es nicht wahrhaben wollen, aber er kam nicht mehr daran vorbei: Was er vorhin an Signorina Elettra bemerkt hatte, war tatsächlich Angst gewesen. Er stand auf und ging, um zu tun, was er nicht tun wollte.

Signorina Elettra begrüßte ihn lächelnd: »Commissario, kann ich etwas für Sie tun?« Zum ersten Mal in all den Jahren vernahm er – vielleicht weil er darauf achtete – in dieser Frage einen bangen Unterton.

Ebenfalls lächelnd nahm er bewusst eine entspannte Haltung ein, während er auf ihren Schreibtisch zuging. Zu nah, erkannte er, und ging Richtung Fenster, wo er die Blumen bewunderte, deren Blüten aus Hunderten schmaler Blättchen zu bestehen schienen: Wie sie hießen, hatte er vergessen. Er rückte noch weiter weg ans nächste Fenster und lehnte sich gegen das Sims.

»Der Apotheker?«, fragte er, um noch etwas Zeit zu gewinnen.

Sie schien erleichtert. Plötzlich munter, wandte sie sich ihrem Computer zu. »Ja«, sagte sie; es klang erfreut, aber irgendwie angespannt. Sie tippte etwas ein und winkte ihn schließlich heran.

»Verwirrende Geographie«, sagte sie.

»Wie meinen Sie das?«, fragte Brunetti und schob alle Gedanken an Belli, Scarpa und Lucia Arditi beiseite. Er stellte sich neben Signorina Elettra und folgte ihrem Finger eine alphabetisch geordnete Namensliste hinunter.

»Das sind alle Kunden von Dottor Donato, die über siebzig Jahre alt sind. Genau hundertsiebenundzwanzig«, sagte sie, bevor er zu zählen anfangen konnte.

Sie drückte eine Taste, und die Liste erweiterte sich um zwei Spalten. »Hier sieht man die Medikamente, die sie nehmen, und die Krankheiten, für die sie gewöhnlich verschrieben werden.«

Brunetti bemerkte nur, dass viele Patienten dieselben zwei Medikamente nahmen, meist gegen Parkinson und Alzheimer.

Bevor er fragen konnte, was ihr an der Liste auffiel und ihm nicht, sagte sie: »Jetzt zeige ich Ihnen die Geographie.«

Auf dem Bildschirm erschien eine kürzere Liste mit etwa fünfzig Namen; die zwei Spalten daneben waren mit »Kilometer« und »Vaporetto-Stopps« überschrieben. Neben mehr als der Hälfte der Namen, stellte Brunetti fest, waren mindestens vier Kilometer angegeben, und alle auf der Liste hatten mindestens sieben Vaporetto-Stopps.

Signorina Elettra sah lächelnd zu ihm hoch. »Und jetzt sehen Sie mal, Signore«, sagte sie und ließ eine vierte

Spalte – Adresse – neben den anderen erscheinen. Rund die Hälfte der Patienten, darunter Signora Gasparini, wohnte in Dorsoduro, die meisten anderen in Castello.

Brunetti studierte die Liste und meinte schließlich: »Und Dottor Donatos Apotheke ist in Cannaregio.«

»Es sind alles Leute über siebzig, manche sogar über achtzig. Dennoch müssen die meisten die halbe Stadt durchqueren, um die Medikamente abzuholen, falls sie nicht jemanden schicken können.«

»Ergibt das irgendeinen Sinn?«, fragte Brunetti.

»Nur, wenn sie in Dottor Donatos Apotheke etwas Besonderes bekommen«, sagte Signorina Elettra.

»Oder wenn er von ihnen etwas Besonderes bekommt«, meinte Brunetti. Da sie immer noch lächelte, fragte er: »Wie sind Sie darauf gekommen?«

»Meine Familie hat in Cannaregio gelebt, in der Nähe von San Leonardo, da bin ich aufgewachsen, in der Nummer 1400. Als ich seine Adresse sah, wusste ich, die ist dort gleich nebenan, fast schon am Ponte delle Guglie, weit entfernt von Rialto. Leute aus Dorsoduro und erst recht aus Castello würden niemals so einen weiten Weg auf sich nehmen. Jedenfalls nicht, wenn sie zur Apotheke wollen.

Und jetzt kommt's, Signore«, fuhr Signorina Elettra fort und ließ die Finger über den Tasten schweben wie ein Pianist, der wartet, dass Ruhe im Publikum einkehrt. Dann schlug sie drei Töne an – klack klack klack – und lehnte sich zurück, damit Brunetti den Bildschirm besser sehen konnte.

Diesmal nur zwei Spalten: die Patienten, alphabetisch sortiert, sowie jeweils der Name ihres Arztes, wobei Letzterer nicht sortiert zu werden brauchte, weil es immer derselbe war: Dottoressa Carla Ruberti. Die Ärztin hatte zwei Praxen, eine in Dorsoduro und eine in Castello.

Signorina Elettra ließ Brunetti Zeit, das zu verarbeiten. »Keine Sorge, Commissario: Ich habe das alles für Sie ausgedruckt.« Doch er schien sie nicht zu hören. »Was haben Sie, Signore?«, fragte sie.

Er trat einen Schritt von ihr zurück, wies auf den Computer und sagte: »Deswegen bin ich nicht hier, Signorina.«

Sie erstarrte. Nur ganz kurz, dann fing sie sich wieder, aber er hatte es gemerkt.

Er trat von einem Fuß auf den anderen. Wie jetzt weiter? Er setzte auf ihr gegenseitiges Vertrauen und platzte heraus: »Was ist passiert?«

»Entschuldigen Sie?«, fragte sie.

»Mit Belli? Wie ist sein Name herausgedrungen?«, fragte er so neutral wie möglich, als könnte der Name auch auf Engelsflügeln aus der Questura geflogen sein; womit er ihr die Chance gab zu lügen, falls sie das wollte.

Sie sah ihn an, sah weg, sah ihn wieder an und machte etwas mit der Tastatur. Der Bildschirm wurde schwarz. Dann richtete sie sich auf und faltete die Hände im Schoß.

»Freunde von mir haben eine Tochter«, begann sie, räusperte sich und senkte den Blick auf ihre Hände. »Sie ist neunzehn, und ich kenne sie seit der Geburt. Ein reizendes Mädchen, sehr klug, nennt mich Zia Elettra.« Es klang, als rede sie mit sich selbst.

»Vor ein paar Monaten war ich mit ihren Eltern essen. Die beiden kamen mir verändert vor, angespannt, und als ich fragte, was los sei, sagten sie, Livia mache ihnen Sorgen;

sie habe einen neuen Freund, und was sie von ihm erzähle, beunruhige sie.«

»Haben sie gesagt, warum?«

»Sie steht völlig unter seiner Kontrolle, wartet nur auf seine Anrufe, trifft sich nicht mehr mit ihren anderen Freunden, weil er das nicht will.« Sie sah kurz zu ihm hin. »Erste Liebe. Das gibt's.«

Brunetti nickte nur.

»Livia hatte mir sonst immer von ihren Freunden erzählt, von diesem neuen aber nie ein Wort. Es war das erste Mal, dass ich von ihm hörte. Als Lino den Namen des jungen Mannes erwähnte, ›Costantino‹, riss ich mich zusammen: Davon gab es bestimmt viele in der Stadt.« Sie verstummte, spreizte die Finger und faltete wieder die Hände.

»Aber?«, wagte Brunetti sich vor.

»Dann habe ich aber doch nach seinem Nachnamen gefragt.« In Gedanken wieder bei ihren Freunden in jenem Restaurant, presste sie die Lippen zusammen, als wünsche sie, sie hätte damals geschwiegen. »Ich muss ein erschrockenes Gesicht gemacht haben, denn sie fragten, was ich habe.« Sie sah Brunetti herausfordernd an.

Er wich zurück, lehnte sich wieder an die Fensterbank, verschränkte die Arme und wartete.

»Ich kenne Livia seit ihrer Geburt«, wiederholte sie und krampfte die Hände fest zusammen.

Brunetti nahm an – fast hoffte er es –, sie wolle damit eine Rechtfertigung einleiten, ihre Verantwortung für das Mädchen beteuern, ihm erzählen, es sei ihr einfach herausgerutscht, sie sei so überrascht gewesen, dass sie gar nicht gewusst habe, was sie sagte, dass sie ihre Pflicht zur Verschwiegenheit völlig vergessen habe.

»Und da habe ich ihnen alles erzählt. Über Lucia Arditi und was er ihr angetan hat, und wie seine Mutter ihm auch noch dabei geholfen hat. Was das für Leute sind.«

Brunetti überlegte sich die nächste Frage genau. »Und wann wurde er überfallen?«

»Drei Wochen später«, sagte sie. »Ich war schockiert.« Als habe die Göttin der Wahrheit sie daran erinnert, mit wem sie sprach, fügte sie hinzu: »Aber überrascht hat es mich nicht.«

»Haben Sie die Eltern seit diesem Restaurantbesuch noch mal gesehen?«

»Nein.«

»Glauben Sie, die Familie hat damit zu tun?«

Brunettis Miene veranlasste sie zu der Gegenfrage: »Glauben Sie, dass sie mich angerufen und es mir erzählt hätten?«

Er ging darüber hinweg. »Und das Mädchen?«

»Wie gesagt: Ich habe seit diesem Abend nichts mehr von ihnen gehört.« Sie hob hilflos die Hand. »Vielleicht nie mehr.«

»Nicht melodramatisch werden, Elettra«, entfuhr es Brunetti.

Sie machte ein betretenes Gesicht. »Bin ich das?«

»Allerdings.«

»Was werden Sie jetzt tun?«

Brunetti wandte sich schulterzuckend ab und schaute aus dem Fenster. Es ging wie das in seinem Büro auf den Kanal hinaus, war aber am anderen Ende des Gebäudes, auf einem anderen Stock. Und das änderte alles: Er sah dasselbe, aber von hier aus wirkte es vollkommen anders. Kreon hatte Antigone erklärt, Befehl sei Befehl und müsse befolgt werden, ganz gleich ob groß oder klein, recht oder unrecht.

»Ich weiß es nicht«, antwortete er. »Schicken Sie mir bitte diese Listen.« Und damit ging er in sein Büro zurück.

24

Zurück in seinem Büro, war Brunetti sich mit seinem Gewissen einig geworden. Signorina Elettra hatte eine junge Frau, die ihr am Herzen lag, zu schützen versucht. Es war nicht so, als hätte sie jemanden vor einem heranrasenden Auto weggerissen, das Auto war vielmehr durch ihre Aktion erst gegen den Baum gefahren. Brunetti musste sich diesen Unterschied eingestehen, sagte sich aber, was vorbei ist, ist vorbei. Er respektierte Signorina Elettras Entscheidung, würde für sich behalten, was sie getan hatte, und mit der Zeit würde das Ganze aus dem Gedächtnis der Questura verschwinden.

Fast überzeugt, konzentrierte er sich wieder auf den aktuellen Fall: Erstens musste er mit Griffoni über die Coupons reden, zweitens brauchte er genauere Informationen über die Apotheke und deren Inhaber.

Auf dem Weg zu Griffonis Büro ging ihm durch den Kopf, dass nur wenige seiner Kollegen so gewieft waren wie Claudia, und kaum einer so erfinderisch. Sie besaß die bemerkenswerte Fähigkeit, Zeugen oder Verdächtigen zu suggerieren, sie allein bringe Verständnis für sie auf; dabei half ihr, dass sie ihre Redeweise – Aussprache, Tonfall, Vokabular – dem jeweiligen Gegenüber mühelos und ganz unauffällig anzupassen wusste und Gedanken und Vorurteile der Befragten immer wieder mit beiläufigem Nicken und Lächeln bestätigte. Wann genau sich diese Verwandlung bei ihr vollzog, hatte Brunetti noch nie mitbekommen, immer nur den Augenblick, wo sie die zweite Haut wieder abstreifte und zu ihrem schonungslos sarkastischen Ich zurückkehrte.

Als er ihr Büro betrat, telefonierte sie gerade. Da sie seitlich an die Wand zurückgelehnt dasaß, sah sie ihn reinkommen. Sie hob lächelnd zwei Finger, und fast im selben Augenblick schlich sich ein ungeduldiger Unterton in ihre Stimme. Ihr Gesprächspartner kapitulierte bald. Kaum war das Gespräch beendet, stand sie auf und reckte sich. »Existiert die Außenwelt noch?«, fragte sie.

Brunetti nickte, trat einen Schritt zurück und hob beide Arme wie die Männer, die ein Flugzeug in die Halteposition einweisen. Schritt für Schritt ging er rückwärts und winkte Griffoni aus dem Büro heraus. Sie folgte ihm bereitwillig.

»Wir sollten der Apotheke einen Besuch abstatten«, schlug er vor und gab ihr die Coupons aus Tullio Gasparinis Schublade.

»Das trifft sich gut«, flachste sie. »Ich brauche schon seit Wochen ein paar neue Lippenstifte. Vielleicht bekomme ich welche für Tante Matildes Coupons.«

Das Wetter war freundlich, und so beschlossen sie, zur Haltestelle Vallaresso zu gehen, die Nummer Zwei nach San Marcuola zu nehmen und den Rest des Wegs zu Fuß zurückzulegen. Die Riva degli Schiavoni war sogar jetzt, Ende November, völlig überfüllt, und Brunetti dachte wehmütig daran, wie leer es hier noch vor wenigen Jahren gewesen war. Doch da er sich vorgenommen hatte, nicht über die schrecklichen Veränderungen zu klagen, die die Stadt durchmachte, erzählte er Claudia lieber etwas über die Vergangenheit der Orte, an denen sie vorbeikamen.

Da gab es zum Beispiel jenes Vaporetto – an die Zahl der Ertrunkenen konnte er sich nicht mehr genau erinnern – das vor Jahren bei einem Sturm gekentert war. Und während sie sich San Marco näherten, erzählte er von den Sette Martiri, den sieben Männern, die von den Deutschen im Krieg erschossen worden waren – zur Vergeltung für einen vermissten deutschen Soldaten, der, wie sich später herausstellte, alkoholisiert ins Wasser gefallen und ertrunken war.

Sie zuckte die Achseln, wie nur jemand es tun konnte, dessen Großeltern den Krieg durchgemacht hatten. »Dasselbe ist einem Großonkel von mir passiert. Er war elf«, sagte sie. »Nur dass nach ihm nichts benannt wurde.«

Sie kamen die Brücke hinunter und machten auf dem Weg zum Vaporetto-Stopp den kleinen Umweg über die Piazza San Marco. Mitten auf dem Platz drehte Griffoni sich um und ließ die Fassade der Basilika in ihrer ganzen Pracht auf sich wirken. Brunetti blieb neben ihr stehen. »Als ich mit siebzehn oder achtzehn auf einem Schulausflug das erste Mal nach Venedig kam«, erzählte sie, »habe ich eine Stunde lang hier gestanden und mich immer wieder im Kreis gedreht, um all das in mich aufzunehmen. Immer und immer wieder: die Bibliothek, die Säulen, die Basilika, den Glockenturm. Und jetzt komme ich manchmal hier vorbei und sehe kaum noch hin.«

»Das geht uns allen so«, sagte Brunetti, wandte sich von der Basilika ab und ging auf die *calle* zu, die zur Vaporetto-Haltestelle führte.

»Meine Vermieterin ist Ende sechzig«, sagte Griffoni. »Sie hat ihr Leben lang kleine Kinder unterrichtet. Seit sie nicht mehr arbeiten muss, geht sie jeden Tag mit ihrem Mann auf Erkundungstour.«

»Sie ist Venezianerin?«, fragte er.

»Genau wie du.«

»Und sie geht auf Erkundungstour?«

»Ja. Sie sagt, sie entdeckt jeden Tag etwas Neues. Oder sie suchen Stellen auf, die sie an ihre Jugend erinnern.«

»Hat sie einen Kunstführer dabei?«

»Nein. Das habe ich sie auch gefragt. Sie sagt, sie gehe einfach drauflos. Und sieht meistens nach oben. Wenn zu viele Touristen unterwegs sind, geht sie nach Castello oder rüber nach Santa Marta, irgendwohin, wo weniger sind. Und jeden Tag entdeckt sie etwas Neues.«

»Und dann?«

»Dann geht sie nach Hause, macht Abendessen und setzt sich mit ihrem Mann vor den Fernseher.«

»Gelobt sei Gott, dass sie den ganzen Tag durch die Stadt spaziert.«

Griffoni blieb stehen und starrte ihn an. »›Gelobt sei Gott‹?«, fragte sie.

»Keine Panik, Claudia. Das ist nur eine Redensart meiner Mutter.«

»Ah«, meinte sie und ging weiter. Sie erreichten gerade noch die Nummer zwei. Es wehte eine scharfe Brise, also gingen sie hinein, bis ganz nach hinten durch und setzten sich. »Wie wollen wir vorgehen?«, fragte Brunetti.

In den Anblick der vorbeiziehenden Gebäude versunken, meinte Griffoni schließlich: »Ich könnte als ihre Nichte auftreten, die mit dem neapolitanischen Akzent«, und schon wurde ihr normalerweise elegantes Italienisch zu dessen südlicher Variante mit immer fremderen Vokalen. Weiter aus dem Fenster schauend, entwarf sie ihre Nichtenrolle: »Ich komme zwei- oder dreimal im Jahr zu Besuch. Diesmal hat Zia Matilde mir diese Coupons überlassen; ich soll mir davon etwas kaufen, um mich schön zu machen.«

Brunetti lag schon die Bemerkung auf der Zunge, das habe sie nun wirklich nicht nötig, aber dann sagte er: »Ich gehe kurz nach dir rein und tue so, als ob ich etwas kaufen möchte. Ich wäre schon gern dabei, wenn du die Coupons einzulösen versuchst.«

Griffoni nickte. »Vielleicht sollte ich besser behaupten, es sei alles für meine Tante.« Mit breitem Lächeln fügte sie hinzu: »Schade, dass ich keine Einkaufsliste in zittriger Handschrift vorbereitet habe: Dann würde das Ganze noch echter wirken.«

»Du schaffst das schon«, sagte Brunetti, als das Vaporetto anlegte; außer ihnen stiegen noch drei Leute aus. Sie gingen hinten um die Kirche herum, hielten sich Richtung San Leonardo und bogen schließlich links ab. Ein Stück von der Apotheke entfernt wurde Brunetti langsamer, ließ Griffoni vorgehen und allein den Laden betreten. Vor dem Schaufenster nebenan machte er halt und bedachte die dort ausgestellten Masken mit demselben Blick, den er sonst für Touristen übrighatte: distanziert, uninteressiert und leicht gereizt.

Nach einigen Minuten folgte er Griffoni in die Apotheke und sah sie allein am Ladentisch mit einer Verkäuferin sprechen. Sie hatte schon fleißig eingekauft: Vor ihr lagen drei Schachteln Lippenstifte und ein paar kleinere Artikel, was genau, konnte er nicht erkennen. Jetzt reichte sie der Jüngeren einen Coupon.

Die Verkäuferin warf einen Blick darauf und sah Griffoni fragend an. »Sie sind nicht Signora Gasparini«, bemerkte sie sachlich.

»Nein, ich bin ihre Nichte«, erklärte Griffoni, den neapolitanischen Akzent so dick aufgetragen, wie sie nur konnte.

»Ach«, meinte die junge Frau und erkundigte sich freundlich: »Warten Sie bitte kurz? Ich hole Dottor Donato.«

»Gern«, antwortete Claudia. »Ich sehe mir solange die Gesichtscremes an.«

Brunetti beschäftigte sich unterdessen mit Zahnseide und Zahnbürsten, nahm sogar eine in die Hand und inspizierte die Borsten in der durchsichtigen Kunststoffverpackung.

Ein älterer Mann erschien, groß und kräftig gebaut, dunkles Haar und Schnurrbart. Brunetti bemerkte das Namensschildchen an seinem Revers: »Dott. Donato«.

Griffoni kam mit einer hellblauen Schachtel an den Ladentisch zurück. »Kann ich Ihnen behilflich sein, Signora?«, fragte der Mann.

Brunetti legte die Zahnbürste an ihren Platz und nahm eine Flasche Mundwasser zur Hand.

»Ja, wenn Sie so freundlich sein könnten, Dottore«, sagte Griffoni. »Meine Tante hat mich gebeten, ihr ein paar Sachen zu besorgen. Bezahlen soll ich mit diesen Coupons hier.« In ihrer Stimme schwang die ganze Wärme und Herzlichkeit des Südens mit, und bestimmt lächelte sie dabei ebenso herzlich, dachte Brunetti, der sich weiter mit dem Mundwasser beschäftigte.

Er schielte kurz hin und sah den Coupon auf dem Ladentisch liegen. Griffoni hob ihn an und reichte ihn dem Apotheker, der ihn nickend entgegennahm und mit hochgezogenen Brauen zu studieren begann. Nichts in seinen Zügen ließ auf Argwohn schließen: Aus seinem runden rotwangigen Gesicht schaute er mit großen braunen Augen in eine Welt hinaus, der er freundliches Interesse entgegenbrachte. Lächelnd legte er den Zettel hin und fragte: »Und Sie sind Signora Gasparinis Nichte, sagen Sie?«

»Ja, allerdings«, antwortete Griffoni, als habe sie die letzten beiden Worte nicht gehört. »Ich besuche sie alle paar Monate.« Mit einer Prise Schuldbewusstsein in der Stimme fügte sie hinzu: »Ich weiß, ich komme nicht so oft, wie ich sollte.« Dann wieder munterer: »Aber sie ist meine Tante, und ich besuche sie immer wieder gern und versuche dann, ihr ein wenig unter die Arme zu greifen.«

Dottor Donato stützte beide Hände auf den Tisch, beugte sich vertraulich vor und sagte so leise, dass Brunetti gerade noch folgen konnte: »Ich kann gut verstehen, dass man ihr helfen möchte.« Er sprach voller Anteilnahme und Achtung. »Sie ist schon seit geraumer Zeit meine Kundin.« Brunetti, der wusste, wann Signora Gasparini ihr erstes Rezept hier eingereicht hatte, studierte weiter das Etikett auf der Flasche in seiner Hand.

Er ging ein Stück weiter weg von den beiden, und sah sich die Sunblocker an. Plötzlich stand ein junger Apotheker neben ihm und fragte: »Kann ich Ihnen helfen, Signore?«

»Ja«, sagte Brunetti. »Meine Frau und ich machen demnächst eine Kreuzfahrt, und ich soll Sonnencreme besorgen, weil sie irgendwo gelesen hat, wir sollten die auch im Winter benutzen, besonders auf See.« Lächelnd fügte er hinzu: »Wegen der Spiegelung, nehme ich an.«

»Sehr richtig«, sagte der Apotheker, auf dessen Namensschild ebenfalls »Dott. Donato« stand, und erkundigte sich nach dem Schutzfaktor, den Brunetti für seine Frau einkaufen sollte.

Das wisse er nicht, antwortete Brunetti verwirrt und fragte, was der Dottore empfehlen würde. Während der junge Mann ihm die Unterschiede zwischen den verschiedenen Cremes erklärte, linste er zu Griffoni und dem älteren Apotheker hinüber, die heftig miteinander diskutierten. Er bekam nur mit, wie der Apotheker »jeder in dieser Situation« sagte. Dann hörte er nur noch die Stimme des Jüngeren, der ihm eine gelbe Tube hinhielt und sagte: »… fünfzig. Das sollte auch bei intensivster Sonneneinstrahlung ausreichend Schutz bieten.«

Brunetti dankte lächelnd. »Meine Frau hat mich auch gebeten, ihr Aspirin mitzubringen.«

»Tabletten oder Brause?«

»Tabletten, bitte«, antwortete er und hoffte, die wären hinter dem Ladentisch oder im Nebenraum; tatsächlich verschwand der andere nach hinten, und so konnte Brunetti ungestört dem Gespräch zwischen Griffoni und dem Apotheker lauschen, der jetzt steifer und längst nicht mehr so entgegenkommend wirkte wie zuvor.

»Wenn Sie nichts dagegen haben, Signora«, hörte Brunetti, »behalte ich den Coupon, bis Ihre Tante das nächste

Mal vorbeikommt.« Der Ton war freundlich und unbekümmert, seine Miene nicht. »Wenn Sie die Artikel bezahlen möchten, die Sie ausgesucht haben …«, begann er und ließ den Satz in der Luft hängen.

»Nein«, sagte Griffoni liebenswürdig, aber mit Nachdruck, »ich möchte das meiner Tante überlassen.«

»Dann behalte ich das hier, bis sie kommt, ja?«, sagte Dottor Donato und hatte die Schachteln auch schon eingesammelt.

Brunetti sah den anderen Apotheker aus dem Nebenraum kommen und ging zur Kasse, um zu bezahlen. Unterdessen waren zwei neue Kunden eingetreten und standen jetzt zwischen Brunetti und dem Inhaber, dessen volle Aufmerksamkeit immer noch Griffoni galt.

»Ich freue mich, Ihre Tante bald wieder begrüßen zu dürfen«, sagte der Apotheker, indem er eine Schublade aufzog und die Sachen darin verschwinden ließ. Griffoni dankte ihm und ging hinaus. Der Apotheker starrte ihr hinterher, mit einem eiskalten Blick, der in seltsamem Widerspruch zu seinen rosigen Wangen stand. Dann wandte er sich der nächsten Kundin zu, einer korpulenten Frau mit weißer Dauerwelle. »Ah«, sagte er, auf einmal wieder freundlich, »meine liebe Signora Marini, was kann ich für Sie tun?«

Brunetti wartete, bis Signora Marini zu sprechen begann, nahm sein Wechselgeld und verließ die Apotheke.

Griffoni stand ein paar Meter entfernt vor dem Schaufenster mit den Masken. Der chinesische Verkäufer saß hinten in seinem Laden. Als Brunetti neben sie trat, meinte sie: »Ich war letzte Woche beim Friseur, und das Mädchen, das der alten Dame neben mir die Haare wusch, fragte sie, ob sie eine ›Anti-Gelbstich-Behandlung‹ wünsche – die verhindere, dass die Gelben die Oberhand gewinnen.« Sie zeigte auf eine besonders scheußliche Maske und fuhr fort: »Ich schaltete mich ein und bemerkte, derlei sollte man in einer Stadt mit so vielen chinesischen Einwohnern nicht sagen.« Sie wandte sich von dem Schaufenster ab. »Mittlerweile denke ich, ich hätte mich nicht einmischen sollen.«

»Mir ist schon aufgefallen, wie viele Freunde du dir mit deinem Sinn für Humor machst, Claudia«, sagte Brunetti. »Was hat Dottor Donato gemeint?«

»Dass meine Tante ihm oft erzählt hat, sie habe nur einen Neffen; und da wollte er wissen, wie ich dann ihre Nichte sein kann. Ich habe ihm lachend erklärt, genau genommen sei ich die Tochter einer Kusine von ihr und das gelte in Neapel auch noch als Nichte.«

»Und weiter?«

»Er entschuldigte sich vielmals, blieb aber hart, weil auf dem Coupon ihr Name stehe und daher nur ihre Unterschrift gültig sei.« Sie nahm die Coupons aus ihrer Handtasche, reichte ihm einen und zeigte auf Signora Gasparinis oben aufgedruckten Namen. »Da ist kein Platz für eine Unterschrift.«

»Was hältst du davon?«, fragte Brunetti.

»Vielleicht ist er extrem gewissenhaft und macht da nicht mit, weil er es für falsch hält«, sagte sie und wurde dann nachdenklich.

Brunetti fragte ungeduldig: »Warum dann die Lüge, er brauche die Unterschrift?«

»Richtig«, stimmte sie zu. »Das war überflüssig. Er hätte sich einfach weigern können.«

Sie schlenderten in Richtung *embarcadero.* »Ich denke«, sagte Brunetti, »wir sollten noch einmal mit deiner Tante Matilde reden.«

»Finde ich auch«, sagte Griffoni, und schon drehten sie um und schlugen den Weg zu Signora Gasparini ein.

Vor der Carmini-Kirche meinte Brunetti: »Da ihr mittlerweile gute Freundinnen seid, solltest du vielleicht das Gespräch führen.«

»Aber du bist der Mann.«

Er wandte sich im Gehen zu ihr um und sah sie verwundert an.

»Sie ist über achtzig, Guido, da kann sie mich noch so unterhaltsam und gut für ein Schwätzchen finden, aber ausschlaggebend ist für sie immer noch der Mann.«

»Und das nimmst du einfach so hin?«

»Es ist eine Altersfrage«, sagte Griffoni. »Außerdem gibt sie nicht so viel Geld für Kosmetik aus, um sich für Frauen attraktiver zu machen.«

Sie hatten die Haustür erreicht. Brunetti klingelte und erklärte Beata, sie wünschten noch einmal die Signora zu sprechen. Das Hausmädchen ließ sie sofort ein.

Oben hieß die junge Frau sie lächelnd willkommen. »Die *padrona* hat sich sehr über Ihren Besuch gefreut, Signori. Sie spricht von nichts anderem. Wie schön, dass Sie wiedergekommen sind.« Sie ließ die beiden eintreten und führte sie den Flur hinunter. Vor dem Wohnzimmer blieb sie stehen. »Ich werde Sie anmelden.«

»Selbstverständlich«, sagte Brunetti, zu dem sie gesprochen hatte, ohne Griffoni zu beachten.

Aus dem Zimmer drangen Stimmen, dann öffnete Beata die Tür, ließ sie ein und machte die Tür hinter sich zu.

Signora Gasparini saß da, als habe sie sich seit gestern nicht von der Stelle gerührt. Sie trug dieselbe Drachenjacke, und die Streifen ihres Rocks reichten ihr immer noch bis zu den Füßen. Auch das Kopfzucken hatte sich nicht gelegt – eine winzige Bewegung, die ohne ihr flammend rotes Haar vielleicht kaum aufgefallen wäre.

»Wie nett, dass Sie mich noch einmal besuchen, Signore.« Sie strahlte Brunetti an und streckte ihm beide Hände entgegen.

»Das tun wir sehr gern, Signora«, sagte Brunetti und trat zur Seite, damit sie Griffoni besser sehen konnte. »Es ist uns ein Vergnügen, an einem so beeindruckenden Ort zu Gast zu sein. Besonders wenn wir beide so herzlich empfangen werden.« Signora Gasparini sah zu Griffoni und bedachte sie mit jenem kühlen Nicken, das die Höflichkeit Fremden gegenüber gebietet.

»Ja«, sagte Signora Gasparini und blickte umher, als sehe sie den Raum zum ersten Mal. »Reizend, nicht wahr? Früher war es das Arbeitszimmer meines Großvaters, ich empfange hier meine Besucher.« Sie wies lächelnd in die Runde. »Das vermittelt ihnen einen Eindruck davon, wer wir sind.«

Brunetti irritierte immer noch das Zucken.

»Wie recht Sie haben, Signora«, schwärmte Griffoni und tat, als könne sie sich gar nicht sattsehen. »Sehr schön haben Sie es hier.«

Signora Gasparini, die Griffoni offenbar immer noch nicht erkannte, konnte ihre Freude über die überschwenglichen Komplimente nicht verhehlen. Mit selbstzufriedenem Lächeln forderte sie die beiden auf, Platz zu nehmen. »Könnten Sie mir noch einmal sagen, weshalb Sie hier sind?«, fragte sie, um einen energischen Ton bemüht; doch ihre Verwirrung war ihr deutlich anzumerken. Brunetti überkam heftiges Mitleid. Griffoni hatte recht: Sie war hart im Nehmen und erwartete vom Leben kein Pardon.

»Wir kommen wegen Ihres Neffen«, erklärte Brunetti. »Tullio. Er wollte, dass wir das Kuddelmuddel mit der Apotheke klären. Leider verstehe ich immer noch nicht, was da passiert ist, und deshalb bitte ich um Aufklärung. Ich denke, dann bekommen wir das Geld zurück«, endete er auf dem Zauberwort, um ihr Interesse zu wecken.

»Aufklärung?«, fragte sie ratlos.

»Könnten Sie mir erklären, wie Sie an die Coupons gelangt sind, Signora? Solange ich den Hergang nicht kenne, kann ich Dottor Donato schlecht dazu bringen, Ihnen Ihr Geld zurückzuerstatten.«

Ihre Hände verkrampften sich.

»Das hat mit den Rezepten zu tun«, sagte sie.

»Was für Rezepte, Signora?«

»Die ich jeden Monat einreiche. Ich gehe zur Apotheke, gebe die Rezepte ab und bekomme meine Medikamente.«

»Ich verstehe, Signora. Und Sie müssen nicht den vollen Preis dafür bezahlen?«

»Natürlich nicht. Schließlich habe ich mein Leben lang Steuern bezahlt.« Ja, dachte Brunetti, warum sollten die

Reichen keine Gegenleistung erhalten dafür, dass sie das Gesundheitswesen mitfinanzierten?

»*Brava*«, flüsterte Griffoni neben ihm.

Signora Gasparini horchte auf. Sie sah Griffoni an. »Ich sage Ihnen, meine Liebe: Bis Sie in meinem Alter sind, ist nichts mehr übrig. Bis dahin haben sie alles gestohlen, die Schweine.«

»Können Sie uns sagen, wie die Medikamente heißen, Signora?«, fiel Brunetti der alten Dame ins Wort, bevor sie nicht mehr zu bremsen war.

»Ach, fragen Sie mich nicht. Meine Ärztin verschreibt sie mir, und ich nehme sie.«

Brunetti konnte nachvollziehen, dass sie ihre Krankheiten nicht verraten wollte, auch wenn die sich mit jedem Zittern und Zucken und jeder Erinnerungslücke nur zu deutlich zeigten. »Verstehe, Signora. Und die Coupons?«

»Wenn ich sehr beschäftigt bin oder an zu vieles auf einmal denken muss, vergesse ich bisweilen die Rezepte zur Apotheke mitzunehmen.« Sie sprach, als seien ihre Tage mit Konferenzen und Vorstandssitzungen ausgefüllt, während sie in Wirklichkeit immer nur in diesem Zimmer saß, ohne Bücher, ohne Fernseher, ohne Gesellschaft.

»Und was geschieht dann, wenn ich fragen darf?«

»Oh, Dottor Donato weiß, wie wichtig die Medikamente für meine Gesundheit sind, aber ohne die Rezepte kann er nicht mit der Krankenkasse abrechnen.«

»Natürlich nicht«, bekräftigte Griffoni.

»Und wie hilft er Ihnen dann, Signora?«, erkundigte sich Brunetti.

»Er bittet mich, den vollen Preis zu bezahlen, anstatt der

zwei Euro Gebühr, und er gibt mir für die Differenz einen Coupon.« Die beiden Polizisten lächelten ihr aufmunternd zu. Sie winkte sie mit ihren krummen Fingern näher heran und zeigte auf die Tür, zum Zeichen, dass Beata das nicht hören durfte. Leiser fuhr sie fort: »Dottor Donato hat mir gesagt, wenn wir es so machen, kann er den Wert der Coupons um zwanzig Prozent erhöhen.«

Wieder nickten die beiden. »Ach, das ist aber sehr anständig von ihm, Signora«, rief Griffoni begeistert, als wollte sie den Apotheker für einen Bürgerrechtspreis vorschlagen.

»Ich weiß, es ist reines Entgegenkommen. Er ist ein so guter Mensch«, sagte Signora Gasparini mit einem Lächeln, das ihre intakten Zähne sehen ließ. Sie richtete sich auf, das Lächeln war verflogen. »Und es tut ja auch keinem weh, nicht wahr?«

»Nicht im Geringsten«, versicherte Griffoni.

Offenbar hatten sie das Vertrauen der alten Dame gewonnen. »Dottor Donato«, fuhr Signora Gasparini fort, »macht dieses Angebot nur seinen treuesten Kunden, Leuten, denen er trauen kann.« Einen Moment geriet sie ins Stocken. »Er hat mich gebeten, mit niemand darüber zu sprechen, also sagen Sie es bitte nicht weiter.« Sie sah die beiden forschend an, als bemerke sie erst jetzt, dass sie da waren und ihr zuhörten. »Ich weiß, ich kann mich auf Sie verlassen.«

»Selbstverständlich können Sie das, Signora.« Griffoni traf genau den hier angebrachten, weihevollen Ton.

»Ich verstehe ihn nur zu gut«, erklärte Brunetti voller Bewunderung. »Wenn man bedenkt, was Medikamente heutzutage kosten, sind zwanzig Prozent ...«

Griffoni unterbrach ihn. Als zaubere sie ein Kaninchen aus dem Hut, wies sie auf Signora Gasparini und meinte: »Ihr Teint ist der eindeutige Beweis dafür, dass eine Frau nur das Beste kaufen sollte.«

Signora Gasparini war nachdenklich geworden. »Er hat sich mehr als einmal bei mir entschuldigt, dass die Vorschriften der Krankenkassen so kompliziert sind. Er kann mir das Geld auf keinen Fall erstatten, weil die sonst dahinterkommen, dass er mir das Medikament ohne Rezept gegeben hat. Wenn das geschieht, sagt er, wird ihm die Zulassung entzogen. Und das möchte ich bei einem so guten Freund doch nicht riskieren.«

Die beiden nickten zustimmend, und Brunetti amüsierte sich insgeheim über das groteske Bild, wie sie da alle drei ihre nickenden Köpfe zusammensteckten. Er riss sich zusammen und fragte besorgt: »Erinnern Sie sich, wie oft Sie im Lauf der Jahre vergessen haben, Ihre Rezepte mitzunehmen?«

Er sah ihr mit freundlicher Besorgnis ins Gesicht: Sie schloss kurz die Augen, und als sie sie wieder öffnete, war ihr Blick trüb, als habe statt ihrer jemand anders die Bühne betreten.

»Im Lauf der Jahre, das war … oh«, begann sie, und die Verwunderung war ihr deutlich anzuhören, »das weiß ich wirklich nicht mehr.« Sie sah verzweifelt von einem zum anderen, als sei den beiden die vergessene Zahl womöglich auf die Stirn geschrieben.

Normalerweise hätte Brunetti seine Frage wiederholt; da Signora Gasparini jedoch entschlossen schien, sich nicht zu erinnern, wechselte er das Thema und bemerkte mit

Nachdruck: »Was für ein Glück, einen Apotheker gefunden zu haben, dem seine Kunden so sehr am Herzen liegen, dass er ein solch großes Risiko eingeht.«

Sie lächelte erleichtert, als er damit den plötzlichen Gedächtnisverlust als glaubhaft und unwesentlich abtat. Angesichts von Brunettis Diskretion Vertrauen fassend, beugte sie sich vor und sagte mit gedämpfter Stimme: »Genau das hat Signora Lamon auch gemeint. Ich stand einmal hinter ihr in der Apotheke und bekam daher alles mit. Sie hatte ihr Rezept vergessen, und Dottor Donato gab ihr auch so einen Coupon. Als ich sie neulich zufällig bei Tonolo traf – da kaufe ich immer die kleinen Éclairs, am liebsten die mit dunkler Schokolade –, erzählte ich ihr, dass er mir auch schon ausgeholfen hat.« Sie hielt inne, als rekapituliere sie, was sie schon erzählt hatte. Dann setzte sie hinzu: »Und da hat sie mir anvertraut, er habe auch schon zwei Freundinnen von ihr ausgeholfen.«

Sie faltete in einer altmodischen Geste die Hände vor ihrem Busen. »Was für ein netter Mann, dass er so für uns sorgt.«

Wie nebenbei, als erinnere ihn eine freundliche Person an die andere, ließ Brunetti einfließen: »Und was für eine glückliche Fügung, dass er so eng mit Dottoressa Ruberti zusammenarbeiten kann, die ja auch ein äußerst netter Mensch sein muss.« Damit Signora Gasparini gar nicht erst auf die Idee kam, ihn zu fragen, woher er den Namen ihrer Ärztin wusste, schob er schnell hinterher: »Meine Schwiegermutter geht schon seit Jahren zu ihr und schwärmt immer in den höchsten Tönen.«

Griffoni nickte lächelnd. Die alte Dame sah das Lächeln,

doch an das Gesicht, auf dem es erschien, erinnerte sie sich offenbar nicht mehr.

»Ja, so ist es«, stimmte Signora Gasparini zu. »Und mutig ist sie, genau wie Dottor Donato, scheut kein Risiko, zum Wohl ihrer Patienten.«

»Oh«, sagte Griffoni mit der überschwenglichen Neugier einer Jüngeren. »Was hat sie denn für Sie getan, Signora?«

Signora Gasparini setzte zu einer Antwort an, stockte dann aber, als habe sie plötzlich Schwierigkeiten, sich zu erinnern.

Brunetti erkannte dieselbe Panik in ihrem Blick wie früher bei seiner Mutter, wenn diese im Frühstadium ihrer Erkrankung plötzlich nicht mehr weiterwusste. »Wie lange ist sie schon Ihre Hausärztin, Signora?«, half er ihr über Griffonis Frage hinweg.

Dies war anscheinend weniger schwierig zu beantworten. »Seit zehn Jahren. Unser alter Hausarzt ging in den Ruhestand, und Dottoressa Ruberti übernahm die Praxis.« Die beiden Jüngeren nickten ihr aufmunternd zu, und sie fuhr fort: »Sie ist Venezianerin. Mein Vater ist mit ihrem Großvater zur Schule gegangen.« Sie lächelte, sichtlich zufrieden, weil sie das noch wusste. »Das haben wir entdeckt, nachdem ich schon einige Monate bei ihr in Behandlung war, und seitdem verbindet uns das.«

»Natürlich«, murmelte Brunetti. »So haben Sie die Sicherheit, dass sie ein persönliches Interesse an Ihrer Gesundheit hat.«

»Genau«, sagte Signora Gasparini. Stolz erzählte sie weiter: »Anfangs ging ich nicht oft zu ihr; nicht wie so viele alte Frauen. Erst seit einem Jahr, als ... als ich mehrmals zu Untersuchungen ins Krankenhaus musste und Dottoressa Ruberti mir dann etwas verschrieben hat.« Sie verstummte. Brunetti fragte sich, ob sie bewusst ihre Krankheit verdrängte, das ewige Zucken ihres Kopfs. Er selbst konnte es jedenfalls nicht ignorieren.

Sie faltete die Hände und presste sie in den Schoß. »Ich ging zu meinem alten Apotheker, bei dem ich früher immer war, und der sagte mir, es gebe ein anderes Medikament, das genauso wirke wie jenes, das Dottoressa Ruberti mir verschrieben habe, ein sogenanntes ... wie nennt man das noch mal?« Sie nahm die Hände auseinander und fasste sich an die Stirn. »Wie hieß das noch? Irgendwas mit ›G‹.«

Brunetti sah ihre Panik, ihre verzerrten Lippen. »Meinen Sie ›Generikum‹, Signora?«

»Ja. Ja. Richtig. Natürlich. Es lag mir auf der Zunge.« Sie lächelte, sichtlich erleichtert, und faltete wieder die Hände.

»Ich habe ihm gesagt, darüber müsse ich erst mit meiner Ärztin sprechen. Und die sagte mir, das sei nicht dasselbe; das Medikament, das sie mir verschrieben habe, sei teurer, weil es sich als wirksamer erwiesen habe.« Deprimiert von Alter und Machtlosigkeit, schloss sie die Augen. »So machen die das mit uns, überall wollen sie sparen, und wenn es uns umbringt.«

Brunetti brummte zustimmend.

»Am nächsten Tag ging ich wieder hin und sagte dem Apotheker, dass ich das Generikum nicht haben will«, erklärte sie, stolz, das Wort nicht vergessen zu haben. »Da er sich nicht überzeugen ließ, bin ich wieder zu Dottoressa Ruberti gegangen, und die sagte mir, sie habe mich vor dem

Apotheker warnen wollen, aber die Standesethik verbiete ihr das. Zum guten Glück hätte ich es selbst herausgefunden. Sie könne mir stattdessen einen Apotheker empfehlen, der mir die richtige Medizin geben werde.«

»Gott sei Dank«, flüsterte Griffoni.

»Ja. Gott sei Dank. Das hat mir das Leben gerettet«, sagte die alte Dame, aber es klang nicht dankbar, sondern beklommen, als habe der Kampf sie erschöpft und zehre immer noch an ihr.

»Und so sind Sie Kundin von Dottor Donato geworden?«, fragte Brunetti mit kindlicher Unschuld, als könne er es nicht erwarten, das Ende eines Märchens zu hören.

»Ja, etwas Besseres hätte mir nicht passieren können. Jetzt habe ich eine wunderbare Ärztin und einen Apotheker, deren einziger Gedanke dem Wohlergehen ihrer Patienten gilt.«

25

Der Tag neigte sich seinem Ende entgegen, und abends wurde es schon merklich kühl. Griffoni klappte den Jackenkragen hoch und hielt die Arme vor der Brust verschränkt. Als sie auf dem Weg nach Rialto bei Rizzardini vorbeikamen und Brunetti vorschlug einzukehren, willigte sie gerne ein. In der winzigen Pasticceria bestellten sie zwei Kaffee, dazu für Griffoni ein Cannolo. »Das ist der einzige Ort in dieser Stadt, wo ich mich fast wie zu Hause fühle. Jedenfalls, was das Süße angeht«, sagte sie. Die Bestellung wurde gebracht, und sie postierten sich am Ende des Tresens, nahe der Tür.

Griffoni trank einen Schluck und verzog das Gesicht.

»Was ist los?«, fragte Brunetti.

»Dass ich nicht in Neapel bin, das ist los«, gab sie zurück und schickte schnell ein versöhnliches Lächeln hinterher. Sie nahm die Gebäckrolle und biss hinein; Krümel rieselten auf ihre Jacke. »Der Kaffee ist nicht direkt schlecht; die Leute hier oben wissen einfach nicht, was wirklich guter Kaffee ist und wie man ihn zubereitet.« Sie schob die Tasse mit spitzem Finger beiseite, aß die mit Creme gefüllte Gebäckrolle auf, wischte sich den Mund mit einer Papierserviette ab und klopfte sich mit der Hand die Krümel von der Jacke.

Brunetti trank zufrieden aus; er versuchte sich an den Kaffee zu erinnern, den er vor Ewigkeiten in Neapel getrunken hatte, als er dort zeitweilig stationiert gewesen war.

Pasta und Fisch hatte er noch im Gedächtnis, nicht aber den Kaffee, außer dass nur halb so viel in der Tasse gewesen war wie hier und zwei davon ihn stundenlang unter Strom gesetzt hatten.

Sie standen im Warmen, allein am Tresen. »Was denkst du?«

»Die Großmutter meiner besten Freundin hatte Alzheimer, und Signora Gasparini …«, fing sie an, korrigierte sich dann aber lächelnd: »… und meine Tante Matilde erinnert mich an sie. Bald funktioniert ihr Gedächtnis, bald nicht. Ehe sie sich's versieht, ist sie eine gebrechliche alte Frau, mit Symptomen von Parkinson und Gedächtnislücken, auch wenn sie das nach Kräften zu überspielen versucht.«

Sie zog einen Fünf-Euro-Schein aus der Jackentasche und legte ihn auf die Theke. Der Barmann brachte das Wechselgeld und räumte das Geschirr ab.

»Und?«, fragte Brunetti.

Statt zu antworten, ging Griffoni zur Tür hinaus, bog links um die Ecke und blieb vor dem Schaufenster der Pasticceria stehen. »Gasparini hatte die Coupons. Die hat er von seiner Tante«, sagte sie, indem sie konzentriert ihre Gedanken ordnete. »Sie wusste, auch andere Leute bekamen diese Gutscheine, und könnte das ihrem Neffen erzählt haben. Vielleicht hat er Donato zur Rede gestellt und ihm diese Machenschaften vorgehalten. Oder ihm gedroht, zur Polizei zu gehen«, meinte sie, weiterhin in die Auslagen blickend.

»Warum hätte Gasparini ihm das sagen sollen?«, fragte Brunetti. »Warum hat er es nicht einfach *getan*: ist mit den

Coupons zur Polizei und hat uns alles erzählt, was er von seiner Tante erfahren hatte? Zum Beispiel von dieser Signora Lamon.«

Griffoni steckte die Hände in die Jackentaschen und begann auf den Ballen hin und her zu schaukeln. Brunetti hörte förmlich, wie ihr Gehirn einen Gang höher schaltete, dann wieder runter und wieder rauf.

Da sie immer noch schwieg, sagte er: »Du hast recht; er könnte von den anderen gewusst haben. Deine Tante hat keine halbe Stunde gebraucht, uns davon zu erzählen.«

»Signora Lamon«, sagte Griffoni mit einem Nicken.

»Doch warum sollte Donato sich auf Medikamente gegen Parkinson und Alzheimer beschränken?«, brachte Brunetti einen neuen Gedanken ins Spiel. Er sann darüber nach und meinte schließlich: »Die für psychische Störungen sind teuer, besonders wenn sie neu auf den Markt kommen.« Er sprach nicht aus, dass Leute, die solche Medikamente verschrieben bekamen, womöglich besonders häufig ihr Rezept vergaßen und wohl auch weniger darauf achteten, was ihnen verrechnet wurde.

Die Leute vertrauten ihren Apothekern genauso wie ihren Ärzten, vielleicht sogar noch mehr, und weihten sie in ihre Geheimnisse ein. »Donato kennt die Familien und weiß, ob irgendein Angehöriger Verdacht schöpfen würde, wenn ab und zu hundert Euro verschwinden«, sagte Brunetti.

Griffoni riss sich von dem Schaufenster los und sah ihn an. »Ein Apotheker dürfte anhand des Rezepts beurteilen können, wie schwer die Erkrankung eines Kunden ist. Das heißt, er kann ungefähr einschätzen, wie gut ihr Gedächtnis noch funktioniert. Zum Beispiel im Frühstadium von Alzheimer.«

Brunetti nickte nachdenklich: Die Leute verloren diese Coupons womöglich oder steckten sie irgendwo hin. Wenn sie Monate später ein paar davon in einer Schublade fanden: Wie viele erinnerten sich dann wohl noch daran, wofür sie bestimmt waren?

»Könnte eine Goldgrube sein«, meinte Griffoni.

»Aber was ist mit den anderen Angestellten?«, fragte Brunetti. Da sie stutzte, erklärte er: »Ich weiß nicht, ob die alle ihren Kunden empfehlen, den vollen Preis zu bezahlen und dafür einen Coupon zu nehmen.« Er blieb wie angewurzelt stehen. »Sind wir uns einig, dass die allesamt bei diesem Manöver Mittäter sein müssten?«

»Auf jeden Fall müssten sie Bescheid wissen«, sagte Griffoni. »Ich weiß nicht, ob das Mittäterschaft ist.«

»Was denn sonst?«, fragte Brunetti betont ruhig.

»Vielleicht wollen sie keine Schwierigkeiten bekommen, ihren Job behalten, sich nicht in fremde Angelegenheiten einmischen.« Und dann, nach einer Kunstpause: »Denk an die Bibel, Guido.«

»Was?«, entfuhr es ihm verblüfft. »Das sagst ausgerechnet du?«

Griffoni tätschelte ihm grinsend den Arm. »Keine Bange, Guido. Ich rede nur von den sieben fetten Jahren und den sieben mageren Jahren. Wir hatten viele fette Jahre; jetzt haben die mageren Jahre begonnen. Und deshalb sind die Leute, auch die Apotheker, längst nicht mehr so unerschrocken wie früher und können es einfach nicht riskieren, ihren Job zu verlieren.«

»Können oder wollen?«, fragte Brunetti mit der Strenge des Norditalieners.

»Wollen«, räumte die Neapolitanerin ein.

»Apotheker leisten einen Eid. Wie Ärzte«, beharrte Brunetti.

»Sicher«, sagte Griffoni freundlich. »Aber ich bin mir nicht sicher, ob das heutzutage noch viel bedeutet. Für die meisten wohl kaum. Sie wollen überleben, den Kopf einziehen und überleben. Und genau das tun sie.«

»Den Kopf einziehen?«

»Ja.«

Brunetti wusste, sie hatte recht, aber es gefiel ihm nicht.

Er sah auf die Uhr. Schon nach sechs. Idiotisch, jetzt noch mal in die Questura zu gehen, wo er fast zu Hause war. »Du nimmst ein Boot?«, fragte er Griffoni.

»Ja. Aber nicht zur Questura. Falls Tenente Scarpa mich fragt, wo ich war, sage ich, dass ich einen Verdächtigen bis nach San Pietro in Castello verfolgen musste.«

Er lachte bei der Vorstellung, wie das ein Ortsfremder fertigbringen wollte, und beschloss, Griffoni noch nach San Silvestro zu begleiten. Sie gingen Richtung Rialto weiter.

»Letztes Wochenende«, sagte sie, »wollte ich zur Chiesa dell'Angelo Raffaele und bin zwei Stunden lang durch die Gegend gelaufen.«

»Hast du dich verirrt?«, fragte Brunetti.

»Ich weiß nicht. Ich kam einfach nicht weiter. Bin anscheinend immer nur im Kreis gegangen – oder besser gesagt im Viereck gesprungen –, bis ich Geschäfte oder Restaurants wiedererkannte, an denen ich schon vorbeigekommen war. Jeweils vor der zweiten Brücke bin ich um die Ecke abgebogen.«

»Und?«, fragte er.

»Ich glaube, ich kenne mich jetzt ein wenig besser aus.«

»Es ist nicht einfach.«

»Ich weiß. Ich weiß. Man muss hier geboren sein.«

»Das hilft«, meinte Brunetti nur, während sie in die *calle* zum *embarcadero* einbogen. Er sah auf die Uhr. »In zwei Minuten geht ein Boot zum Lido.«

Sie sah ihn fassungslos an. »Weißt du das alles auswendig?«

»Es ist meine Haltestelle, da kenne ich die Zeiten.«

»Ah«, sagte sie und nahm ihre imob-Karte aus der Handtasche.

Brunetti hörte das Boot herannahen, Sekunden später vernahm sie es auch. »Und morgen?«, fragte sie. »Wie gehen wir weiter vor?«

»Das werde ich mir durch den Kopf gehen lassen«, antwortete Brunetti, bevor er den Durchgang betrat, der ihn nach Hause führte.

Nach dem Essen ging Brunetti in Paolas Arbeitszimmer und streckte sich auf dem Sofa aus, die Hände hinterm Kopf verschränkt. Die Tür hatte er halb offen gelassen, so dass Licht vom Flur ins Zimmer fiel. Draußen war es dunkel. Und Dunkelheit war jetzt genau das, was er brauchte.

Er starrte an die Decke und dachte an seine Stammapotheke auf dem Campo San Bortolo, gleich neben der Statue. Er war dort Kunde, weil er, nun ja, weil er dort schon immer Kunde war.

Er schloss die Augen und sah sich mit einem Rezept in der Hand in den Laden gehen.

Von irgendwo in der Wohnung kamen Stimmen: Chiara und Raffi. Sie lachten – ein so normales Geräusch, dass Brunetti es kaum bemerkte.

Kaum bemerkte? Natürlich schaut niemand einem Apotheker auf die Finger. Der nimmt das Rezept, bringt das Medikament und sagt, was man zu zahlen hat. Würde sein Apotheker sagen, eine Arznei koste nicht zwei, sondern zweiundzwanzig Euro, würde Brunetti das ohne weiteres akzeptieren. Angenommen, dachte er, jemand muss regelmäßig Medikamente gegen seine Verwirrtheit nehmen, hat jedoch einmal das erforderliche Rezept vergessen; wenn der Apotheker ihm nun sagt, er kann das Medikament nur bekommen, wenn er den vollen Preis bezahlt und als Garantie für spätere Rückerstattung einen Coupon von der Apotheke akzeptiert: Wer würde da schon skeptisch werden?

Geht der Kunde trotzdem nicht darauf ein, kann der Apotheker sich damit herausreden, er habe ihm mit seinem Vorschlag nur einen nochmaligen Besuch der Apotheke ersparen wollen; ansonsten brauche er nur das Rezept vorzulegen. Ein zweites Mal wird er es bei diesem Kunden nicht versuchen.

Aber würde jemand wirklich seinen Beruf für so wenig aufs Spiel setzen? Brunetti dachte an einen bekannten und sehr erfolgreichen Anwalt, der voriges Jahr bei Hermès beim Diebstahl von drei Krawatten erwischt worden war. Vice-Questore Patta hatte den Fall unter Verschluss gehalten: Weder wurde Anklage erhoben, noch sickerte etwas davon an *Il Gazzettino* durch, der den Fall mit Sicherheit begeistert ausgeschlachtet hätte. Brunetti hatte Pattas Entscheidung verstanden: Karriere und guter Ruf eines Mannes sollten nicht einem einmaligen Ausrutscher zum Opfer fallen.

Vor zwanzig Jahren hätte Brunetti anders reagiert und voller Empörung die Bestrafung des Missetäters verlangt. »Du wirst immer mehr zum Italiener«, sagte er laut vor sich hin.

»Das freut mich. Schreckliche Vorstellung, ich wäre mit einem Australier verheiratet und hätte das nie mitbekommen«, hörte er Paolas Stimme. Sie stieß mit einem Fuß die Tür auf und trug ein Tablett mit zwei Tassen Kaffee, zwei kleinen Gläsern und einer schlanken Flasche herein, die so aussah, als könnte sie Grappa enthalten.

26

Gegen vier Uhr morgens riss ein Sturm Brunetti aus dem Tiefschlaf. Er schreckte auf, sekundenlang unsicher, wo er war. Er tastete nach Paolas Schulter und spähte nach dem vertrauten Muster, das die Laternen vier Stockwerke tiefer an die Wand gegenüber warfen. Vergeblich lauschte er, ob der Wind noch einmal aufheulte. Er sank auf sein Kopfkissen zurück, aber da kam nichts mehr. Die Nacht ruhte still auf seinen Ohren.

Hatte er geträumt? Wo war der Wind hergekommen? Wo war sein Geist im Schlaf gewesen? Er glaubte sich an einen schwach beleuchteten Raum zu erinnern. Sonst nichts. Hoffentlich kann ich wieder einschlafen, dachte er, in die Betrachtung der Lichtreflexe versunken.

Was war mit Dottor Donato? Viel wussten sie nicht über ihn. Seine Familie, seine Gewohnheiten und Freunde. Wie liefen seine Geschäfte? Aus dem Nichts kam Brunetti die Erkenntnis, dass er über Gasparini genauso wenig wusste. Der Mann hatte einen schwierigen Sohn und lag, an Maschinen angeschlossen, bewusstlos in einem Krankenhausbett. Wie Donato musste auch er eine Vergangenheit haben, aus der sich seine Gegenwart erklären ließ.

Dasselbe galt natürlich für Dottoressa Ruberti.

Er überlegte, was Signorina Elettra für ihn recherchieren könnte, aber schließlich war sie erfahren genug und würde selbst am besten wissen, wonach und wo sie zu suchen hatte. Dennoch begann er eine Liste zu entwerfen: Familie, eventuelle frühere Kontakte mit der Polizei, finanzielle Lage … die Gedanken verschwammen, und bald dämmerte er ein, getragen von sanfteren Winden als jenen eingebildeten, die ihn aus dem Schlaf gerissen hatten.

Am Morgen ging er als Erstes zu Signorina Elettra, unsicher, wie die Stimmung nach ihrer letzten unbehaglichen Begegnung sein würde. Die Frage blieb unbeantwortet, da sie bei seinem Eintreten telefonierte. Auf ihrem Schreibtisch stand eine Vase mit exotischen Blumen – Tulpen oder Rosen waren es jedenfalls nicht –, tiefviolett, noch nie hatte er so düstere Blüten gesehen; sie hielten es offenbar nicht für nötig, ein Zimmer zu verschönern.

Signorina Elettra saß halb verdeckt hinter dem Strauß. Als sie Brunetti bemerkte, hob sie grüßend eine Hand, zeigte auf die Tür zu Pattas Büro und sagte in den Hörer: »Er ist gerade hereingekommen, Dottore. Haben Sie jetzt Zeit für ihn?« Während sie auf Vice-Questore Pattas Antwort wartete, bedeutete sie Brunetti mit nach oben gekehrter Hand und einem Schulterzucken, dass sie keine Ahnung habe, was ihr Vorgesetzter von ihm wollte.

»Gut, ich schicke ihn rein.« Sie beendete das Gespräch und zeigte auf die Tür.

Brunetti machte zwei Schritte, blieb stehen und drehte sich zu ihr um. »Ich weiß, Sie haben Dottor Donato bereits überprüft, aber könnten Sie sich auch einmal sein Privatleben ansehen? Und auch das von Gasparini und Dottoressa Ruberti?« Bevor sie antworten konnte, ging Brunetti zu Pattas Tür und ohne anzuklopfen hinein.

Patta schien sich gerade suchend hinter seinem Schreibtisch zu bücken; zu sehen waren nur die Schultern und ein Teil des Rückens. Der Rücken bewegte sich auf und nieder, aber immer nur um wenige Zentimeter. »Stimmt was nicht, Vice-Questore?«, fragte Brunetti und eilte auf ihn zu.

Wie ein Springteufel schnellte Patta hinter dem Tisch hervor. »Musste nur meinen Schuh zubinden«, erklärte er mit rotem Kopf, nachdem er so hastig hochgekommen war.

»Nehmen Sie Platz, Commissario«, sagte er. »Ich habe Ihnen etwas mitzuteilen.«

Brunetti gehorchte, schlug die Beine übereinander und legte die Hände auf die Armlehnen des Stuhls. Er setzte ein möglichst interessiertes Lächeln auf und wartete.

»Es geht um die Gepäckdiebstähle am Flughafen«, sagte Patta.

Brunetti spritzte mentales Botox in sein Lächeln und nickte, während er innerlich zu Sant' Antonio betete, dem Wiederbringer verlorener Dinge und Schutzpatron der hoffnungslosen Fälle. »Heiliger Antonius, nimm diese Last von meinen Schultern, und ich werde dir immer und ewig dankbar sein, Amen.« Seine Mutter hatte ihm beigebracht, es sei unanständig, mit den Heiligen zu feilschen, ihre Dienste gegen Gebete oder gute Taten einzufordern. »Bedank dich einfach nur«, hatte sie dem kleinen Guido geraten. »Schließlich sind sie schon im Himmel. Was können sie mehr verlangen?«

Das war ihm schon als Kind äußerst vernünftig vorgekommen, und er hatte sich immer an diesen Rat gehalten. So gab es eine Reihe von Heiligen, die er gewissermaßen auf Abruf bereithielt und im Notfall um Beistand anflehte.

Nie aber vergaß er, sich ausdrücklich für ihre Hilfe zu bedanken.

»Ah, ja, die Gepäckabfertiger«, sagte er, als fände er das Thema nicht ganz uninteressant.

»Wir spielen nun schon seit Jahren Katz und Maus mit ihnen«, begann Patta. Brunetti nickte. Er hatte Tage, Wochen, Monate mit Ermittlungen gegen diese Leute verbracht, die Installation von Minikameras in verschiedenen Teilen des Flughafens beaufsichtigt, Festnahmen und Verhöre durchgeführt und die Beschuldigten mit Videoaufzeichnungen konfrontiert, die klar und deutlich zeigten, wie sie die ihnen anvertrauten Koffer plünderten. Und saß einer von ihnen im Gefängnis? Hatte man einen von ihnen jemals gefeuert?

»Und ich habe es satt«, erklärte Patta, der von Zeit zu Zeit die Maßnahmen zur Beschaffung von belastendem Material genehmigen musste.

Wir auch, hätte Brunetti am liebsten gesagt. Stattdessen setzte er eine neugierige Miene auf. Als Patta nicht darauf reagierte, fragte er: »Und das heißt, Vice-Questore?«

»Wir haben genug Zeit damit verschwendet. Ich bin entschlossen, dem ein Ende zu machen«, erklärte Patta gebieterisch.

Brunetti war gespannt, wie der Vice-Questore dies zu erreichen gedachte. Vor dem Flughafen ein Schild aufstellen: Zutritt verboten? Alle verhaften? Eine Mauer bauen?

»Der Flughafen gehört nicht zu Venedig«, stellte Patta klar. »Sondern zu Tessera.« Um deutlich zu machen, dass Inkompetenz zwar seinen Unmut erregte, er jedoch nicht weiter darauf herumreiten wollte, fügte er hinzu: »Anscheinend bin ich der Erste, dem das aufgefallen ist.« Er ließ Brunetti Zeit, sich bewusst zu werden, dass auch er dies so lange übersehen hatte, und fuhr dann fort: »Ich habe heute mit den städtischen Anwälten gesprochen und ihnen gesagt, die Sache liegt außerhalb unserer Zuständigkeit, weil Tessera zu Mestre gehört, nicht zu Venedig, und folglich nicht die Polizei von Venedig, sondern die von Mestre für die Strafverfolgung am Flughafen verantwortlich ist.«

»Was hat man Ihnen geantwortet, Signore?«

»Man wird die rechtlichen Grundlagen dieser Angelegenheit prüfen, aber bis dahin …« Patta machte eine wegwerfende Handbewegung und sah Brunetti herausfordernd an.

»Bis dahin, Signore?«, fragte Brunetti, der die Spannung kaum noch aushalten konnte.

»Bis dahin wird sich die Polizei nicht mehr mit den Gepäckdiebstählen befassen«, trumpfte Patta auf, als habe er die Verhaftung der gesamten Führungsriege der Sacra Corona Unita veranlasst, und damit sei der Fall erledigt.

»Kein bisschen?«, fragte Brunetti.

»So ist es. Ich habe angeordnet, dass unsere Leute dort nicht mehr Streife gehen, und meinen Kollegen in Mestre davon unterrichtet.« Er strahlte Brunetti an. »Ich wollte, dass Sie das wissen, damit Sie sich nicht über die neuen Dienstpläne wundern.«

»Und Ihr Kollege in Mestre, Vice-Questore?«

Pattas Lächeln wurde noch breiter. »Er hält sich nicht für zuständig und wird seinerseits keine Leute auf Streife schicken.«

Brunetti dachte an sein Gespräch mit Griffoni über die

Mittäterschaft jener Apotheker, die sich in Schweigen hüllten. »Das war eine sehr kluge Entscheidung, Dottore«, bemerkte er lächelnd. »Wäre es das, Signore?«

Patta nickte, und Brunetti erhob sich und verließ das Büro.

Signorina Elettra blickte auf. Brunetti bemerkte in ihrer Miene Spuren der gewohnten Herzlichkeit und stellte fest, dass die düsteren Blumen aufs Fensterbrett verbannt worden waren.

»Der Vice-Questore hat mir mitgeteilt, dass es in Sachen Gepäckdiebstahl keine Ermittlungen mehr geben wird.«

»Ja«, sagte sie lebhaft. »Ich weiß.«

So, so, dachte Brunetti. Signorina Elettra erging sich gern in elliptischen Kommentaren, weshalb er normalerweise angenommen hätte, ihr seien entsprechende Gerüchte zu Ohren gekommen. Aber diesmal hatte sie eine schlichte Tatsache festgestellt: Sie wusste es, weil sie die Wanze in Pattas Büro installiert hatte.

»Es scheint Sie zu freuen«, sagte er, »wenn ich das bemerken darf.«

»O ja, das freut mich. Sehr«, sagte sie, am Kragenknopf ihrer Bluse nestelnd.

»Darf ich fragen warum?«

»Weil ihm dies von Tenente Scarpa dringend angeraten wurde. Scarpa war es, der ihn auf die getrennten Zuständigkeiten hingewiesen hat. Und zwar mit allem Nachdruck, wenn ich das sagen darf.« So, wie sie den Namen des Tenente aussprach, fühlte Brunetti sich an eine Bemerkung Kreons erinnert: »Einmal Feind, niemals Freund, über den Tod hinaus.«

Dann aber lächelte Signorina Elettra, und hätten sie auf einer Blumenwiese gestanden, wären jetzt alle Bienen herangeflogen, um Honig von ihren Lippen zu saugen.

»Darf ich erfahren, woher er das weiß?«

Ihr Lächeln wurde noch süßer. Brunetti musste sich abwenden, um keinen Insulinschock zu erleiden.

»Ich hatte gehört, wie er mit dem Vice-Questore über diese Angelegenheit sprach. Der Tenente sagte, er werde sich über die Aufteilung der Zuständigkeiten informieren.« Sie schnippte ein unsichtbares Stäubchen von ihrem Schreibtisch.

»Natürlich stand es ihm frei, diese Information selbst einzuholen, aber er hat mich beauftragt ... *mich* damit beauftragt. Und ich habe ihm den Gefallen getan.«

»Und diese Aufteilung der Zuständigkeiten gibt es wirklich?«, fragte Brunetti.

»Aber sicher«, antwortete sie. »Sie stammt aus dem Jahr 1938.«

Nach einer langen Pause fragte Brunetti: »Und seitdem?«

»Ich habe keine Ahnung, Commissario. Der Tenente hatte mich *beauftragt,* irgendeinen Beleg für die getrennte Zuständigkeit zu finden, und den habe ich gefunden.«

»Das heißt, wenn die Polizei ihre Arbeit einstellt und die unausweichlichen Folgen eintreten, wird man dahinterkommen, dass der Tenente sich auf eine fast hundert Jahre alte Verordnung berufen hat?«

»Ganz recht.«

»Das dürfte nicht sehr erfreuliche Folgen für den Tenente haben«, meinte Brunetti.

»Bedauerlicherweise, ja«, sagte sie mit einem Lächeln, das die Größe ihrer Zähne ahnen ließ.

Ihre Verschlagenheit machte Brunetti sprachlos. Schweigend stand er da, bis er sich endlich aus dem Bann löste. »Ich bin in meinem Büro«, sagte er und ging.

Sie nickte und wandte sich wieder ihrem Computer zu.

Erst am Nachmittag sah er Signorina Elettra wieder. Gegen fünf klopfte sie bei ihm an und trat mit einer Mappe in der Hand in sein Büro.

»Die drei Musketiere?«, fragte er.

»*Sì*, Signore.«

»Was Interessantes?«

»Sehen Sie selbst, Commissario.« Sie legte ihm die Mappe auf den Tisch.

»Könnten Sie Kopien an Commissario Griffoni und Ispettore Vianello schicken?«, bat Brunetti.

»Selbstverständlich, Signore.« Sie ließ ihn mit den Dokumenten allein.

In der Mappe lagen drei jeweils zusammengeheftete Stöße Papier. Der erste war mit »Donato« beschriftet, der zweite mit »Gasparini«, der dritte mit »Ruberti«.

Er begann mit dem ersten und erfuhr, dass Girolamo Donato vor dreiundsechzig Jahren in Venedig zur Welt gekommen war. Die Apotheke bei San Leonardo befand sich seit drei Generationen im Besitz seiner Familie. Er hatte in Padua *farmacia* studiert und war mit fünfundzwanzig ins Geschäft eingestiegen. In späteren Jahren war er einmal zum Vorsitzenden der Ordine dei Farmacisti della Provincia di Venezia gewählt worden. Ein Sohn und eine Tochter, beide ebenfalls ausgebildete Apotheker, arbeiteten mit ihm; ferner zwei junge Frauen, die ihn beim Verkauf und in der Lagerhaltung unterstützten.

Die Familie lebte in drei separaten Wohnungen in einem großen Gebäude an den Fondamenta della Misericordia. Sein Sohn und dessen Frau hatten zwei Söhne, drei und fünf Jahre alt. Seine Tochter war Anfang dreißig und unverheiratet.

Brunetti staunte, wie diese Leute einen so normalen Eindruck machen konnten. Sie studierten, arbeiteten, heirateten, bekamen Kinder und arbeiteten. Er las weiter: Donato hatte seinen Kindern die Wohnungen geschenkt; nach Abzug von Gehältern, Versicherungsbeiträgen, Steuern und sonstigen Ausgaben blieb der Apotheke ein Jahresgewinn von annähernd hundertfünfzigtausend Euro. Brunetti war überrascht, er hätte sehr viel mehr erwartet. Schließlich arbeiteten Apotheker deutlich länger als acht Stunden am Tag und mussten ihr Geschäft in einer streng geregelten Reihenfolge auch an Wochenenden und Feiertagen offen halten, von den regelmäßigen Nachtdiensten ganz zu schweigen.

Als Nächstes nahm er sich Gasparini vor. Ebenfalls in Venedig geboren, gut ein Jahrzehnt nach Donato. Er hatte Wirtschaftswissenschaften an der Ca' Foscari studiert und unmittelbar nach dem Examen eine Stelle in Treviso angetreten. Innerhalb von achtzehn Jahren hatte er viermal den Job gewechselt; seine derzeitige Beschäftigung in Verona hatte er seit drei Jahren und war dort jetzt Assistent des Hauptbuchhalters. Brunetti sah sich die Namen der Unternehmen an, für die er davor gearbeitet hatte, aber die verrieten ihm auch nichts Genaueres über seine Tätigkeit.

»Textilien«, »Leder«. Schön und gut. »Holding«, »Handelsgesellschaft«. Das konnte alles Mögliche sein.

Brunetti legte eine Liste der Städte an, in denen Gasparini gearbeitet hatte; in keiner Stadt hatte er zwei Jobs in Folge gehabt. Er war von Treviso nach Conegliano gezogen, dann weiter nach Padua und Pordenone und schließlich nach Verona. Brunetti versuchte sich vorzustellen, wie das für seine Kinder und die Ehe gewesen sein mochte, alle paar Jahre in eine andere Stadt zu ziehen oder zu einer dieser Familien zu werden, wo der Vater erst nach Hause kommt, wenn die Kinder bereits schlafen, und schon wieder weg ist, wenn sie aufwachen.

Als habe Signorina Elettra seine Gedanken gelesen, folgten im nächsten Absatz weitere Informationen vom Ufficio Anagrafe: Gasparini und seine Frau hatten in den vergangenen zwanzig Jahren immer dieselbe Adresse beibehalten, und die Kinder gingen seit vier Jahren aufs Albertini.

Brunetti blätterte zurück und sah sich Gasparinis finanzielle Lage genauer an. Seine Gehälter in den verschiedenen Unternehmen waren bestenfalls durchschnittlich. Wenn seine Frau etwa so viel verdiente wie Paola, konnten sie es sich eigentlich nicht leisten, die Kinder aufs Albertini zu schicken.

Als Erklärung kam ihm ungerufen in den Sinn: Irgendein Steuervergehen, gefolgt von Entlassung. Aber wie hätte Gasparini das mehrmals hintereinander gelingen sollen, ohne dass man ihm auf die Schliche kam? Brunetti suchte nach einer anderen Erklärung für eine so merkwürdige berufliche Laufbahn, die in anderen Ländern ganz gewöhnlich sein mochte, aber nicht in Italien, wo viele Männer über Jahrzehnte, wenn nicht ihr Leben lang, an ein und demselben Arbeitsplatz blieben. Erpressung? Wer wusste über die wahre finanzielle Lage eines Unternehmens besser Bescheid als der Buchhalter? Wenn Beamte der Guardia di Finanza ins Gefängnis mussten, weil sie Geld dafür genommen hatten, Steuerbetrug nicht zu melden: Wie viel einfacher hatte es ein Buchhalter, ähnliche Straftaten zu planen und davon zu profitieren?

Bei seinem dritten Arbeitgeber, las Brunetti, hatte die Guardia di Finanza zwei Monate nach Gasparinis Ausscheiden aus der Firma eine Razzia durchgeführt und sämtliche Computer und Akten beschlagnahmt. Die Ermittler entdeckten im Handumdrehen eine parallele Buchführung, in der die tatsächlichen, nicht die angeblichen Gewinne und Verluste aufgeführt waren.

Brunetti blickte auf und sah es förmlich vor sich: Arbeite lange genug in einem Unternehmen, um herauszufinden, ob dort in betrügerischer Absicht zwei verschiedene Bücher geführt werden, oder installiere gleich selbst ein solches System; dann hilf so lange dabei mit, bis du es vollkommen durchschaust; und dann verlangst du Schweigegeld. Wenn sie zahlen, nimm das Geld und wechsle die Arbeitsstelle; wenn sie nicht zahlen, such dir einen neuen Job und benachrichtige von dort die Guardia di Finanza.

Natürlich konnte es auch eine andere Erklärung geben, aber diese hier war logisch, zumindest für jemanden, der von Berufs wegen von der Schuldvermutung ausgeht.

Er zog das Dossier »Ruberti« zu sich her und begann zu lesen. Durchschnittliche Schülerin, Abschluss des Medizinstudiums 1987 in Padua, wo die Dottoressa vier Jahre lang als Internistin arbeitete, bevor sie mit zwei anderen Ärzten eine Gemeinschaftspraxis in Abano Terme gründete. Von dort kehrte sie sechs Jahre später nach Venedig zurück und eröffnete ihre eigene Praxis in Dorsoduro und Castello, wo sie bis heute tätig war.

Verheiratet, geschieden, ein körperlich schwerbehinderter Sohn, der in einem Heim lebte. Keine Festnahmen, keine Verkehrsverstöße, Besitzerin einer Wohnung in Dorsoduro und der im Parterre desselben Hauses eingerichteten Praxis. Die Praxisräume in Castello hatte sie dazugemietet.

Damit endete der spärliche Bericht.

27

Es war schon spät am Nachmittag, dennoch griff er zum Telefon und bat Griffoni und Vianello zu sich; auch sie hatten Signorina Elettras Dossiers bestimmt inzwischen gelesen, und es gab einiges zu besprechen.

Er lehnte sich zurück und schaute durchs Fenster in den düster-grauen Himmel. Der Winter nahte. Bald zog sich das Leben für Monate zurück, dunkle Tage verbreiteten schlechte Laune und weckten in den Menschen Sehnsucht nach sonnigen Gefilden: zum Schwimmen ans Meer oder zum Skilaufen in die Berge. Er fuhr nicht gern Ski, schon weil man dazu, wie für Polo, eine Unmenge an Ausrüstung benötigte. Um die Wahrheit zu sagen, er machte sich überhaupt nichts aus Sport, abgesehen von Fußball; die Liebe zu diesem Spiel hatte er von seinem Vater, und das Gute daran war, dass man nur einen Ball brauchte. Natürlich war dieser Sport durch und durch korrupt, Millionen wurden gewonnen oder verloren beim Wetten auf Spiele, deren Ergebnisse schon vorher feststanden, und dennoch fieberte er unweigerlich bei diesen abgekarteten Partien mit. Er erinnerte sich an einen Tag, als sein Vater ihn einmal zu einem Ligaspiel mitgenommen hatte, Inter gegen …

Vianello riss ihn aus seinen Träumereien; er trat ohne anzuklopfen ein, und gleich darauf kam Griffoni durch die Tür, die der Ispettore für sie offen gelassen hatte. Beide nahmen vor Brunetti Platz, Schreibzeug griffbereit und offensichtlich gespannt, was er zu sagen hatte.

»Mir ist aufgefallen, wie oft Signor Gasparini den Job gewechselt hat.« Brunetti wies auf Signorina Elettras Mappe; die beiden blätterten in ihren Kopien, und als sie die Stelle gefunden hatten, fragte er: »Was haltet ihr davon?«

Griffoni schien mit der Frage nichts anfangen zu können, aber Vianello meinte: »Ist es nicht ungewöhnlich, so oft umzuziehen?«

Brunetti nickte. »Ich finde schon.«

Griffoni sah zu Vianello, blieb aber stumm.

Der Ispettore wies auf die Mappe: »Könnte sein, dass er kein besonders guter Buchhalter ist.« Brunetti spürte, dies war nur die Einleitung zu dem, was Vianello eigentlich sagen wollte: »Oder aber ein sehr guter.«

»Das heißt?«, fragte Griffoni.

»Das heißt, normalerweise wechseln die Leute nicht so oft den Job, vor allem nicht in Zeiten wie diesen und wenn man Frau und Kinder hat.«

Vianello überlegte. »Es sei denn, sie haben einen Grund dafür«, fügte er noch hinzu und bestätigte damit Brunettis Vermutung, dass auch Vianello sich der dunklen Seiten der menschlichen Natur bewusst war.

Da Brunetti und Griffoni schwiegen, fuhr Vianello fort: »Was ist mit der Razzia der Guardia di Finanza, drei Monate nachdem er seine dritte Arbeitsstelle verlassen hatte?« Er blätterte herum und fand den Namen der Firma: »Poseidon Leder.«

»Zwei«, sagte Brunetti.

»Wie bitte?«

»Zwei Monate.«

Griffoni sah zu Brunetti. »Seid ihr gerade dabei, du und

Lorenzo, voreilige Schlüsse über diesen Mann zu ziehen? Mir fällt da nichts auf.«

Die Frage war an beide gerichtet. Vianello antwortete: »Er hat nicht nur den Job gewechselt, sondern auch jedes Mal die Stadt. Kannst du dir erklären, warum er bereit sein sollte, das Leben seiner Familie so oft durcheinanderzubringen?«, fragte er Griffoni gereizter, als Brunetti für nötig hielt.

»Was gibt es da zu erklären?«, versetzte Griffoni spitz. »Warum kann er nicht einfach ein paarmal den Job gewechselt haben?« Dann, an die beiden Männer gewandt: »Ihr scheint davon auszugehen – ohne jeden handfesten Beweis, wie ich finde –, dass er Dreck am Stecken hat.«

Brunetti und Vianello sahen sich an, was Griffoni zu der Bemerkung provozierte: »Ach, lasst das, bitte. Bin ich die dumme Gans, die nicht sieht, was kluge, erfahrene Männer auf den ersten Blick erkennen?«

»Claudia«, sagte Brunetti, »wir führen nichts im Schilde. Wir haben alle dasselbe gelesen.«

»Und was soll das jetzt wieder heißen?«, fragte sie.

»Dass wir alle dieselben Informationen haben«, sagte er und wies auf die Mappe. »Aber anscheinend zu unterschiedlichen Schlüssen kommen.«

Griffoni bedachte ihn mit einem kühlen Blick. »Und weil ihr bestimmte Schlüsse zieht, habt ihr recht? Wenn zwei einen Verdacht haben, wird der zur Wahrheit?«

»Es könnte Gasparinis Interesse an den Coupons erklären. Vielleicht hat er darin eine Gelegenheit gesehen«, sagte Brunetti und sah zu Vianello, der zustimmend nickte. »Wenn er als Buchhalter nicht nur die reellen Bücher seiner

Firma führen musste, sondern auch die für die Guardia di Finanza frisierten, hätte er versuchen können, aus seinem Wissen Kapital zu schlagen.« An seiner Formulierung »reelle Bücher« schien keiner der beiden Anstoß zu nehmen.

Griffoni vertiefte sich in das Dossier, als wollte sie es in eine andere Sprache übersetzen.

»Es würde erklären, warum er so oft den Job gewechselt hat«, bekräftigte Brunetti. »Und die Stadt. Entweder fand er nichts Illegales und zog weiter, oder er fand etwas, erpresste seinen Arbeitgeber und zog dann weiter.«

»Und warum hat die Guardia di Finanza dann die Lederfirma durchsucht?«, fragte Griffoni.

»Weil die nicht zahlen wollten und ihn rausgeschmissen haben«, schlug Vianello vor. »So konnte er aller Welt zeigen, was einem Arbeitgeber passiert, der sich nicht erpressen lässt.«

»Claudia«, sagte Brunetti geduldig, »ich will dir nichts aufzwingen; ich bitte dich nur, das als mögliche Erklärung für seine vielen Jobwechsel in Erwägung zu ziehen.«

»Wie hätte er denn immer wieder einen neuen Job finden sollen?«, fragte sie. »Besonders wenn er ein Erpresser ist.«

»Man würde ihn doch unbedingt schnell loswerden wollen«, meinte Vianello. »Und das geht am besten, wenn man ihm ein Empfehlungsschreiben ausstellt; man lobt ihn in den höchsten Tönen, und schon beißt der nächste Arbeitgeber an.«

»Ihr seid doch verrückt«, sagte Griffoni unvermittelt.

Die beiden Männer starrten sie an. Brunetti versuchte es noch einmal mit Vernunft. »Also bitte, Claudia«, sagte er. »Nur weil wir nicht deiner Meinung sind?« Er ließ sie nicht zu Wort kommen. »Der Apotheker war nur ein weiteres Erpressungsopfer, genau wie seine früheren Arbeitgeber.«

»Ich warte immer noch auf einen Beweis«, sagte sie.

Vianello schaltete sich ein. »Nehmen wir uns kurz Dottor Donato vor.« Er wies auf die Mappe. »Der macht den Eindruck eines anständigen, ehrlichen Mannes, der sein Leben lang hart gearbeitet hat.« Beiden entging nicht die Betonung, die er auf das Wort »Eindruck« gelegt hatte.

»Er hat sich die Masche mit diesen Coupons ausgedacht«, fuhr der Ispettore fort. »Signorina Elettra hat die Leitlinien für Apotheker herausgesucht. Auf die Kosten für Arzneimittel dürfen sie dreiunddreißig Prozent aufschlagen: mehr nicht. Für Kosmetikartikel hingegen können sie verlangen, was sie wollen. Bei einer Apotheke hat sie eine Handelsspanne von siebzig Prozent gefunden.«

Brunetti sah zu Griffoni. »Überleg mal, wie sich der Handel mit Kosmetik statt mit Medikamenten auf seinen Gewinn auswirkt. Gasparini ist Buchhalter. Die Geschichte seiner Tante mag noch so konfus gewesen sein, aber er dürfte auf der Stelle durchschaut haben, was es mit den Coupons auf sich hat.«

Nicht mehr so angriffslustig und mit Bedacht an Brunetti und Griffoni zugleich gerichtet, ergänzte Vianello: »Signora Gasparini hatte fast tausend Euro in Coupons. Sie akzeptiert die also schon seit langem, genau wie ihre Freundin, Signora Lamon. Und nur einer profitiert davon: Donato.«

Diesmal erhob Griffoni keinen Einspruch. Sie sah nachdenklich vor sich hin, als versuche sie Donatos monatliche Einnahmen zu berechnen.

Brunetti und Vianello tauschten Blicke aus und verfielen in Schweigen.

Zögernd, beinahe widerwillig, bemerkte Griffoni: »Also gut: Donato dürfte daran gelegen sein, dass Gasparini die Geschichte nicht in Umlauf bringt.« Sie war noch weit davon entfernt, ihnen zuzustimmen, aber immerhin bereit, diese Variante durchzuspielen. Nach einer Weile fragte sie: »Habt ihr euch überlegt, wie es weitergehen soll, wenn ihr Matilde Gasparini dazu bringt, mit einem Richter zu sprechen und über diese Machenschaften auszusagen? Und was ein guter Anwalt mit euren Zeugen anstellen wird? Lauter alte Frauen mit Alzheimer und Parkinson?« Sie hob einen Daumen und zählte ihre Einwände an allen fünf Fingern ab: »Ihr habt nur die Aussagen – falls man das so nennen kann – dieser verwirrten alten Frauen. Und Männer. Ihr habt die Coupons mit Signora Gasparinis Namen und ihre konfuse Behauptung von einer Wertsteigerung um zwanzig Prozent. Ihr habt keinen Beweis für eine Verbindung zwischen Gasparini und Donato. Ihr habt eine Kollegin von Donato, die etwas von Gerüchten über ihn wissen will. Wenn ihr meint, das sei genug, es einem Richter vorzulegen, dann viel Glück.«

Vianello schien ernüchtert. »Wir haben sonst niemand, der ein Motiv hat, ihn zu überfallen.«

»Kein Raubüberfall«, gab Brunetti zu bedenken.

Alle schwiegen. Draußen wurde es dunkel. Eine Windbö riss auf der anderen Seite des Kanals die Blätter von den Bäumen im Garten des eingezäunten Hauses. Der Wind schlug die Läden des letzten Fensters rechts oben auf und zu, lärmender Zeuge des Verfalls.

»Und jetzt?«, fragte Vianello schließlich.

»Seine Frau weiß bestimmt Bescheid«, sagte Griffoni.

»Du scheinst dir sehr sicher«, sagte Vianello.

»Würde deine Frau Bescheid wissen?«, schoss sie zurück.

Vianellos Lachen entschärfte die Situation.

»Wie können Sie es wagen, Tullio so etwas zu unterstellen?«, empörte sich Professoressa Crosera, kaum waren sie im Wohnzimmer.

Sie hatte Brunetti und Griffoni tags darauf mit kühler Höflichkeit empfangen. Brunetti hatte sich dafür ausgesprochen, dass sie nicht zu dritt dort auftauchen sollten, das sei zu viel, und Vianello hatte keine Einwände erhoben.

Ihr Mann, hatte die Professoressa auf Brunettis Frage erklärt, sei ein stiller, ernsthafter Mensch, für ihn gebe es nur seine Familie und – hier hatte sie nervös zu ihnen hinübergesehen – seine Liebe zum Radfahren. Als Student habe er am *Giro d'Italia* teilgenommen, jedoch einsehen müssen, dass ihm zum Profi das Durchhaltevermögen fehle. Aber er fahre noch immer, habe drei Räder in einer Garage in Mestre, verbringe mindestens einen seiner freien Tage am Wochenende bei jedem Wetter auf der Straße und komme davon jedes Mal erschöpft und ausgeglichen nach Hause.

Offenbar ein ganz normaler Mann; der Gedanke hatte es Brunetti schwer gemacht, sein nächstes Thema, Gasparinis wechselvolles Berufsleben, anzusprechen. Leicht beklommen, hatte er dennoch die Frage gestellt, warum ihr Mann so oft den Job gewechselt habe, worauf sie gereizt erwidert hatte, das höre sich an, als glaubten sie, er sei wegen Inkompetenz oder irgendwelcher Unregelmäßigkeiten gefeuert worden.

»Das würden wir gern ausschließen, Signora«, hatte Brunetti ernst erwidert. »Nicht Inkompetenz, Signora. Sondern Unregelmäßigkeiten.«

Gelesen hatte Brunetti schon oft, dass jemandem vor Überraschung der Kiefer runterging. Und jetzt hatte er es mit eigenen Augen gesehen. Professoressa Crosera war erstarrt und hatte sich schließlich empört: »Wie können Sie es wagen, Tullio so etwas zu unterstellen?« Mit hochrotem Kopf setzte sie zu einer weiteren Frage an, verschluckte sich aber vor Zorn und musste husten.

Bei Brunettis Fragen hatte Griffoni schweigend dagesessen, sich aber bei Brunettis letzter Unterstellung vor Scham gewunden. Den Blick geradeaus gerichtet, sah sie zwischen den beiden hindurch.

Professoressa Crosera schloss die Augen und legte die Hand aufs Herz – eine Geste, die unter anderen Umständen übertrieben theatralisch gewirkt hätte. Brunetti hörte plötzlich irgendwo im Zimmer eine Uhr ticken.

Es tickte über hundert Mal, ehe Professoressa Crosera die Augen aufschlug. »Ich sage Ihnen das jetzt ein einziges Mal, und dann möchte ich, dass Sie mein Haus verlassen, alle beide. Sie werden nicht mehr mit mir sprechen, und ich nicht mit Ihnen. Es sei denn, Sie kommen mit einer richterlichen Anordnung«, sagte sie zu Brunetti, ohne Griffoni eines Blicks zu würdigen.

»Haben Sie verstanden?«, fragte sie Brunetti.

»Ja.«

»Die Eltern meines Mannes sind an Krebs gestorben, im

Abstand von sechs Jahren. Ihr Sterben war sehr qualvoll und hat sich sehr lange hingezogen.« Sie unterbrach sich kurz und fuhr dann mit gepresster Stimme fort: »Beide Male waren seine Arbeitgeber so entgegenkommend, dass sie ihn von Venedig aus arbeiten ließen. Und beide Male musste er einsehen, dass er seiner Arbeit nicht optimal nachgehen konnte; also kündigte er jedes Mal seine Stellung, um die Eltern zu pflegen, und wir lebten allein von meinem Gehalt.«

Sie vergewisserte sich, dass die beiden ihr folgten. »Er hat das getan, weil es ihm richtig schien, und mir übrigens auch. Im dritten Fall hat er gekündigt, weil der Sohn des Inhabers von ihm etwas Gesetzwidriges verlangte, und im letzten Fall wurde die Firma nach Shanghai verlegt, und das Angebot, mit dorthin umzuziehen, wollte er nicht annehmen.« Sie sah zwischen den beiden hin und her. Brunetti hielt ihrem Blick stand, Griffoni nicht.

»Und das Albertini? Wer zahlt dafür?«, spielte Brunetti seine letzte Karte aus, aber ungeschickt, wie er selber merkte.

»Seine Tante«, antwortete sie verächtlich. »Also begraben Sie Ihre Idee, er könnte bei seiner Arbeit Geld unterschlagen haben, oder was auch immer Sie ihm unterstellen mögen.«

Sie stand auf und ging zur Tür. Brunetti und Griffoni folgten ihr, ohne sich anzusehen. Professoressa Crosera schloss die Tür hinter ihnen.

Nach dem Abendessen erzählte Brunetti Paola die ganze Geschichte; sie hörte schweigend zu, während sie in kleinen Schlucken den Kräutertee trank, für den sie sich statt Kaffee und Grappa entschieden hatten. Sie saß auf dem Sofa, die Füße nebeneinander auf dem Boden, Tasse und Untertasse auf dem Schoß. Brunetti lehnte in dem Sessel ihr gegenüber und trank aus einem Becher.

»Ihr habt euch nicht zuerst bei seinen Arbeitgebern umgehört?«, fragte sie.

Brunetti schüttelte betreten den Kopf.

Nach einer Weile sagte Paola: »Elisa tut mir leid.«

»Ich wollte es dir sagen«, begann Brunetti. »Vielleicht ist sie jetzt …«

»Ja, vielleicht«, stimmte Paola zu. »Ich wär's.« Und dann: »Und wie ging es weiter?«

»Wann?«

»Nachdem sie euch rausgeworfen hat.«

»Ich habe Signorina Elettra angerufen und sie gebeten, die Sterbedaten seiner Eltern zu überprüfen und bei seinen früheren Arbeitgebern nachzufragen, ob sie die Wahrheit gesagt hat.«

Paola sah ihn fassungslos an. »Auf die Idee bist du nicht schon vorher gekommen?«

»Richtig«, sagte Brunetti.

Paola sagte lange nichts. »Und?«, fragte sie schließlich.

»Sie hat die Wahrheit gesagt.«

»Ich hätte nichts anderes von ihr erwartet«, meinte sie. »Und was jetzt?«

»Jetzt möchte ich mit Dottor Donato sprechen.«

»Was willst du von ihm?«

»Ich will sehen, wie er reagiert, wenn ich ihm sage, dass Gasparini von den Coupons wusste.«

»Wozu soll das gut sein?«

»Es soll ihm klarmachen, dass wir einen Zusammenhang mit dem Überfall auf Gasparini vermuten.«

»Und wenn du bei Donato auch wieder falschliegst?«

»Donato hat die Coupons an mehrere Leute ausgegeben; daran zumindest besteht kein Zweifel«, stellte Brunetti mit einer gewissen Erleichterung fest.

»Das sind doch heutzutage Peanuts, Guido«, winkte sie ab. »Was soll ihm das pro Jahr schon einbringen?«

»Wären seine Betrügereien eher nachvollziehbar, wenn sie ihm mehr eingebracht hätten? Wären sie dann verwerflicher?«

»Nein, Guido, auch wenn das Gesetz Abstufungen in der Schwere der Schuld vorsieht.«

»Du stimmst mir nicht zu?«

»Was er tut, ist unredlich: alte Leute mit Gutscheinen, die sie nur dafür einlösen können, zum Kauf von Kosmetikartikeln zu zwingen«, stellte sie klar. »Aber Schiebereien sind so weit verbreitet, dass wir uns aus kleineren Straftaten längst nichts mehr machen, als ob die nicht auch unrecht wären. Gibt es nicht sogar eine Vorschrift, wonach man bei einer Verurteilung zu weniger als drei Jahren gar nicht mehr ins Gefängnis muss?«

Brunetti nickte. »Ja, so ungefähr.«

Er wollte noch etwas sagen, aber sie unterbrach ihn: »Denk an *Antigone*: Wer hat recht? Antigone? Kreon? Ihre Tat hat niemandem geschadet: Aber durfte sie deswegen gegen das Gesetz verstoßen? Sie sagt, sie gehorcht dem göttlichen Gesetz, sie tut, was die Menschlichkeit gebietet, also darf sie das Gesetz brechen?«

Brunetti erwiderte nichts. Weder er noch Sophokles hatte eine Antwort. Das Stück stellte Fragen und forderte die Leser auf, darüber nachzudenken und selbst eine Antwort zu geben, wenn sie es wagten. Paola fuhr fort: »Wenn Antigone darauf bestehen würde, nicht einen, sondern zwei oder drei Brüder zu begraben: Würde sie damit mehr Courage oder größeren Edelmut beweisen? Wäre ihr Verbrechen aus Kreons Sicht dann zwei- oder dreimal so schlimm?«

Brunetti hob ratlos die Hände.

»Siehst du, deswegen lesen die Leute so gern Romane«, sagte Paola zu seiner Überraschung. »Weil der Autor ihnen alles *erklärt.* Sie *erfahren,* warum jemand etwas getan hat. Wir sind an diese Stimme gewöhnt, die uns das Geschehen deutet.«

»Das klingt, als ob es dir nicht gefällt«, meinte Brunetti.

»Richtig. Es ist so unecht, zu einfach; ganz anders als im Leben.«

»Ja?«

»Weil es im Leben keinen Erzähler gibt – immer wieder begegnen uns Lügen und Halbwahrheiten – wir können uns niemals wirklich sicher sein. Das gefällt mir.«

»Kunst ist also künstlich?«, fragte Brunetti.

Paola stutzte verblüfft, warf den Kopf nach hinten und lachte, bis ihr die Tränen kamen.

28

Als er am nächsten Morgen in die Questura kam, salutierte die junge Beamtin am Eingang schneidig: »Dottore, Signorina Elettra lässt Ihnen ausrichten, Sie möchten bitte sofort bei ihr vorbeischauen, wenn Sie kommen.«

Er dankte und ging die Treppe zu Signorina Elettras Büro hinauf, neugierig, was sie zwischen gestern Abend und heute früh herausgefunden haben mochte. Er hatte schlecht geschlafen, gequält von der Frage, wie sich sein Verdacht gegen Gasparini – der im Grunde nur aus der verzweifelten Suche nach einem Motiv für den Überfall erwachsen war – so leicht hatte verselbständigen können. Hatte Vianellos Zustimmung ihn zu voreiligen Schlüssen angespornt? Irgendwo hatte er gelesen, Männer würden aggressiver, sobald sie Teil eines Rudels seien. Waren er und Vianello solche Verbündete? Widerstrebend gestand er sich ein, dass sie sich gegen Griffoni verbrüdert hatten.

Als Erstes fiel ihm auf, dass Signorina Elettra die düsteren Blumen in ihrem Büro gegen einen Riesenstrauß mit leuchtend gelben Blüten ausgetauscht hatte. Zinnien? Er wusste es nicht. Aber sie machten den Eindruck, als stünden sie gern im Licht und überlegten gerade, wie sie das Zimmer aufmischen könnten.

Signorina Elettra strahlte mit den Blumen um die Wette. Offenbar braute sich etwas zusammen, aber nicht über ihrem Haupt.

»Was haben Sie gefunden, Signorina?«, fragte Brunetti

in solch versöhnlichem Ton, dass es der Besiegelung eines Friedensvertrags gleichkam.

»Ich war gestern Abend mit Barbara verabredet«, antwortete sie.

»Ich hoffe, es geht ihr gut«, sagte Brunetti, der Signorina Elettras Schwester kannte und gut leiden mochte.

»Sehr, vielen Dank«, antwortete sie höflich. »Ich dachte, ich frage sie mal; schließlich ist sie Ärztin und könnte etwas gehört haben.«

»Über Dottoressa Ruberti?«, fragte Brunetti.

»Proust«, gab Signorina Elettra grinsend zurück. »Barbara sagt, das sei ihr Spitzname unter den anderen Ärzten.«

Da Brunetti ihr offensichtlich nicht folgen konnte, erklärte sie: »Weil sie so viel schreibt.« Er verstand immer noch nicht. »Rezepte«, half sie ihm auf die Sprünge.

Natürlich, natürlich. »Für ältere Leute?«, fragte er.

»Insbesondere mit Parkinson und Alzheimer. Sie hat auch jüngere Patienten, die an Depressionen oder bipolaren Störungen leiden. Und offenbar verschreibt sie allen immer die neuesten Medikamente, also keine Generika.«

»Das hat Ihre Schwester Ihnen erzählt?«

»Aber nein«, sagte Signorina Elettra. »Von ihr habe ich nur Dottoressa Rubertis Spitznamen. Den Rest habe ich heute Morgen recherchiert.« Mit strenger Miene fügte sie hinzu: »Ich muss jedes Mal staunen, wie fahrlässig die Krankenkassen sind: Das System, das ihre Datenbanken schützen soll, lädt förmlich zum Diebstahl ein.«

»Recherchiert?«, ging Brunetti über ihre Entrüstung hinweg.

Sie gab ihrer Tastatur einen zärtlichen Klaps. »Ich bin

genauso vorgegangen wie bei Dottor Donato, Commissario. Patientenliste und die jeweils verordneten Medikamente.« Sie schüttelte in gespielter Missbilligung den Kopf. »Die meisten sind neu auf dem Markt.«

»Und ›neu‹ heißt teuer?«, fragte Brunetti.

»Ja, in einigen Fällen *sehr* teuer.«

»Wie kommt sie damit durch?«, fragte er. »Ich dachte, die Krankenkassen haben ein Auge darauf, was die Ärzte verschreiben.«

»Tun sie auch. Aber Rubertis Patientenliste ist endlos, das sind über tausend: Was sie anderen Patienten verschreibt, dürfte den Durchschnitt senken, und so pendelt sich das Ganze auf einem Niveau ein, das die Krankenkasse offenbar toleriert.« Wieder schlich sich Entrüstung in ihren Ton. »Die kontrollieren sehr oberflächlich. Es wäre eine Kleinigkeit, ein so auffälliges Verhalten herauszufiltern.«

Ehe sie ins Detail ging, fragte Brunetti schnell: »Könnten Sie mir Tabellen machen wie die für Donatos Apotheke?«

»Natürlich, Dottore«, antwortete sie. »Ich habe ein Programm, mit dem …«, begann sie, brach aber ab, da ihn die Einzelheiten wohl kaum interessierten. Sie griff nach einem Zettel und fragte: »Was soll da alles rein?«

»Ich brauche eine Aufstellung mit den Leuten, die Medikamente gegen psychische Probleme nehmen, und eine mit denen, die unter Demenz leiden. Namen, Adresse, Alter, was Ruberti ihnen verschrieben hat und was es kostet. Wo sie ein teures Medikament verschrieben hat, stellen Sie dem die Kosten des Generikums oder des Standardmedikaments gegenüber, das sie nicht verordnet hat.«

Signorina Elettra schenkte ihm ein Lächeln. »Wird gemacht, Commissario«, meinte sie und schrieb weiter.

»Könnten Sie auch herausfinden, wo die Rezepte eingelöst wurden?«

Sie nickte knapp: Kinderspiel.

Dann fiel ihm dunkel etwas ein, das er vor einiger Zeit – vielleicht war es schon Jahre her? – im *Gazzettino* gelesen hatte. »Könnten Sie überprüfen, ob sie jemals auch Rezepte für Leute ausgestellt hat, die bereits tot waren?«

Signorina Elettras Hand zuckte so schnell zurück, dass ihr Stift einen schwarzen Strich auf dem Zettel hinterließ. »Was?«

»Das kommt vor«, sagte er ruhig. »Jedenfalls stand es im *Gazzettino.* Wenn jemand außerhalb des Krankenhauses stirbt, wird nicht automatisch das Ufficio Anagrafe informiert. Oder die Krankenkasse. Es kann Monate dauern, manchmal Jahre, bis das geschieht.«

Mit entrückter Miene sann Signorina Elettra über die Möglichkeiten nach, die sich da auftaten. »Die bleiben im Niemandsland, beziehen weiterhin ihre Rente und bekommen Medikamente verordnet?« Sie schüttelte den Kopf, ob bewundernd oder fassungslos, war nicht zu erkennen. »Sehr verlockend«, flüsterte sie.

»Mich interessiert vor allem, welche Apotheke diese Rezepte einlöst«, sagte Brunetti.

Freudlos lächelnd, sagte sie: »Mich auch«, und wandte sich dem Computer zu, in Gedanken offenbar schon auf dem Weg, den Brunetti ihr gewiesen hatte.

Brunetti, dem nichts weiter zu tun blieb, ging in sein Büro.

Am Morgen hatte er den *Gazzettino* gekauft und blätterte jetzt darin herum, während er auf Signorina Elettras Anruf wartete. Er wusste, sie würde keine Ruhe geben, bis sie in die Datenbanken des Gesundheitssystems eingedrungen war und sich nach Herzenslust bedient hatte. Auf der Titelseite der Zeitung prangte ein Foto des Bürgermeisters, der mit breitem Lächeln vor einer Karte des Canale di Vittorio Emanuele posierte, mit dessen Ausbau die Stadtverwaltung ohne Rücksicht auf Verluste dafür sorgen wollte, dass die Kreuzfahrtschiffe weiter nach Venedig kamen. Tand, Tand ist das Gebilde von Menschenhand, dachte Brunetti kopfschüttelnd.

Rechts unten auf der Titelseite stand ein Hinweis auf die Zerschlagung eines Drogenrings in Venedig. Fortsetzung Seite 27. Dort erfuhr er, dass die Carabinieri gestern nach jahrelangen Ermittlungen der Sonderkommission »Eiserne Faust« sechs mutmaßliche Dealer festgenommen hatten.

Die Drogenhändler, verriet der Artikel, hatten ihre Geschäfte nahezu unbehelligt vor drei Schulen im Stadtgebiet abgewickelt; Beschwerden von Anwohnern und Eltern habe man lange keine Beachtung geschenkt. Zu guter Letzt aber sei »die Zeit der Dealer abgelaufen«; am frühen Morgen hätten die Carabinieri bei einer Razzia dreizehn Kilogramm Haschisch und Marihuana sowie synthetische Drogen beschlagnahmt. Alle Festgenommenen hielten sich illegal im Land auf; sie wurden auf die Wache gebracht, verhört und schließlich mit der Auflage, das Land binnen achtundvierzug Stunden zu verlassen, auf freien Fuß gesetzt.

Dieser Rechtspraxis gegenüber fühlte Brunetti sich machtlos. Auch war ihm fremd, warum Leute überhaupt

Drogen nahmen; vielleicht schlicht und einfach deswegen, weil sie so leicht zu haben waren. Brunetti war pragmatisch genug, alles gutzuheißen, was jungen Leuten den Drogenkonsum erschwerte; darüber hinaus machte er sich keine großen Illusionen. Vielleicht brachte der mangelnde Nachschub Sandro Gasparini zur Besinnung; vielleicht rüttelte ihn die Situation seines Vaters auf und lenkte seine Gedanken auf ernsthaftere Dinge. Vielleicht aber auch nicht.

Brunetti bemerkte einen Stapel neuer Akten in seinem Eingangskorb, las aber lieber im *Gazzettino* weiter. Wie immer überschlug er alles, was mit Innenpolitik oder Sport zu tun hatte, seufzte über die Auslandsnachrichten und las nur das bisschen, was dann noch übrig war. Danach blieben ihm nur noch zwei Möglichkeiten: entweder stürzte er sich aus dem Fenster, oder er ergab sich seiner Pflicht und las die Akten.

Er schob die Zeitung nach links, drehte sie um, damit er das Foto des Bürgermeisters nicht sehen musste, und nahm sich die Akten vor.

Die Glocken von San Giorgio dei Greci läuteten zu Mittag, als Signorina Elettra in der Tür erschien und leise an den Pfosten klopfte. »Darf ich reinkommen, Commissario?«

Brunetti erwachte aus seinem Aktenstudium: »Entweder haben Sie Neues für mich, Signorina, oder ich beschäftige mich weiter mit der Frage, ob – in Ermangelung einer städtischen Regelung für radfahrende Verkehrsteilnehmer – das Radfahren in der Stadt als Straftat oder als Ordnungswidrigkeit einzustufen ist.«

»Ich habe mir die Ausführungen ausgiebig zu Gemüte

geführt, Signore«, sagte sie ohne jede Ironie in der Stimme. »Ich finde, man sollte es als Ordnungswidrigkeit behandeln.«

Brunetti klappte die Mappe zu und legte sie auf die anderen, die bereits nach links gewandert waren. »Danke, Signorina«, sagte er. »Und was bringen Sie mir?«

»Die Tabellen, Signore.«

»Ah, gut«, sagte er. »Irgendetwas dabei, worauf ich besonders achten sollte?«

»Nein, Commissario. Ich denke, die Zahlen sprechen für sich.« Damit legte sie ihm die Tabellen auf den Tisch und ging.

Signorina Elettra hatte zwar schon die große Zahl Patienten von Dottoressa Ruberti erwähnt, aber als er sich die Liste nur allein schon der Demenzkranken vornahm, staunte er dennoch: vier Seiten, eng bedruckt mit Namen, daneben zunächst die jeweils verschriebenen Medikamente und der Preis pro Packung, dann Name und Preis ähnlicher, oftmals generischer Präparate, die alternativ zur Verfügung standen. Einige der verschriebenen Medikamente kosteten das Dreifache, die meisten knapp das Doppelte. Über die Hälfte der Rezepte waren in der Farmacia della Fontana bearbeitet worden.

Die zweite Tabelle, ebenfalls vier Seiten lang, listete Dottoressa Rubertis Patienten mit »psychischen Erkrankungen« auf: auch hier dasselbe Muster und dieselbe Apotheke. Die verschriebenen Medikamente waren durchweg wesentlich teurer als die daneben aufgeführten Generika.

Die dritte Tabelle – »Verstorbene« – sah etwas anders aus: Name des Patienten, Sterbedatum laut Ufficio Anagrafe, gefolgt von Daten, an denen postum Rezepte eingelöst worden waren. In einigen Fällen lagen zwei Jahre zwischen dem Tod und dem letzten Rezept. Bis auf sechs waren alle diese Rezepte in der Farmacia della Fontana vorgelegt worden.

Huhn oder Ei? Das war die Frage. Was war zuerst da: der Vorschlag des Arztes an den Apotheker, bei der Krankenkasse das Rezept für das teurere Medikament einzureichen und damit den höheren Betrag erstattet zu bekommen? Oder hatte der Apotheker nach Ärzten gesucht, die bereitwillig Rezepte ausstellten, mit denen er den größtmöglichen Profit machen konnte? Wer von beiden hatte finanzielle Anreize angeboten, und wer hatte sie angenommen?

Brunetti würde mit beiden sprechen müssen, um ihre jeweilige Version der Ereignisse zu erfahren; am besten zuerst mit dem Verführten, danach mit dem Verführer, denn der Verführte war naturgemäß der Schwächere und würde eher mit der Wahrheit herausrücken. Er hielt es für wahrscheinlicher, dass der Apotheker der Verführer war.

Mit Hilfe seines Computers fand er Dottoressa Rubertis Adresse und Sprechzeiten. Heute war sie bis halb zwei in ihrer Praxis am Campo Santa Margherita, nicht weit von Signora Gasparinis Haus; ihm blieb also Zeit genug, dort hinzugehen und sich als letzter Patient des Vormittags in ihr Wartezimmer zu setzen.

Kurz erwog er, Vianello oder Griffoni mitzunehmen, aber nach seiner peinlichen Fehleinschätzung Gasparinis ging er lieber allein.

Er fuhr mit der Nummer eins nach Ca' Rezzonico, ging über den Campo San Barnaba, vorbei an den zwei Booten der Obstverkäufer, die über Mittag mit grünen Planen abgedeckt waren, und überquerte die Brücke zum Campo Santa Margherita. Inzwischen war es kurz nach eins; er sah sich um und fand das Haus neben dem Maklerbüro. Auf dem Praxisschild standen ihr Name, die Sprechzeiten und die Bitte zu klingeln. Das tat er, die Tür klickte auf, und Brunetti trat ein.

Im ersten Stock ein weiteres Schild mit ihrem Namen und einem Pfeil, der in den hinteren Teil des Gebäudes wies. Neben einer Tür am Ende des Flurs eine Messingtafel mit dem Namen. Er ging hinein.

Im Wartezimmer saßen drei Leute, zwei Frauen und ein Mann. Vier Stühle waren leer. Drei Augenpaare beobachteten, wie er sich für den entferntesten freien Stuhl entschied. Bevor er sich setzte, nickte er ihnen zu; niemand reagierte, und er nahm eine Zeitschrift von dem Stapel auf dem Tisch.

Die Frauen waren beide Brocken, der Mann sehr dünn. Sonst war ihm nichts an ihnen aufgefallen, und er sah auch jetzt nicht genauer hin, sondern las etwas von sechs Gründen, Veganer zu werden. Eine Tür links von den drei Wartenden tat sich auf, und eine Frauenstimme sagte: »Signora Tassetto.«

Eine der Frauen stemmte sich mühsam hoch und wankte ins Sprechzimmer. Brunetti sah gerade noch die Ärztin in der Tür, eine blasse Frau im weißen Kittel und mindestens so groß wie er selbst, dann war sie weg. Nach einer Viertelstunde kam die Patientin heraus, und die Ärztin rief nach »Signor Catucci«. Diesmal bemerkte Brunetti, dass sie nicht geschminkt war und ihr hellbraunes Haar nach hinten gesteckt trug. Ihre Blicke trafen sich; ihrer verriet offensichtliches Erstaunen über den Unbekannten in ihrer Praxis. Sie folgte dem Patienten ins Sprechzimmer.

Schon nach fünf Minuten ging die Tür wieder auf und sie ließ den Mann hinaus; er ging mit schleppenden Schritten von dannen, als habe er nichts Gutes erfahren. Die letzte Patientin brauchte nicht aufgerufen zu werden; sie war schon aufgestanden und ging wortlos an der Ärztin vorbei, die wieder zu Brunetti sah, bevor sie sich abwandte.

Es kam ihm lange vor, tatsächlich aber konnte es keine zehn Minuten gedauert haben, bis die Frau herauskam. Wieder ging sie wortlos an der Ärztin vorbei und dann hinaus.

Die Frau im weißen Kittel drehte sich zu Brunetti um. »Kann ich Ihnen helfen, Signore?«, fragte sie ihn so zögernd, als sei sie diejenige, die Rat suchte. Ihr Alter war schwer zu schätzen, irgendwo zwischen vierzig und fünfzig.

Brunetti stand auf und legte die Zeitschrift auf den Stapel zurück. »Ich möchte mit Ihnen sprechen, Dottoressa«, sagte er.

»Und wer sind Sie?«

»Guido Brunetti«, erklärte er. Getrieben von Reue darüber, wie er Professoressa Crosera behandelt hatte, fügte er hinzu: »Ich bin Commissario der Polizei.«

Das schien sie nicht weiter zu beunruhigen, auch wenn sie nicht lächelte. »Ah, ja«, sagte sie und trat einen Schritt zurück. »Kommen Sie rein. Hier können wir reden.« Sie wandte sich zur Tür, blieb noch einmal auf der Schwelle stehen und sagte: »Ich habe Sie erwartet.«

Brunetti folgte ihr ins Sprechzimmer. Sie schloss die Tür, ging mit schlaksigen Bewegungen, wie man sie oft bei großen Frauen beobachtet, hinter ihren Schreibtisch und setzte sich.

Die Praxis unterschied sich beträchtlich von der Dottor Stampinis im Krankenhaus: sauber und ordentlich, mit einem bequemen Stuhl für den Patienten gegenüber dem Schreibtisch und einer mit dem üblichen Papier abgedeckten Untersuchungsliege an der Wand. Ein Glasschränkchen, randvoll mit Medikamentenschachteln. Auf dem Schreibtisch ein Computer, daneben zwei Stapel Krankenakten, sonst nichts.

Zwischen den üblichen Zeugnissen und Urkunden hingen Reproduktionen einzelner Blüten, so stark vergrößert, dass sie wie Konstruktionszeichnungen wirkten. Brunetti hatte Platz genommen und sah Dottoressa Ruberti schweigend an. Ihre hagere Gestalt ließ sie noch größer erscheinen. Sie hielt seinem Blick gelassen stand; Bewunderer würden die Farbe ihrer Augen als »bernsteingelb« bezeichnen, dachte er, Lästerer als »trüb«.

Brunetti fühlte sich beim privaten Umgang mit Ärzten nie recht wohl: Immer fragte er sich, ob sie nicht gerade seinen Gesundheitszustand taxierten, wenn sie ihm die Hand gaben oder sich erkundigten, ob er noch ein Glas Wein haben wolle. Sie hingegen musterte ihn, als überlege sie, wie sie ihm entgegenkommen könne.

»Sie sagten, Sie möchten mit mir sprechen, Commissario. Worum geht es denn?«

»Tullio Gasparini«, sagte Brunetti.

»Ah, ja«, sagte sie ruhig. »Signora Gasparinis Neffe.«

»Woher kennen Sie ihn, Dottoressa? Er ist doch kein Patient von Ihnen, oder?«

Sie bedachte ihn mit einem missbilligenden Blick. »Commissario Brunetti«, sagte sie, offensichtlich um Geduld bemüht, »darf ich vorschlagen, dass wir höflich miteinander umgehen?«

»Selbstverständlich«, sagte Brunetti.

»Gut«, sagte sie mit ausdrucksloser Miene und nickte, als beende sie ein Gespräch mit sich selbst. »Ich werde Ihnen die Wahrheit sagen. Sie brauchen mich nicht mit irgendwelchen Tricks dazu zu bringen, dass ich mich verplappere.« Bevor er den Unschuldigen mimen konnte, fragte sie: »Können Sie das akzeptieren?«

»Ja«, antwortete Brunetti. »Allerdings behaupten alle im Gespräch mit mir, dass sie die Wahrheit sagen.«

»Genau wie meine Patienten«, sagte sie müde. »Sie trinken gar nicht so viel, sie rauchen gar nicht so viel, sie essen nur sechs Reiskörner am Tag.« Sie sah ihm in die Augen. »Das ist einer der Gründe, warum ich Unehrlichkeit nicht mehr ertragen kann. Verstehen Sie das?«

»Ja«, sagte Brunetti, konnte aber die Bemerkung nicht unterdrücken: »Ich bin mir allerdings nicht sicher, ob ich Ihnen glauben kann.«

Er hatte vergeblich gehofft, sie damit aus der Reserve zu locken. »Ich lüge nicht, Commissario, auch wenn ich das gern wollte. Manchmal wäre es schon sehr hilfreich.«

»Wenn das stimmt«, sagte Brunetti, indem er sich an die Abmachung hielt und aussprach, was er dachte, »sind Sie eine seltene Ausnahme.«

Versöhnlicher begann sie: »Tullio Gasparini ist leider

auch so einer, der nicht lügen kann. Er hat mich besucht und mir erzählt, was er wusste und was er vorhatte.«

Noch war es zu früh, da nachzuhaken. »Woher wussten Sie, dass er nicht gelogen hat?«, fragte Brunetti.

»Aus Erfahrung. Todkranke Menschen hören oft auf zu lügen, weil ihnen die Lust daran vergangen ist oder es ihnen nicht mehr nötig erscheint. Und so habe ich im Lauf der Jahre gelernt, nicht nur Krankheiten zu diagnostizieren, sondern auch die Wahrheit zu erkennen.«

»Und Signor Gasparini?«, fragte er.

»Er hat kein Gespür für seinesgleichen und mir daher nicht geglaubt, als ich mit ihm gesprochen habe.« Sie rieb sich nachdenklich die Wange. »Vielleicht liegt es auch daran, dass er sein Leben lang mit Zahlen gearbeitet hat und ihm daher die Erfahrung im Umgang mit Menschen fehlt.«

»Was hat er Ihnen erzählt, Dottoressa?«, fragte Brunetti.

»Bevor ich darauf antworte, Commissario: Darf ich fragen, wie Sie mich gefunden haben?«

Brunetti sah keinen Grund, Spielchen mit ihr zu spielen und zu behaupten, er habe ihre Adresse aus dem Internet. »Ich habe von Ihrer Verbindung mit Dottor Donato erfahren und wollte mit Ihnen darüber sprechen.«

»Verbindung?«, wiederholte sie, und ihr Gesichtsausdruck wurde weich. »Wie taktvoll Sie sich auszudrücken wissen, Commissario.« Zum ersten Mal lächelte sie, und er erkannte, dass sie einmal eine schöne Frau gewesen sein musste, bevor Nöte und Sorgen, bei denen sie nicht wegzuschauen vermochte, an ihr gezehrt hatten.

»Können Sie mir sagen, wie Sie ihn kennengelernt haben?«, fragte Brunetti.

»Kennengelernt habe ich ihn vor Jahren, weil ich ihn gelegentlich in seiner Apotheke aufgesucht habe, um mit ihm über bestimmte Patienten zu reden. Ich wollte sicherstellen, dass er ihnen aufschreibt, wann und in welchen Abständen sie ihre Medikamente nehmen sollen, und dass er ihnen einschärft, sich daran zu halten.«

»Steht das nicht auf dem Rezept?«, fragte Brunetti.

»Bitte, Commissario«, sagte sie kühl. »Patienten, die sechs oder zehn verschiedene Medikamente am Tag brauchen, können schon damit durcheinanderkommen, wann sie die zu nehmen haben. Ich habe ihn gebeten, ihnen einen detaillierten Stundenplan mitzugeben, an den sie sich halten können. Das ist alles.«

»Und war er einverstanden?«

Sie zögerte mit der Antwort. »Ich habe ihn überredet«, meinte sie schließlich. »Ich habe ihm erklärt, viele meiner Patienten seien so alt und verwirrt, dass sie diese Hilfestellung brauchen.«

»Und dann hat er es getan?«

»Ja.«

»Und Ihre Verbindung?«, fragte Brunetti, ohne das letzte Wort besonders zu betonen.

»Die begann ein paar Jahre später.« Sie hielt inne wie ein Autofahrer, der an einer Abzweigung überlegt, welchen Weg er einschlagen soll.

»Sie sind aus Castello, Commissario?«, fragte sie und lenkte damit die Aufmerksamkeit auf die Tatsache, dass sie nicht Veneziano gesprochen hatten. »Ihr Akzent«, klärte sie ihn angesichts seiner verblüfften Miene auf.

»Als Kind habe ich dort gelebt«, sagte er. »Mir fällt es

kaum noch auf, aber trotzdem bekomme ich ihn offenbar nicht los.«

»Das geschieht nie. Nicht vollständig.« Sie glaubte das erklären zu müssen: »Mein Vater war Stimmtrainer am Goldoni und hat uns beigebracht, darauf zu achten, wie die Leute sprechen.« Sie sah gedankenverloren aus dem Fenster. »Ich habe nie darüber nachgedacht, aber vielleicht ist das einer der Gründe, warum ich merke, ob jemand die Wahrheit sagt oder nicht. Man hört es auch der Stimme an.«

Brunetti wusste das schon lange, sagte aber nichts dazu. »Wir waren bei Dottor Donato, Dottoressa«, erinnerte er sie.

»Natürlich. Entschuldigen Sie. Ich versuche offenbar nur auf Zeit zu spielen.« Sie richtete sich auf. »Als Venezianer wissen Sie ja, wie klein die Stadt ist.«

Brunetti nickte.

»Das heißt, was ich Ihnen erzähle, erfahren Sie mühelos auch von anderen. In einer Kleinstadt bleibt nichts verborgen.« Nach einer langen Pause fuhr sie fort: »Ich war eine Zeitlang verheiratet und bin seit langem geschieden. Ich habe einen geistig und körperlich schwerbehinderten Sohn. Als Ärztin weiß ich, wie schlimm es um ihn steht und wie sehr er lebenslang mit seinen körperlichen Behinderungen zu kämpfen haben wird; und ich kann mir auch denken, wie seine … gesellschaftliche Zukunft aussieht.«

»Tut mir leid, das von Ihrem Sohn zu hören, Signora«, sagte Brunetti.

»Danke, Commissario«, sagte sie lächelnd, und nach einer Pause, in der sie sein Gesicht studierte: »Aber ich erzähle Ihnen das nicht, um Mitleid zu erregen. Es ist etwas, das Sie wissen müssen.«

Brunetti nickte erneut.

»Ich habe Teodoro, so heißt mein Sohn, in einer privaten Einrichtung untergebracht, weil ich als Ärztin oft genug gesehen habe, wie meine Patienten und ehemaligen Patienten in den staatlichen Heimen gehalten werden«, sagte sie mit gepresster Stimme. »Ich bin Hausärztin, Commissario. Ich habe mehr Patienten, als ich zu normalen Sprechzeiten versorgen kann, also arbeite ich länger, um mehr zu verdienen. Und trotzdem reicht es oft nicht für die Kosten von Teos Unterbringung.« Als Brunetti etwas einwerfen wollte, hob sie die Hand. »Bevor Sie fragen: Von meinem Exmann bekomme ich nichts. Was mich selbst anbelangt, ist das egal, aber nicht bei Teo. Mein Exmann ist ebenfalls Arzt, er hat wieder geheiratet und arbeitet jetzt in Dubai. Laut Gerichtsbeschluss müsste er die Hälfte für Teos Unterbringung bezahlen, aber er weigert sich. Und solange er in Dubai ist, gibt es keine Handhabe.«

Brunetti schwieg. Dubai war neu, der Sachverhalt selbst hingegen nicht.

»Wie gesagt, Venedig ist eine Kleinstadt, und ich nehme an, meine Geschichte hatte sich in der Ärzteschaft herumgesprochen. Und damit komme ich auf Dottor Donato.

Vor zwei Jahren – ich war bereits einige Monate im Rückstand mit den Rechnungen für Teos Unterbringung – kam Donato zu mir und machte mir einen Vorschlag. Ich sollte meinen Patienten ein bestimmtes Medikament verschreiben, und er würde ihnen stattdessen ein anderes geben. Zuerst tat ich empört. Ich habe mich aufs hohe Ross gesetzt und behauptet, ich sei durch den hippokratischen Eid dazu verpflichtet, zum Wohl der Patienten zu wirken. Worauf er beteuerte, zu Schaden käme dabei niemand.«

Leute, die mit Brunetti sprachen und wussten, dass er Polizist war, gaben in der Regel ihre Nervosität auf vielerlei Weise zu erkennen. Sie rutschten auf dem Stuhl herum, strichen sich die Haare glatt, fassten sich ins Gesicht, krampften die Hände umeinander. Dottoressa Ruberti jedoch sah ihm in die Augen und rührte sich nicht.

»Was genau hat er vorgeschlagen?«, fragte Brunetti.

»Ich sollte meine Rezepte auf die jeweils teuersten Medikamente ausstellen; er werde dann für meine Patienten das aktuell beste Generikum auswählen. Die Generika hätten die gleiche Verpackung wie das Original und seien nicht davon zu unterscheiden.«

»Wie sollte das gehen?«, fragte Brunetti, obwohl er einen Verdacht hatte.

»Er wollte mir die Einzelheiten nicht verraten. Nur so viel, dass er mit einigen Pharmavertretern befreundet sei, er garantiere mir für deren Zuverlässigkeit.« Sie ließ das wirken und fuhr fort: »Als ich mich immer noch weigerte, gab er indirekt zu verstehen, dass die Schachteln vom Hersteller des teuren Originals stammen, sogar die Barcodes seien echt.«

Brunetti nickte. Die Masche war nicht neu. »Wie viel hat er Ihnen geboten?«

»Dreißig Prozent des Preisunterschieds zwischen dem, was er für das Generikum bezahlte, und dem, was die Krankenkassen ihm für das Original erstatteten. Ich habe darauf bestanden, dass die Patienten ein identisches Präparat bekommen.«

»Und das Risiko?«, fragte Brunetti.

»Gar keins. Die Generika sollten ja in derselben Verpackung abgegeben werden und dieselbe Wirkung haben.«

»Und?«

»Ich bat um einen Tag Bedenkzeit, ging nach Hause und wurde zu einer Art Tullio Gasparini – auch wenn ich den damals noch gar nicht kannte.«

»Wie meinen Sie das?«

»Ich habe mich eine Nacht lang mit Zahlen beschäftigt: Was Teos Pflege in fünf Jahren kosten würde, in zehn Jahren, und ob ich das mit meinen voraussichtlichen Einnahmen würde bestreiten können.« Wieder sah sie ihm in die Augen. »Und die Zahlen sagten mir, dass ich es nicht konnte, und das bedeutete, dass man Teo früher oder später in ein staatliches Heim stecken würde.« Sie fragte nicht, ob Brunetti Kinder habe. Sie sagte nicht, dass sie als Mutter einfach nicht zulassen konnte … Sie bat ihn nicht, sich in ihre Lage zu versetzen.

»Am nächsten Tag ging ich zu ihm und sagte, ich würde es machen. Darauf gab er mir eine Liste der Medikamente, die ich für eine Reihe von Krankheiten verschreiben sollte, und meinte dann noch, es sei meine Sache, wie ich die Patienten dazu bringe, die Rezepte in seiner Apotheke einzulösen.«

»Am äußersten Ende von Cannaregio«, sagte Brunetti.

Sie nickte resigniert: Der Polizist wusste also schon, wo Dottor Donato seine Apotheke hatte. »Richtig. Am äußersten Ende von Cannaregio.«

»Wann hat er angefangen, die Sache auszuweiten?«, fragte Brunetti.

Überrascht fragte sie: »Sie kennen ihn?«

»Ich kenne Leute wie ihn«, antwortete er.

»Ja. Wir alle kennen solche Leute«, meinte sie, und nach einer Weile: »Einige Monate später bat er mich, Rezepte für andere teure Medikamente auszustellen und nicht den Patienten, sondern direkt ihm selbst zu geben. Offenbar hatte er mitbekommen, welche meiner Patienten am wenigsten in der Lage waren, sich zu erinnern, was ihnen verschrieben worden war; er hatte herausgefunden, wer von ihnen allein lebte. Ich musste nur Rezepte schreiben, und er reichte sie dann ein: Das ging vollkommen problemlos. Er erhielt Geld für Medikamente erstattet, die er nie verkauft hatte.«

»Und das bedeutet für Ihre Patienten weniger Umstände«, meinte Brunetti nur, da den alten Leuten damit der weite Weg nach Cannaregio erspart blieb.

Sie wartete auf einen ironischen Nachsatz. Als dieser ausblieb, fügte sie selbst hinzu: »Und mehr Profit für mich.«

Brunetti verkniff sich jeden Kommentar. Er musste an seinen Logikkurs auf dem *liceo* denken; besonders gefallen hatte ihm damals die *reductio ad absurdum,* und er versuchte es mit einer solchen Zuspitzung: »Ist das der Grund, warum Leute sechs Monate auf eine Hüftoperation warten müssen?«

Das brachte sie beinahe aus der Fassung. Dann aber erkannte sie, dass er sie nur provozieren wollte, und sparte sich die Antwort.

Brunetti wechselte das Thema. »Was, wenn Ihnen jemand auf die Schliche gekommen wäre?«

»Das war nicht möglich«, erklärte sie bestimmt. »Die Einzigen, die von den Rezepten wussten, waren Dottor Donato und ich.«

»Raffiniert«, sagte Brunetti, und es klang wie ein Schimpfwort.

»Und weit verbreitet«, ergänzte sie.

»Aber Gasparini ist dahintergekommen«, sagte Brunetti.

Sie lächelte kläglich. »Das hatte nichts mit den Rezepten zu tun«, sagte sie und korrigierte sich sofort: »Jedenfalls was mich betrifft.«

Brunetti räusperte sich.

Sie stieß sich von der Tischkante ab nach hinten. »Es war Gier. Donato wird von Gier getrieben, und das wollte ich mir nicht eingestehen.«

»Die Coupons?« Mit dieser Frage deutete Brunetti an, dass er womöglich noch mehr wusste.

»Ja.« Sie schüttelte verständnislos den Kopf. »Er konnte nicht genug bekommen. Ich hatte nichts davon geahnt und dachte, er betrügt nur den Staat. Aber jetzt stellte sich heraus, dass er auch diese alten Leute betrog.«

Und das machte für sie offenbar einen großen Unterschied. »Wie hat er sie betrogen?«, fragte Brunetti, nicht weil er es nicht wusste, sondern um zu erfahren, was sie unter »betrügen« verstand.

»Wenn sie ihr Rezept vergessen hatten, verlangte er Barzahlung und gab ihnen einen Coupon über den entsprechenden Betrag. Ob achtzig, sechzig oder hundertsechzig Euro, spielte keine Rolle. Hauptsache, er bekam das Geld.« Verbittert fuhr sie fort: »Er gab ihnen den Coupon, zog die zwei Euro Rezeptgebühr ab und strich das ganze Geld ein.

Wenn sie – nach ein, zwei Tagen, einer Woche, einem Monat – den Betrag zurückfordern wollten, wussten sie natürlich nicht mehr genau, was er ihnen erzählt hatte. Und dann erklärte er ihnen auf seine väterliche Art, er habe ihnen nur helfen wollen, er habe ihnen doch deutlich gesagt, dass die Coupons nicht gegen Geld oder Medikamente eingetauscht werden könnten, sondern nur gegen Kosmetik.«

Sie zog mit den Händen die Haut an ihren Mundwinkeln glatt. »Oh, das war sehr raffiniert. Er wusste, sie würden niemals zugeben, vergessen zu haben, was er ihnen erzählt hatte. Damit hätten sie ja meine Diagnose bestätigt, und viele meiner Patienten können oder wollen sich ihre Krankheit nicht eingestehen.«

Sie ließ die Hände sinken, und die steilen Falten an ihren Mundwinkeln erschienen wieder. »Damit sie sich nicht betrogen fühlten und sie anderen, die ihn womöglich durchschaut hätten, gegenüber den Mund hielten, erfand Donato den Trick mit den zusätzlichen zwanzig Prozent. Statt sich also betrogen zu fühlen, weil sie wer weiß wie viel für ein Medikament bezahlt hatten, das sie eigentlich nur zwei Euro kosten durfte, konnten sie sich gut fühlen, weil sie zwanzig Prozent als angeblichen Bonus dazubekommen hatten, mit dem sie aber in Wirklichkeit nur genötigt wurden, überteuerte Kosmetik zu kaufen. Das heißt, falls sie überhaupt noch wussten, wozu die Coupons gut waren.« Während sie überlegte, ob das noch weiterer Erklärungen bedurfte, blieb Brunetti stumm wie ein Stein und wartete.

Sie schaute zu ihm hinüber, und er sah, wie ihr Blick

kalt wurde. »Eine meiner Patientinnen hat mir erzählt, wie großzügig Dottor Donato immer zu ihr sei.«

»Und so haben Sie von der Sache erfahren?«

»Nein. Ich wusste nichts davon, bis Gasparini mich darauf angesprochen hat. Nachdem seine Tante ihm davon erzählt hatte, sprach er mit einer Freundin von ihr, und die erzählte ihm dieselbe Geschichte wie seine Tante.«

»Und die Toten?«, fragte Brunetti, neugierig, wie Donato das gerechtfertigt hatte.

Sie faltete die Hände und legte sie vor sich auf den Tisch. »Das war …«, sie räusperte sich, »… seine Idee. Ich hatte ihn auf der Beerdigung einer Patientin von mir gesehen. Zwei Tage danach bat er mich, ein paar Rezepte für sie auszustellen.«

Die Dottoressa sah zu Brunetti auf. »Ich habe versucht, nein zu sagen.«

Als ihre Blicke sich trafen, senkte sie den Kopf wieder.

»Er hat mir halbe-halbe angeboten«, sagte sie hastig, als wolle sie es hinter sich bringen. »Und da habe ich zugestimmt.«

Brunetti wartete, ob sie jetzt von allgemeiner Geldnot oder besonderen Ausgaben für ihren Sohn zu der Zeit anfangen würde, aber für sie war das Thema beendet.

Sie hob eine Hand. »Es gibt ein Bankkonto auf den Namen meines Sohns. Das ganze Geld, das ich von Dottor Donato bekommen habe – er hat mich immer in bar ausgezahlt –, liegt auf diesem Konto, und dazu alles, was ich sparen konnte, seit ich Teos Schicksal akzeptiert habe.«

»Ist Ihr Sohn geschäftsfähig, so dass er …«, fing Brunetti an, fand aber nicht die richtigen Worte.

»Nein, das ist er nicht. Aber ein Freund von mir verwaltet das Konto und wird dafür sorgen, dass das Geld ausschließlich für Teodoro aufgewendet wird.«

»Sie sind vorbereitet auf das, was auf Sie zukommt?«, fragte Brunetti.

»Darauf bin ich vorbereitet, seit ich eingewilligt habe, die Rezepte für Donato auszustellen, Commissario. Ich werde nie mehr als Ärztin praktizieren können.« Gedankenverloren bemerkte sie: »Wie seltsam, da mitzumachen, wo ich doch wusste, wohin es führen würde.«

Brunetti war sich gar nicht mal so sicher: Er kannte Fälle, in denen Ärzte ohne Schaden für ihre Karriere unnötige Operationen durchgeführt hatten. »Aber ...«, begann er, doch sie fiel ihm ins Wort.

»Muss ich Sie wirklich darauf hinweisen, Commissario, dass Sie Signor Gasparini vergessen?«

Brunetti hatte ihn nicht vergessen, sondern nur zurückgestellt. Dass er dem Ariadnefaden ihrer Beteiligung an dem Rezeptbetrug folgte und Anteil am Schicksal ihres Sohns nahm, ließ ihn nicht von dem geraden Weg abweichen, der ihn hierher geführt hatte.

»Erzählen Sie mir von ihm, Dottoressa?«

»Es gibt nicht viel zu erzählen. Vor ein paar Wochen kam er zu mir und fragte, ob ich Dottor Donato kenne, den Apotheker seiner Tante. Ich sagte ja. Er fragte, ob viele meiner Patienten in diese Apotheke gehen, und ich sagte, das könne schon sein, weil ich großes Vertrauen in Dottor Donatos Fachkompetenz haben würde, und das stimmt wirklich. Dann fragte er, ob ich über die Coupons informiert sei, die Dottor Donato an seine Kunden ausgebe, und ich konnte guten Gewissens antworten, dass ich keine Ahnung hätte, wovon er redete. Er dankte mir und ging, aber da war mir schon klar, dass ich ihn wiedersehen würde.«

»Wieso war Ihnen das klar, Dottoressa?«

»Weil ich gesehen habe, was für ein Mensch er war. Und weil ich wusste, was Dottor Donato für einer war: Der würde es fertigbringen, Gasparinis Verdacht auf mich zu lenken.« Sie holte Luft: »Und genau das hat er getan.«

Brunetti sagte lieber nichts.

»Nach einer Woche kam Gasparini wieder. Wütend. Offenbar hatte Donato ihm eingeredet, die Idee mit den Coupons stamme von mir. Ich sagte, damit hätte ich nichts zu tun, aber Signor Gasparini wollte nichts davon wissen, für ihn stand die Schuldige fest: geschiedene Frau, alleinlebend, Sohn in einem privaten Pflegeheim, nicht in einer staatlichen Einrichtung, wohin die meisten Leute ihre Kinder schicken müssen.« Sie zuckte die Schultern. »Er hatte Donato das alles abgekauft: ein Gespräch von Mann zu Mann. Als ich fragte, wie ich denn bitte schön von den Coupons profitieren könne, hörte er mir gar nicht zu.«

»Und weiter?«

»Eines Tages rief er mich an – offenbar ließ ihm sein Gerechtigkeitssinn keine Ruhe – und sagte, er werde zur Polizei gehen. Wenn die sich mit den Coupons beschäftigten, käme ich nicht darum herum, auch von den anderen Machenschaften zu erzählen. Und dann könnte ich meine Praxis zumachen, nicht wahr?«

Da Brunetti nicht antwortete, stieß sie nach: »Nicht wahr?«

»Wie haben Sie reagiert?«, fragte er.

»Ich habe allen Mut zusammengenommen und ihn gefragt, ob wir uns vorher noch einmal sehen könnten. Wenigstens das müsse er mir noch zugestehen.« Sie schüttelte den Kopf, als staune sie selbst, wie tief sie gesunken war.

»Er sagte, wenn er am nächsten Abend vom Essen nach Hause komme, könnten wir uns irgendwo in der Nähe seiner Wohnung treffen; jedenfalls nicht in einer Bar, er sei in der Nachbarschaft bekannt, und es würde merkwürdig aussehen, wenn er sich so spät abends mit einer Frau treffen würde.« Sie zog wie ungläubig die Augenbrauen hoch.

»Wie verabredeten uns für Viertel vor zwölf an der Brücke. Ich war etwas früher da. Eigentlich hatte ich ihm Teos Krankenakte mitbringen wollen, aber das hätte ja doch nichts geändert. Für ihn war ich bloß noch eine, die das Gesundheitssystem plünderte und sich ein schönes Leben machte, was geahndet gehört. So einfach war das.«

Plötzlich fragte sie im Plauderton: »Ob es wirklich daran liegt, dass er sein ganzes Leben mit Zahlen verbracht hat?«

»Möglich«, gab Brunetti zu. »Und, ist er erschienen?«

Wieder nahm sie ihr Gesicht in die Hände und brachte die Jahre zum Verschwinden, ließ die Jahre wieder zurückkehren und sah ihn an. »Pünktlich war er da, und niemand in der Nähe, der uns sehen konnte.« Sie lächelte bitter. »Ich versuchte zu erklären, dass ich mit den Coupons nichts zu tun habe, aber er hörte mir gar nicht erst zu, ließ mich nicht zu Wort kommen. Er fing gleich wieder davon an, dass die Leute keinen Respekt vor dem Staat haben, immer nur an sich selbst denken und in die Schüssel spucken, aus der wir alle essen.« Da Brunetti das Gesicht verzog, erklärte sie:

»Ja. So hat er sich ausgedrückt. Und dann hat er gesagt, er habe genug von mir und gehe jetzt nach Hause.

Wir waren beim Reden hin und her gegangen, und als er sich zum Gehen wandte, stand ich ihm im Weg.«

Ihre Hände waren in Schulterhöhe erstarrt, wie bei einem Kind, das Bleib-dort-und-rühr-dich-nicht spielt. »Er musste um mich herumgehen, um von der Brücke zu kommen.« Erschrocken über ihre Geste ließ sie die Hände in den Schoß sinken. »Und als er sich an mir vorbeischob, sagte er, er fände es einfach schockierend, dass eine Ärztin wie ich gerade die Schwächsten und Hilflosesten bestehle und das dann auch noch mit der Geschichte des Sohns rechtfertige, der es in einer staatlichen Einrichtung sehr gut haben würde.«

In Gedanken ganz bei der Szene, die sie am Ende zu diesem Gespräch mit Brunetti geführt hatte, fuhr sie fort: »Ich muss die Hand gehoben haben, um ihn aufzuhalten; er packte sie und stieß sie weg. Aber ich wollte, dass er noch bleibt, und habe die andere Hand gegen seine Brust gestemmt, und da hat er gesagt, ich solle mich schämen, meinen Sohn als Ausrede für meine Gier zu benutzen.«

Sie atmete schwer und geriet immer wieder ins Stocken. »Ich weiß nicht mehr, was ich getan habe. Ich muss versucht haben, ihn aufzuhalten. Er wollte an mir vorbei und stieß mich zur Seite. Ich griff nach ihm. Vielleicht wollte ich ihn wegschieben, vielleicht wollte ich ihn schlagen. Und plötzlich fiel er hin.«

Sie brauchte ein wenig Zeit, sich zu beruhigen. »Bei all dem«, sagte sie schließlich, »habe ich bewusst nur einmal etwas Schlechtes getan.«

»Und das wäre?«

»Ich habe ihn da liegen lassen.«

Brunetti sagte nichts.

»Ich bin Ärztin und habe ihn da liegen lassen.«

»Warum?«

»Das Boot vom Bahnhof legte gerade bei San Stae an, das konnte ich hören, Leute näherten sich dem Campo. Ihre Stimmen kamen auf mich zu. Auf uns. Sie würden ihn sehen. Oder vielleicht hoffte ich das nur, auf alle Fälle hatte ich genug. Ich weiß auch nicht. Ich bin weggelaufen. Erst Richtung Rialto, dann wieder zurück zur Haltestelle San Stae. Zehn Minuten später hörte ich die Ambulanz kommen. Ich wartete, bis sie bei Ca' Pesaro einbogen. Und als sie wieder weggefahren waren, bin ich nach Hause gegangen.«

Sie sah kurz zu Brunetti, senkte dann den Blick.

Ihre Hände lagen ordentlich gefaltet auf dem Tisch wie die eines Schulmädchens. Ganz glatte Haut, bemerkte Brunetti, noch keine dunklen Flecken. Er dachte an die bernsteingelben Augen und das blasse Gesicht. Sie hatte recht daran getan, die Sonne zu meiden. Nun, sie war Ärztin, und Ärzte rieten den Leuten aus gutem Grund, sich vor der Sonne zu schützen. Schade, dass es ihr nicht gelungen war, den anderen Fallen auszuweichen, die das Leben ihr gestellt hatte. Wäre Gasparini doch nur ein Erpresser gewesen: Dann hätte sie ihn an den Einnahmen beteiligen können, die sie durch den Bruch ihres Eides erzielte. Und allen wäre so viel Schmerz erspart geblieben.

»Zum Wohl der Patienten.« Nun, wem hatte sie geschadet? In der Tat glich das Gesundheitssystem einem sprudelnden Quell, aus dem man sich nach Herzenslust bedienen konnte. Ganz gleich, ob man sich ein Hühnerauge entfernen oder ein neues Hüftgelenk einsetzen ließ, um wieder richtig gehen zu können. Alle zahlten ein, allen wurde geholfen.

Brunetti schüttelte diese Gedanken ab und sah zu Dottoressa Ruberti. Sie wirkte unruhig und zerstreut. Vielleicht dachte auch sie an die Entscheidungen, die sie getroffen oder nicht getroffen hatte.

Sie nahm die Hände vom Tisch und blickte auf. »Wissen Sie, wie es jetzt weitergeht?«

»Das kann ich Ihnen nicht sagen, Dottoressa. Die Richter müssen beurteilen, welcher Tatbestand vorliegt und wie es zu all dem gekommen ist.«

Sie neigte den Kopf nach rechts und lenkte den Blick Richtung Decke, als wolle sie sich auf etwas anderes konzentrieren als diesen Commissario. Lange Zeit verging, aber er konnte ihr nicht helfen. Schließlich fragte sie: »Was soll ich tun, bis es so weit ist?«

»Vorerst gar nichts, Dottoressa.«

»Was soll das heißen?«, fuhr sie auf. »Wollen Sie mich nicht ins Gefängnis stecken?«

»Nein, Sie begleiten mich jetzt zur Questura und geben Ihre Aussage vor einem Untersuchungsrichter zu Protokoll. Der wird dann entscheiden, ob Sie nach Hause gehen dürfen oder nicht.«

»Und dann?«

»Das habe nicht ich zu entscheiden«, sagte Brunetti.

Wieder verfiel sie in Schweigen und sah zum Fenster hinaus auf die Mauer gegenüber.

Wie viele Fragen sie haben musste, dachte Brunetti, wie viele Zweifel. Und wie sehr sie Professoressa Crosera glich: Beider künftiges Schicksal hing davon ab, wie es mit Gasparini weiterging, ob er überlebte oder starb, und woran er sich erinnerte, falls er jemals aus dem Koma erwachte. Was würde aus den Kindern werden? Aus ihrem jeweiligen Beruf? Aus ihren Leben?

Beide Frauen hatten anständig und ehrlich auf ihn gewirkt, auch wenn das bei Dottoressa Ruberti jetzt nicht mehr so sicher war. Was würde aus ihrem Sohn? Er war offenbar unter dem Namen des Vaters registriert. Signorina Elettra könnte eventuell seine Krankenakte ausfindig machen. Wenn Dottoressa Ruberti so unbedarft war, wie Brunetti vermutete, hatte sie das Konto für Teodoro bei derselben Bank eingerichtet, bei der sie selbst ihr Konto hatte; das ließe sich also leicht finden, vorausgesetzt man wusste von der Existenz dieses Kontos und kannte sich damit aus, wie man danach zu suchen hatte.

Und da kam ihm eine Idee: Wenn sie dem Richter nichts von dem Konto erzählte, blieb es womöglich unentdeckt und unangetastet und konnte für die Pflege ihres Sohns genutzt werden, auch wenn sie einmal selbst kein Geld mehr hätte. Was sollte den Richter andernfalls davon abhalten, das einer Reihe von Straftaten entsprungene Geld zu beschlagnahmen und der Staatskasse einzuverleiben? Welcher gierige Beamte würde sich die Mühe machen, herauszufinden, wie viel genau von dem Geld sie durch Betrug und wie viel durch ehrliche Arbeit erworben hatte? Man würde kurzerhand alles konfiszieren. Pech gehabt, Teodoro.

Wenn sie dem Richter davon erzählte, würde sie alles verlieren.

»Dottoressa.« Brunetti rang mit der Versuchung, ihr zu sagen, was sie tun sollte.

Sie starrte weiter aus dem Fenster und schien ihn gar nicht mehr wahrzunehmen.

»Dottoressa«, wiederholte er. Endlich reagierte sie auf das Drängen in seiner Stimme und blickte auf.

Brunetti rang noch immer mit sich, dann aber dachte er an die Nadel in Signor Gasparinis Handrücken. »Wenn Sie so weit sind, können wir jetzt zur Questura gehen.«

Sie stand auf und folgte ihm hinaus. In den zwanzig Minuten, die sie zur Questura brauchten, sprachen sie kein Wort. Brunetti übergab sie dem Wachhabenden am Eingang, verabschiedete sich und ging zum zuständigen Richter.

Bitte beachten Sie
auch die folgenden Seiten

Das Diogenes Hörbuch zum Buch

Donna Leon
Heimliche Versuchung
Commissario Brunettis siebenundzwanzigster Fall

Ungekürzt gelesen von JOACHIM SCHÖNFELD

7 CD, Spieldauer 532 Min.

Donna Leon im Diogenes Verlag

»Ich kann nicht behaupten, dass Brunetti eine Erfindung von mir ist, es kommt der Wahrheit viel näher zu sagen, dass ich ihn eines Tages entdeckte, während er hinter dem Opernhaus ›La Fenice‹ in vollendeter Gestalt aus dem Polizeiboot stieg.« *Donna Leon*

»Donna Leons Krimis mit dem attraktiven Commissario Brunetti haben eine ähnliche Sogwirkung wie die Stadt, in der sie spielen.«
Franziska Wolffheim / Brigitte, Hamburg

»Donna Leon hat mit ihrem Commissario Brunetti eine ebenso sympathische wie intelligente und humane Figur erfunden, ein ebenbürtiges italienisches Pendant zum französischen Kollegen Maigret.«
Christa Hasselhorst / Die Welt, Berlin

»Gegenwärtig der Commissario mit dem größten Charisma.« *The Guardian, London*

»Commissario Brunetti ist einzigartig.«
Publishers Weekly, New York

Die Fälle für Commissario Brunetti:

Venezianisches Finale
Roman. Aus dem Amerikanischen von Monika Elwenspoek

Endstation Venedig
Roman. Deutsch von Monika Elwenspoek

Venezianische Scharade
Roman. Deutsch von Monika Elwenspoek

Vendetta
Roman. Deutsch von Monika Elwenspoek

Acqua alta
Roman. Deutsch von Monika Elwenspoek

Sanft entschlafen
Roman. Deutsch von Monika Elwenspoek

Nobiltà
Roman. Deutsch von Monika Elwenspoek

In Sachen Signora Brunetti
Roman. Deutsch von Monika Elwenspoek

Feine Freunde
Roman. Deutsch von Monika Elwenspoek

Das Gesetz der Lagune
Roman. Deutsch von Monika Elwenspoek

Die dunkle Stunde der Serenissima
Roman. Deutsch von Christa E. Seibicke

Verschwiegene Kanäle
Roman. Deutsch von Christa E. Seibicke

Beweise, daß es böse ist
Roman. Deutsch von Christa E. Seibicke

Blutige Steine
Roman. Deutsch von Christa E. Seibicke
Auch als Diogenes Hörbuch erschienen, gelesen von Achim Höppner

Wie durch ein dunkles Glas
Roman. Deutsch von Christa E. Seibicke
Auch als Diogenes Hörbuch erschienen, gelesen von Jochen Striebeck

Lasset die Kinder zu mir kommen
Roman. Deutsch von Christa E. Seibicke
Auch als Diogenes Hörbuch erschienen, gelesen von Jochen Striebeck

Das Mädchen seiner Träume
Roman. Deutsch von Christa E. Seibicke

Schöner Schein
Roman. Deutsch von Werner Schmitz
Auch als Diogenes Hörbuch erschienen, gelesen von Jochen Striebeck

Auf Treu und Glauben
Roman. Deutsch von Werner Schmitz
Auch als Diogenes Hörbuch erschienen, gelesen von Jochen Striebeck

Reiches Erbe
Roman. Deutsch von Werner Schmitz
Auch als Diogenes Hörbuch erschienen, gelesen von Jochen Striebeck

Tierische Profite
Roman. Deutsch von Werner Schmitz
Auch als Diogenes Hörbuch erschienen, gelesen von Jochen Striebeck

Das goldene Ei
Roman. Deutsch von Werner Schmitz
Auch als Diogenes Hörbuch erschienen, gelesen von Joachim Schönfeld

Tod zwischen den Zeilen
Roman. Deutsch von Werner Schmitz
Auch als Diogenes Hörbuch erschienen, gelesen von Joachim Schönfeld

Endlich mein
Roman. Deutsch von Werner Schmitz
Auch als Diogenes Hörbuch erschienen, gelesen von Joachim Schönfeld

Ewige Jugend
Roman. Deutsch von Werner Schmitz
Auch als Diogenes Hörbuch erschienen, gelesen von Joachim Schönfeld

Stille Wasser
Roman. Deutsch von Werner Schmitz
Auch als Diogenes Hörbuch erschienen, gelesen von Joachim Schönfeld

Heimliche Versuchung
Roman. Deutsch von Werner Schmitz
Auch als Diogenes Hörbuch erschienen, gelesen von Joachim Schönfeld

Ein Sohn ist uns gegeben
Roman. Deutsch von Werner Schmitz
Auch als Diogenes Hörbuch erschienen, gelesen von Joachim Schönfeld

Außerdem erschienen:

Himmlische Juwelen
Roman. Deutsch von Werner Schmitz
Auch als Diogenes Hörbuch erschienen, gelesen von Annett Renneberg

Über Venedig, Musik, Menschen und Bücher
Deutsch von Thomas Bodmer, Christiane Buchner, Monika Elwenspoek, Reinhard Kaiser und Christa E. Seibicke
Ausgewählte Geschichten auch als Diogenes Hörbuch erschienen: *Latin Lover*, gelesen von Hannelore Hoger

Mein Venedig
Deutsch von Monika Elwenspoek und Christa E. Seibicke
Auch als Diogenes Hörbuch erschienen, gelesen von Hannelore Hoger

Toni Sepeda
Mit Brunetti durch Venedig
Vorwort von Donna Leon. Deutsch von Christa E. Seibicke

Bei den Brunettis zu Gast
Rezepte von Roberta Pianaro und kulinarische Geschichten von Donna Leon. Vignetten von Tatjana Hauptmann. Deutsch von Christa E. Seibicke und Petra Kaiser

Tiere und Töne
Auf Spurensuche in Händels Opern. Deutsch von Werner Schmitz. Mit Bildern von Michael Sowa sowie einer CD des Complesso Barocco, dirigiert von Alan Curtis

Kurioses aus Venedig
Deutsch von Werner Schmitz. Mit einer Vivaldi-CD ›Il Complesso Barocco‹

Gondola
Geschichten · Bilder · Lieder. Deutsch von Karsten Singelmann. Mit einer CD Venezianische Gondellieder, gespielt vom Ensemble ›Il Pomo d'Oro‹. Gesang: Vincenzo Capezzuto. Zugabe: Cecilia Bartoli

Commissario Brunetti
In Sachen Signora Brunetti / Feine Freunde
Ungekürzt gelesen von Christoph Lindert
2 MP3-CD, Gesamtspieldauer 16 Stunden

Toni Sepeda

Mit Brunetti durch Venedig

Vorwort von Donna Leon
Aus dem Amerikanischen von
Christa E. Seibicke

Warum setzt sich Commissario Brunetti in *Feine Freunde* ins Torino und nicht wie sonst ins Rosa Salva? Die Autorin Toni Sepeda hat Brunettis Wege durch die Gassen von Venedig und die Romane akribisch nachverfolgt und liebevoll alles zusammengetragen, was rund um die Questura, was in San Polo, was beim Ospedale Civile etc. spielt. Ihre erprobten Touren – gespickt mit Zitaten von Donna Leon – bieten so etwas wie einen Ariadnefaden durch das Gassengewirr. *Mit Brunetti durch Venedig:* Der Leser kann, sei er daheim oder vor Ort, ungezwungen dem Commissario hinterherspazieren. Calli, Campi und Caffès: Hier ist Brunetti unterwegs. Kunstdenkmäler überlässt er den Touristen – vor allem Kirchen, die ihn nur an Beerdigungen erinnern. Flanieren und dabei die Gedanken schweifen lassen, genau wie Brunetti: Dazu lädt dieses Buch ein.

»Eine überaus anschauliche Handreichung. Auch Daheimgebliebene, auch Noch-nicht-Brunetti-Leser finden in diesen Rundgängen lesenswertes Geleit.«
Nordkurier, Neubrandenburg

»Eine Fülle sorgfältiger Beschreibungen und diskreter Empfehlungen.«
Fridtjof Küchemann / Brigitte Woman, Hamburg

Bei den Brunettis zu Gast

Rezepte von Roberta Pianaro
und kulinarische Geschichten von Donna Leon
Vignetten von Tatjana Hauptmann
Deutsch von Christa E. Seibicke
und Petra Kaiser

Köstliches mit und ohne Kalorien: 91 Rezepte, wie sie Paola in den Brunetti-Romanen kocht, aufgezeichnet von Donna Leons Freundin und Lieblingsköchin Roberta Pianaro. Als kalorienfreier Zwischengang sechs kulinarische Geschichten von Donna Leon sowie wunderschöne Vignetten von Tatjana Hauptmann. Brunettis Leibgericht, Paolas Apfelkuchen, ein Rezept von Brunettis Mutter und Donna Leons Lieblingsessen (Kürbisrisotto) – sie alle sind in diesem Buch versammelt. *Bei den Brunettis zu Gast* ist ein literarisches Kochbuch über die venezianische Küche, zum Schmökern – und zum Nachkochen.

»Wenn es in meinen Büchern ums Essen geht, wird alles plötzlich langsamer, die Handlung, die Charaktere beruhigen sich. Ich glaube, dass jeder am Tisch wieder Kind wird, man fühlt sich sicher, geborgen, redet freier, weil man mit vertrauten Menschen zusammensitzt.«
Donna Leon im Gespräch mit dem ›Feinschmecker‹ bei Kürbisrisotto und Vongole